희곡론

희곡론

극예술의 정의와 특징

희곡의 유형

극예술의 사조

희곡의 구성요소

한국 희곡사

박명진
김강원
지음

(주)박이정

햄릿   자신의 판단을 스승으로 삼아라. 행동을 말에 맞게, 말을 행동에 맞게 해라. 특히 자연의 중용을 넘어가지 않도록 조심해. 그런 과장은 연극의 목적에 반한다. 연극이란 처음이나 지금이나 과거나 현재나 비유컨대 자연에 거울을 갖다 대는 일인데, 선에게 그 모습을, 가소로운 것에게 그 꼴을, 오늘날의 시대와 상황에 그 형상과 진면목을 그대로 보여주는 거라고. 그런데 그게 너무 지나치거나 모자라면 무식한 자들에겐 웃음을 자아내도 식자들에겐 괴로울 뿐이야. … 자, 그럼 가서 연극 할 준비해라.

— 셰익스피어, 〈햄릿〉 중에서

(출처 : 『셰익스피어 전집』(2017), 문학과지성사.)

대중 미디어 콘텐츠가 일상화된 시대에 희곡을 공부한다는 것은 어떤 의미를 가질 수 있을까?

우리는 언제 어디에서나 스마트폰이나 태블릿 PC, 컴퓨터나 TV, 그리고 영화관 스크린을 통해 넘쳐나는 콘텐츠들과 접속한다. 그리고 마치 공기를 마시듯 자연스럽게 다양한 기기들을 통해 극예술과 관련된 수많은 콘텐츠들을 즐긴다. 배우들이 등장하고, 이들의 말과 행동을 통해 이야기가 전개되고, 갈등과 화해의 국면을 거쳐 끝을 맺게 되는 극예술 텍스트들은 이처럼 우리의 일상을 가득 채우고 있다. 여기에 더해 누구나 SNS를 통해 TV드라마 평론가가 될 수 있고 영화 평론가가 될 수도 있다. 극예술에 대한 소비뿐 아니라 생산에까지도 대중들이 적극적으로 참여할 수 있는 시대가 열린 것이다.

다시 처음의 질문으로 돌아가 보자. 수많은 극예술 콘텐츠가 쏟아져 나오는 이 시대에 우리는 왜 희곡을 공부해야 하는가? 그저 마음에 드는 콘텐츠를 그때그때 즐기면 충분하지 않을까? 앞에서 햄릿의 대사를 인용한 바 있다. 그의 말에 의하면 우리들이 매일 접하는 각종 콘텐츠들은 "처음이나 지금이나 과거나 현재나 비유컨대 자연에 거울을 갖다 대는 일"이 될 것이며, "가소로운 것에게 그 꼴을, 오늘날의 시대와 상황에 그 형상과 진면목을 그대로 보여주는" 것이 될 것이다.

연극, TV 드라마, 영화, 애니메이션, 웹툰, 웹드라마, 거리 축제 등등.

이 모든 것이 자연에 거울을 갖다 대는 일이고 시대상과 사회 상황의 진면목을 보여주는 것이라면, 우리는 다양한 콘텐츠들을 일회용 소모품으로만 바라볼 수는 없을 것 같다. 오히려 이러한 대중문화 텍스트들이야말로 그 시대의 무의식과 역동적인 정동(情動, affect)과 역사적 징후들을 내포하고 있는 문제적인 대상이라고 할 수 있을 것이다. 그러면 질문의 형식을 바꿔 이렇게 물어보자. 우리는 콘텐츠들을 감상하는 것에 만족하면 충분한 것인가, 아니면 그 콘텐츠들을 논리적으로 분석하고 비평하고 텍스트의 시대적 의미를 부여하는 것까지 나아가야 하는가.

이 책은 극예술과 관련이 있는 수많은 콘텐츠가 수용자들에게 일방적으로 전달된 것일 뿐이라는 사실에 의문을 제기한다. 그보다는 콘텐츠들이 우리에게 질문을 제기하고, 우리들은 그 질문에 대한 답변과 의견을 다시 그 콘텐츠에게 되돌려주는 것이라고 간주한다. 그러므로 텍스트는 감상되거나 해석되기만을 기다리는 수동적 존재가 아니다. 텍스트는 우리에게 다가와 질문을 요구하고 심지어 우리의 행동을 촉구한다. 이 책은 텍스트와 감상 주체가 치열하고 논쟁적인 대화를 나누는 관계에 놓여 있다는 입장을 취한다. 텍스트가 던진 질문에 우리는 어떻게 답변해야 할까. 우리가 희곡을 공부하는 이유는 다양한 콘텐츠들이 우리에게 던진 질문에 답변하기 위해서라고 해두자.

다양한 콘텐츠의 기원(起源)을 계속 추적하다 보면 그 시작점에 연극 또는 희곡이 있음을 알게 된다. 그렇다고 해서 희곡 장르가 이 시대의 모든 콘텐츠에 대해 절대적인 권위를 가지고 있다는 뜻은 아니다. 또한 희곡의 장르적 특징이 영화, TV 드라마, 애니메이션 등과 완전히 같다는 의미도 아니다. 다만 강조하고 싶은 것은 우리가 희곡론을 착실하게 공부함으로써 현대의 다양한 극예술 관련 콘텐츠들을 보다 깊이 있게 분석하고 비평할 수 있는 능력을 키울 수 있다는 사실이다.

햄릿의 대사 "자, 그럼 가서 연극 할 준비해라."를 다음과 같이 바꿔 보자. "자, 그럼 가서 극예술을 감상하고 분석할 준비해라." 희곡 공부가 이 명령에 대해 완벽한 수행력을 보여줄 수는 없을지라도, 적어도 진지하고 논리적으로 텍스트들과 대화를 나눌 수 있게 해줄 것이다. 이 책이 극예술을 감상하고 이해하고 분석할 수 있는 작은 디딤돌이 되길 바랄 뿐이다.

저자 박명진, 김강원

| 차례 |

1장 극예술의 정의와 특징

제이퀴즈 :

온 세상은 무대이며, 모든 남자 여자는 배우에 불과하오.

저들 모두 퇴장과 등장이 있으니

한평생 한 사람이 여러 역을 맡는데, 막은 일곱 단계요.[1]

"인생은 무대 위 한 편의 연극이다." 어디에선가 자주 들어보았을 법한 이 말은 셰익스피어(William Shakespeare)의 희곡 대사에서 유래한다. 그의 희극 작품 중 하나인 〈좋으실 대로(As You Like It)〉의 대사처럼 인생은 한 편의 무대 같고, 인간이란 그 무대 위에 등장했다 퇴장하는 배우와 같다. 배우들은 무대 위에 등장하여 말과 몸짓으로 자신의 생각, 의지, 욕망, 세계관을 표현한다. 서로 다른 입장 때문에 극한적인 갈등 국면을 맞기도 하고, 예상치 못한 계기를 통해 극적(劇的, dramatic)인 화해 국면이나 되돌릴 수 없는 파국의 국면을 맞기도 한다. 극의 사건이 평화적으로 끝나건 비극적으로 끝나건 연극이 종료되면 배우들은 그 무대에서 퇴장할 수밖에 없다. 세상을 살아가는 배우들이 있다면 당연히 그들을 바라보는 관객도 존재할 것이다. 연극이 끝나면 관객들도 객석에서 일어나 극장 밖으로 퇴장해야 한다. 배우들은 몸동작과 목소리로 극중 사건의 정황과 내적 심리나 욕망을 표출하고 이를 관객들이 지켜본다.

인생으로 비유되는 '무대 위의 연극'을 전통적인 의미의 연극에만 국한시킬 수 있을까. 영화관에 들어가 객석에 앉은 뒤 스크린을 바라본다. 영화가 시작되면 스크린 위에서 배우들이 말하고 움직이고 갈등을 고조시킨다. TV를 켜면 드라마 속에서도 배우들이 연기를 펼치고 이를 시청자가 감상한다. 스마트폰이나 개인 컴퓨터나 태블릿으로 다운 받은 극영화나 애니메이션이나 드라마를 보는 경우는 어떠한가. 비록 애니메이션이 그림으로 표현된 화면을 제공한다고 해도 애니메이션에는 목소리 연기를 얹은 성우나 배우의 보이지 않는 행동이 내포되어 있다. 해피엔딩이건 새드엔딩이건 이 텍스트들에는 갈등을 빚고 화해를 하거나 파국을 맞기도 하는 배우들의 행동이 존재한다. 그리고 그 배우들의 선택과 심정과 욕망과 신념에 동의하거나 비판하는 관객들 역시 존재한다. 그렇다면 이러한 작품들을 감상한다는 것은 인생으로 비유되는 극예술 속의 인물 관계나 극적 상황을 바로 앞에서 지켜본다는 것을 말하는 것이 아닐까. 셰익스피어의 비유를 확장시켜 "인생은 무대 위 한 편의 극예술이다."라고 말해 보자.

극예술(劇藝術, dramatic arts)이라는 용어는 이른바 문학의 3대 장르라 할 수 있는 시(서정장르), 소설(서사장르), 희곡(극장르) 중 희곡을 중심으로 한 예술들을 지칭하기 위해 사용될 수 있다. 통상적으로 '극예술'이라고 하면 문학으로서의 희곡이나, 이 희곡을 대본으로 하여 공연에 올린 연극만을 떠올리게 된다. 그러나 대본이 없이 즉흥적으로 연기하는 연극 형태도 존재하고, 사람이 아닌 인형들에 의해 연기되는 연극도 있으며, 연극 극장이나 특정 장소에서 배우들이 희곡 대본을 들고 읽기만 하는 낭독극(朗讀劇, reader's theater)도 있다. 그런 의미에서 극예술이라는 용어는 희곡이나 연극이라는 용어의 범주를 넘어 극적(劇的, dramatic) 속성을 지닌 다양한 예술 장르까지 포함하는 개념이라 할 수 있다.

보통 극장르라고 하면 '배우, 관객, 희곡, 무대' 등을 떠올리고 이것의 원전(原典)으로서 희곡을 연상하게 된다. 우리는 세익스피어의 〈햄릿〉이라는 희곡과 연극을 떠올리거나, 유치진의 〈토막(土幕)〉이라는 희곡과 연극 공연을 생각하게 되는 것이다. 혹은 '극장르'라는 용어는 서정장르, 서사장르, 극장르라고 하는 문학의 3대 장르에 기초하고 있기 때문에 책으로 출간된 희곡집이나 잡지에 게재된 희곡, 또는 배우들과 연극 스탭들에게 제공되는 공연 대본을 자동적으로 떠올릴 수도 있을 것이다.

그러나 연극의 요소라 할 수 있는 '배우, 관객, 희곡, 무대'에서 희곡과 무대는 필요조건이긴 하지만 충분조건이라 할 수는 없다. 왜냐하면 사전에 준비된 희곡 대본 없이 즉흥적으로 연기를 하는 경우도 있고, 연극 전용 극장이 아니라 길거리, 광장, 학교 운동장, 공장 건물 등의 공간에서도 공연을 하는 경우가 존재하기 때문이다. 이러한 다양한 경우들을 고려했을 때, 우리는 연극이 '배우, 관객'을 필요·충분조건으로 한다는 것을 짐작할 수 있다. 관객 없이 배우들끼리 공연하는 상황이나, 배우 없이 관객들만 모여 있는 상황을 연극 공연이라 보기 어렵기 때문이다. 만약 연극 공연에서 희곡과 연극 무대(즉 연극 전용 극장)가 절대적인 요소로 간주되기 힘들다면, 우리는 최소한 배우가 연기하고, 이 연기를 감상하는 관객만 있어도 극장르가 형성된다고 말할 수 있을 것이다.

그런데 다음과 같은 경우를 생각해 보자. 살아있는 실제 배우가 등장하지 않고 인형들만 등장하거나, 인형이나 배우들의 그림자로만 공연하거나, 배우와 관객이 존재하는 영화와 TV드라마 감상의 경우에도 '극장르'라는 용어로 표현할 수 있을 것인가? 또는 애니메이션의 경우는 어떠한가? 관객이나 시청자가 감상하는 대상은 그림으로 그려진 화면일 테지만, 이 역시 애니메이션 속의 등장인물 역을 맡은 성우(음성으로만 연기하는 배우)와 감상자가 존재한다. 라디오드라마의 경우는 어떠한가? 청자(聽者)는 성우의 목소리 연기만을 소리로 들을 뿐이지 몸으로 하는 연기를 눈으로 감상할 수는 없다.

이처럼 극장르의 범주 설정에 대한 어려운 문제를 본격적으로 고민하고 설명한 연극학자로 마틴 에슬린(Martin Esslin)을 들 수 있다. 그는 극장르의 다양한 범주와 계열들을 설명하기 위해 '극마당(The Field of Drama)'이라는 용어를 제안한다. 여기에서 에슬린이 사용한 'Field'는 '장(場)' 또는 '마당'으로 번역될 수 있는 바, 장(場)이라는 용어를 매우 중요하게 사용하고 있는 사회학자 피에르 부르디외(Pierre Bourdieu)의 개념을 살펴보는 것도 좋을 듯하다. 그에 의하면 장(場)이란 "여러 형태의 자본들의 분배방식을 유지하거나 변경하려고 애쓰는 개인들이 충돌하는 장소"[2]를 뜻한다. 여기에서 '자본'을 '예술자본'이나 '상징자본'으로 간주해도 좋고, 이 장(場)을 각 매체 또는 각 장르들의 분배방식에 따른 인정투쟁(認定鬪爭)으로 보아도 좋을 것이다.

에슬린이 '극장르'의 개념을 확장하여 '극마당'이라는 용어를 사용했을 때, 우리는 부르디외의 장(場) 이론에서 볼 수 있듯이 상호 갈등하고 헤게모니 싸움을 벌이면서 모여 있는 일종의 성좌(星座, 별자리)로서의 여러 극적인 예술들을 생각해 볼 수 있다.

에슬린은 '극' 개념들의 정의를 지나치게 협소하고 규범적으로 취급해서는 곤란하고 유동적인 경계들의 윤곽을 그리는 것이 바람직하다고 주장한다.[3] 그는 매우 다양한 형태의 재현 방식들이 공통적으로 지니고 있는 속성이 '모방적 행동'이라고 지적한 뒤 그리스 시대 음유시인의 시 낭송, 라디오나 카세트 레코딩에서 소설이나 희곡 텍스트를 낭송하는 것, 국가적 행사나 종교적 행사, 카니발 행진, 서커스에서의 곡예사들과 광대들의 연기, 군대 행진, 인형극이나 애니메이션 등도 일종의 모방적 요소와 함께 극적 요소를 지니고 있다고 주장한다.[4]

핀터(Pinter)든지 세익스피어든지 간에, 무대극의 영화화된 판본(filmed version)은 분명하게 여전히 극이다. 그러나 오리지널 영화용 극본에 기초한 영화는? 또는 텔레비전에서 보는 상황희극은? 써커스는? 뮤지컬 연극은? 그리고 만일 이것들이 모두 극이라면, 오페라는 극인가? 발레는? 인형극은? 적어도 나는 이 모든 서로 다른 '예술' 또는 '연예'(entertainment) 형식들이 본질적으로 극이라고, 적어도 극적인 것의 중요한 구성 요소를 함축하고 있다고 확신한다. 극은 그것이 허구적 세계를 창조해내기 위해서 사실적인 인간존재와 또한 종종 사실적인 대상물들을 활용함으로써 '현실'을 재현한다는 점에서 재현적 예술들 중에서 독특하다. … 영화화된 <로미오와 줄리엣>의 판본은 여전히 극이다. 그러므로 허구적인 주제들의 영화는 또한 극예술의 일반적인 범주안에 들어야 한다. 그리고 만일 <로미오와 줄리엣>의 텔레비전 판본이있다면 그것 역시 극예술의 실례이다. 그 특수한 전달매체의 특별한 기술과 공학이 제아무리 다르다 해도 말이다.[5]

에슬린의 설명에 근거한다면 '극마당' 또는 '극예술'은 희곡 텍스트나 극장에서 볼 수 있는 연극 공연만으로 그 범위를 한정 지을 수 없게 된다. 부르디외의 장(場) 개념처럼 '극마당'에 모여 있는 여러 형태의 예술들은 끊임없이 갈등을 겪고 주도권 경쟁을 벌인다. 영화, 애니메이션, TV드라마, 라디오드라마 등은 각자 극장르에 자신들을 뭉뚱그려 포함 시키려는 시도에 저항한다. 희곡과 연극이라는 특정 영역이 존재한다면, 영화와 TV드라마 등도 각기 다른 영역에 속한다고 주장한다. 그런 의미에서 에슬린의 '극마당'이라는 용어 및 개념 제시는 일종의 영역 다툼이나 헤게모니 싸움으로 간주될 수도 있을 것이다. 우리는 여기에서 에슬린의 주장을 좀 더 유연하게 해석할 필요를 느 낀다. 즉 그의 주장을 여러 다양한 예술 장르들을 극장르에 포섭하고 자 시도한 것으로 해석하기보다는, 희곡과 연극으로 대표되는 극장르 의 기본적인 속성을 주변의 다양한 예술에서도 찾아볼 수 있다고 이 해하는 것이 바람직할 것이다. 에슬린은 위에서 극적인 예술의 특징 을 "허구적 세계를 창조해내기 위해서 사실적인 인간존재와 또한 종 종 사실적인 대상물들을 활용함으로써 '현실'을 재현"하는 것으로 설 명하면서 이러한 특징을 지니고 있는 다양한 예술들을 '극마당'으로 포괄하려 한다.

테니슨(Alfred Tennyson)은 연극의 정의를 다음과 같이 설명한다. "Drama는 희랍어로 '행동한다'의 뜻이다. Theater는 희랍어로 '본다'의 뜻이다. 이 두 가지 개념, 즉 '한다'와 '본다'는 상호보완작용을 하면 서 대체적으로 연극 연구의 영역을 규정하고 있다."[6] 'theatre'는 그리스 어 'theatron'에서 유래한 말로, 'thea(보다)+tron(장소)'이 합쳐진 말이다. 이는 곧 'theatre'가 '지켜보는 장소(Seeing place)'라는 뜻임을 알게 해준 다. 'drama'의 어원은 'Dromenon(행동된 것, 동작된 것)'에서 'Dran(행동하다, 동작하다)'으로, 다시 'Drama(행동된, 행동될 것의 기록, 또는 희곡)'로 변천되 었다. 'drama'는 'dra(n)+ma'의 결합어인데, 'dra(n)'은 '행동하다(to do)'의 의미를, '-ma'는 접미사이다.[7] 영어 어원사전인 『Etymology』에 의하면, 'drama'는 '행하다, 만들다, 행동하다, 수행하다'라는 뜻의 그리스어 'drão'를 기원으로 하지만 정확한 어원은 확정짓기 어렵다.[8] 테니슨의 설명처럼 극적 예술에서 중요한 요소로 '행동하다'와 '보다'를 설정할 수 있다면, 에슬린의 극마당이라는 개념 규정도 어느 정도 동의할 만하다. 연극에서의 실제 배우, 영화와 TV드라마 속의 배우, 애니메이션과 라디오드라마에서 음성 연기를 하는 배우, 살아있는 배우를 대신해 연기하는 인형이나 그림자, 또는 축제나 공식 행사나 시위 현장에서의 사람들은 넓은 의미에서 'Dran' 또는 'drão'에 해당되는 특정 행위를 한다. 그리고 이러한 여러 상황들을 지켜보는 관객이 존재하게 된다. 그런 의미에서 라디오드라마는 극마당의 범주에서 모호한 위치에 존재한다고 볼 수 있다. 왜냐하면 라디오드라마 감상자는 눈으로 보면서 감상하지는 못하기 때문이다.

이 글의 서두에서 '극예술(劇藝術, dramatic arts)'과 '극적(劇的, dramatic)'이라는 용어를 사용했다. 'dramatic arts'는 직역하면 '극적(劇的) 예술들'이 될 것이다. 에슬린이 굳이 극마당이라는 용어를 통해 연극(또는 희곡), 그리고 연극의 관점에서 고찰되거나 연구될 수 있는 예술들을 불러 모았다면, 이는 그가 '극적(劇的, dramatic)'인 것의 속성을 통해 연극 및 다양한 여타 예술들도 함께 이야기될 수 있음을 시사하는 것이라 할 수 있다. '극적(劇的, dramatic)'이라는 말은 "일군의 다른 용어들, 이를테면 '상황(situation)', '반응(response)', '긴장(tension)', '구체적 (concrete)', '제시(presentment)' 등의 용어들과 대단히 긴밀한 연관성을 가지고 있으며, 아이러니와 은유의 중요성에 대한 전례 없는 강조에 깊이 관련지어져 있는 것"[9]을 의미한다.

보여주고 들려주는 송신자와 그 메시지를 감상하는 수신자의 '상황' 은 극적 예술이 작동되는 시공간을 전제로 한다. '반응'은 배우와 관 객 사이에 상호텍스트적으로 영향을 주고받는 특징을 말한다. 물론 공연 현장에서 연기를 하는 배우와 그 배우의 연기를 감상하는 관객 은 같은 시간과 동일한 공간을 전제로 한다. 이 특징이야말로 기존의 극장르를 이해하는 가장 기본적인 대상이었다. 그러나 에슬린의 주 장에 따른다면 연극 배우가 영화나 TV드라마에 출연하고 그의 연기 를 감상하는 관중과 시청자들이 반응하는 것도 포함시킬 수 있을 것 이다. '긴장'은 극장르뿐만 아니라 서사장르에도 해당된다. 하지만 에 슬린이 말한 '긴장'은 '극적 긴장'을 염두에 둔 것이다. 극예술이 시작 되고 중간의 복잡한 갈등 국면을 거친 후 클라이맥스(climax)를 맞이한 뒤에 종결되는 과정에서의 긴장감 고조를 의미한다. 우리가 일상 회 화에서도 자주 사용하는 '극적(劇的, dramatic)'이라는 단어는 주로 비극 작품에서 볼 수 있는 '급전(急轉, peripetia)'이나 '발견(發見, anagnorisis)'과 긴밀한 관계를 맺고 있다. 아리스토텔레스(Aristotle)에 의하면, 급전이 란 "사태가 반대 방향으로 변하는 것을 의미하는데, 이때 변화는… 개연적 또는 필연적 인과 관계 속에서 이루어진다."[10] 그리고 발견이란 "무지(無知)의 상태에서 지(知)의 상태로 이행하는 것을 의미하는데 이 때 등장인물들이 행운의 숙명을 지녔느냐 불행의 숙명을 지녔느냐에 따라 우호 관계를 맺게도 되고 적대 관계를 맺게도 된다. 그런데 발견 은 〈오이디푸스〉에 있어서와 같이 급전을 수반할 때 가장 훌륭한 것 이다."[11] 우리가 "두 집단의 극적인 타결"이라든지 "야구 경기 9회말의 극적인 역전승"과 같은 표현을 사용했다면 그것은 이 두 개의 상황이 예기치 못하게 '급전(急轉)'되었기 때문일 것이다. '구체적'이라는 말은 문자예술과는 달리 연극 공연이 실제 배우들이 관객 앞에 직접 등장 하기 때문에 사용된 것으로 보인다. 마지막으로 '제시'라는 단어를 보 자. 'presentment'라는 단어는 '제시'보다는 '(극의) 상연, 연출' 등으로 번 역하는 것이 더 이해하기 쉬울 것이다. 쉽게 말하자면 극작가와 배우 와 스탭들은 상연의 형식으로 관객에게 구체적인 상황을 제시하는 것 이다.

그렇다면 극마당의 극적 예술들과 관객의 관계는 어떻게 설정하는 것이 좋을까. 자크 랑시에르(Jacques Ranciere)에게 있어 진정한 연극과 연극 관람은 능동적인 관객을 필요로 한다. 물론 이때 랑시에르가 예 를 들어 설명하는 것은 극장에서 배우들의 연기를 직접 감상하는 관 객들을 전제로 한 것이다. 관객의 반응은 연기를 하는 배우들에게도 영향을 끼친다.

드라마는 행위를 뜻한다. 연극이란 운동하는 신체들이, 동원되어야 하는 살아 있는 신체들 앞에서 어떤 행위를 완수하도록 이끌리는 장소이다. 동원되어야 하는 살아 있는 신체들은 자신들의 힘을 포기했을 수도 있다. 그러나 이 힘은 운동하는 신체들의 퍼포먼스에서, 이 퍼포먼스를 구축하는 지적 능력에서, 그 퍼포먼스가 만들어내는 에너지에서 재포착되고, 재활성화된다. … 관객 없는 연극이 필요하다. 관중이 이미지들에 현혹되는 대신에 뭔가를 배우게 되는 연극, 관중이 수동적 구경꾼이 되는 대신에 능동적 참여자가 되는 연극이 필요한 것이다.[12]

위의 글은 역설적인 표현을 써서 연극과 관객의 관계에 대해 설명하고 있다. '관객'이 없는 대신에 "뭔가를 배우"고 "능동적 참여자가되는" 조건으로서 '관중'을 제시하고 있다. 따라서 위의 글을 문자 그대로 이해해서는 곤란하다. 랑시에르가 강조하고 싶었던 것은 수동적 구경꾼으로 남아 있는 '관객'은 진정한 의미의 연극을 만들 수 없다는 것이다. 그는 각각 개별자로서 객석에 앉아 수동적으로 연극을 바라보는 '관객'보다는 '관중'으로, 즉 연극이 유발하는 집단의 감성적 구성, 이것을 장소와 시간을 점유하는 방식으로서의 공동체로 규정하고싶어한다. 이 공동체는 "단순한 법적 기구에 맞서는 현동적(positive, 現動的)인 신체로서의 공동체로, 법과 정치 제도에 선행하여 그것들을 미리 형성하는 지각, 몸짓, 태도의 집합으로서의 공동체"[13]를 뜻한다.

그런 의미에서 연극 관람이라고 하는 사건은 객석에 앉은 사람들이 단지 수동적으로 무대를 바라보는 것이 아니라 무대 위에서 벌어지는 공연을 비판적으로 해석하고 능동적으로 그 공연에 적극 참여하는 것을 필요로 한다. 따라서 연극 공연과 연극 관람은 '수행적(遂行的, performative)'이고 '정동적(情動的, affective)'이라 볼 수 있다. 그렇기 때문에 연극 공연과 관람은 유의미하고 중요한 하나의 '사건'이라 칭할 수 있을 것이다. 알랭 바디우(Alain Badiou)의 다음 글은 극장에서 공연되는 연극에 초점을 맞추어 진술되고 있지만, 그의 설명은 에슬린이 주장한 극마당의 예술들에도 충분히 적용 가능하다.

연극은 서로 지극히 다른 물질적이고 관념적인 구성 요소들을 짜 맞추는 일로, 그 짜 맞춤은 오직 공연에서만 존재한다. 이 구성 요소들(대사, 무대, 배우들의 몸, 목소리, 의상 조명, 관객 …)은 공연이라는 하나의 사건 속에 한데 모이며, 공연은 매일 저녁 반복되지만 그럼에도 각각의 공연은 하나의 사건이고, 독특하다. 따라서 나는 이 사건 - 그것이 진정으로 연극일 때, 연극이라는 예술일 때-을 사유의 사건으로 보고자 한다. … 이 이념은 공연 속에서, 그리고 공연을 통해서 도래한다. 이 이념은 다른 것으로 환원할 수 없는 오로지 연극적인 것이며, "무대 위에" 도래하기 전에는 미리 존재하지 않는다. … 연극은 결국 삶과 죽음 사이에 열린 공간 속에서, 욕망과 정치의 관계 맺음을 사유하는 것이다.[14]

우리는 바디우가 위에서 한 설명을 에슬린의 주장에 적용해서 재해석할 수 있다. 위의 글에서 '몸, 공연, 구성 요소들, 무대 위'와 같은 단어들은 극장에서 행해지는 연극을 전제로 한 표현들이다. 극예술이 배우들의 '몸'만을 필요로 한다고 주장하기 힘들다. 왜냐하면 인형들을 조작해서 만든 작품도 연극으로 포함시키기 때문이다. '무대 위'라고 표현한 부분도 거리극이나 광장의 축제 등을 떠올리면 그 개념이 확장될 수 있는 단어이다. 오히려 위의 글에서 주목해야 할 부분은 '사건'이라는 단어이다. 관객(감상자 또는 메시지 수용자)이 특정 극예술을 접하고 유의미한 변화를 맞이하고 새로운 각성과 진리를 획득할 수 있다면 그것을 '사건'이라 부를 수 있을 것이다. 사건이란 "비가시적이었던 것 또는 사유 불가능하기까지 했던 것의 가능성을 나타나게 하는 어떤 것"[15], "알려지지 않았던 가능성이 실존한다는 것을 우리에게 가리"[16]키는 것이다. 바디우의 설명은 무대 위에서의 연극 공연을 전제로 하고 있지만, 이는 영화, TV드라마, 애니메이션 등에도 적용 가능할 것이다.

물론 영화 스크린이나 TV 모니터는 실제 연극 무대와 분명히 다른 환경에 놓여 있다. 연극 무대와 영화 스크린, TV 모니터(또는 컴퓨터 모니터와 스마트폰 액정 등) 사이에는 본질적인 여러 차이점들이 존재한다. 그것은 배우와 관객이 '지금-여기'에 공존(共存)한 상태에서 상호 소통을 지속하고 있느냐의 여부이다. 우리는 연극 공연이나 뮤지컬 공연을 감상하기 위해 극장으로 이동한다. 객석에 앉아 기다리다가 공연 시간이 되면 무대 위에 조명이 켜지며 배우들이 등장한다. 배우와 관객은 '지금(관람하는 현재)—여기(공연이 진행되는 극장)'에 함께 존재한다. 그런 의미에서 연극이나 뮤지컬에서의 관객과 배우는 '지금—여기'라는 '영원한 현재성'을 체험하게 된다. 그러나 영화나 TV드라마는 이와 다르다. 배우와 관객(또는 시청자)은 극장이라는 특정 공간에 함께 있지 않다. 영화와 TV드라마 속의 배우들은 영화 극장이나 각 가정의 거실에 있지 않고 촬영된 '그곳'에 있다. 또한 영화와 TV드라마 속의 극중 사건 진행은 영화 관객이나 TV드라마 시청자들이 작품을 감상하는 시간에 연기를 하는 것이 아니다. 작품을 감상하기 훨씬 전에 영화와 TV드라마를 위해 이미 촬영해 둔 것이다. 따라서 영화와 TV드라마는 '그때—거기'라고 하는 상황에 의존한다. 게다가 연극이나 뮤지컬 같은 실제 공연 체험은 일회성이라는 특징을 갖는다. 한 번 감상한 연극은 두 번 다시 똑같은 공연으로 체험할 수 없다. 영화와 TV드라마는 기록 시스템에 의해 작성된 텍스트이기 때문에 동일한 작품을 반복적으로 감상할 수 있다. 또한 연극배우와 관객들은 상호소통의 관계에 놓여 있기 때문에 서로 영향을 끼치면서 공연을 진행시킨다. 공연에 대한 관객의 적극적인 개입은 연극을 도중에 중단시킬 수도 있고, 배우들의 사기를 진작시켜서 더 열정적인 연기를 불러일으킬 수도 있다. 그러나 영화와 TV드라마의 경우에는 관객이나 시청자가 작품에 개입하여 중단시키거나 배우들에게 즉각적인 영향을 행사할 수 없다.

모든 예술 작품은 그 작품을 이루는 일정한 사상, 개념, 구상, 심리, 재료의 담지자로서 일정한 시대에 속해 있는 작가를 갖고 있다. 조각의 재료는 돌이나 점토, 석고, 콘크리트이고, 음악의 재료는 다양한 악기의 음향이나 인간의 목소리, 시의 재료는 단어가 될 것이다. 그렇다면 영화의 재료는 무엇인가? 그것은 무엇보다 다른 사람의 역할을 하는 사람, 곧 배우가 될 것이다. 이런 점에서 영화는 연극과 유사하다. 연극과 영화의 유사성은 우리가 무대나 스크린에서 끊임없이 이런 저런 사람의 얼굴을 본다는 단순한 사실뿐 아니라, 무대 위에서나 카메라의 렌즈 앞에서 행동하는 인간을 지칭하는 단어의 쓰임새 자체에서도 확실해진다. 우리는 똑같은 동사 '연기하다'를 사용하며 '연극에서 연기하다', '영화에서 연기하다'라고 말한다. 그러나 여기에는 근본적인 차이가 있다. 영화 배우와 관객 사이에는 사진이라는 중요한 매개체가 있다. 이것은 예술의 속성을 전격적으로 바꾸어놓는다. … 연기하는 배우가 아닌 실제 살아 있는 인간이 있는 스크린을 가정하는 것은, 연극의 제약성이 존재하지 않는 영화의 '반(反)연극성'에 기초한다.[17]

위의 글에서 로트만(Yuri Lotman)은 연극이나 영화나 배우의 '연기' 를 공통적인 특징으로 갖고 있음에도 불구하고, 실제 무대와 인공적인 스크린이라는 물질적인 차이 때문에 연극과 영화에 근본적인 차이가 있음을 지적한다. 그럼에도 불구하고 앞의 랑시에르와 바디우가 연극 공연을 염두에 두고 설명한 내용은 영화나 TV드라마에도 적용 가능할 것이다. 연극 공연을 관람하면서 관객이 능동적인 반응을 건네는 것처럼 영화나 TV드라마에서도 관객이나 시청자가 대상 텍스트에 대해 능동적인 태도를 갖는 것이 가능하다. 영화나 TV드라마의 감상자는 대상 텍스트를 감상하면서 눈물을 흘리거나 텍스트의 서사적 전개나 상황 설정 또는 배우들의 연기에 대해서 비난을 할 수 있다. 영화 극장에서 관객의 울음이나 웃음은 극장 안에 있는 다른 관객들에게 전파될 수 있고, TV드라마의 경우에는 거실에서 가족들끼리 함께 드라마를 볼 때 격렬하게 작품에 대해 비난을 쏟을 수도 있다. 바디우가 연극의 "구성 요소들(대사, 무대, 배우들의 몸, 목소리, 의상 조명, 관객 …)"을 이야기했을 때, 관객 눈앞에 실존하고 있는 무대이냐, 아니면 영화나 TV드라마를 촬영했던 공간이냐의 차이점만 제외한다면, '대사, 배우들의 몸, 목소리, 의상 조명, 관객'의 특징은 연극이나 영화 또는 TV드라마에 공통적으로 적용될 수 있는 구성요소라 할 수 있다. 다시 한 번 에슬린의 주장을 살펴보자.

실제 세계에 있어서 극의 실천가들은 이러한 엄격한 구분을 해 본 적이 없고, 지금도 그러하다. 채플린(Charles Chaplin), 키튼(Buster

Keaton), 필즈(W.C. Fields)와 막스 브러더즈(Marx Brothers)는 (분명히 대중연극의 장르들인) 뮤직홀(Music Hall)과 보드빌(Vaudeville)로부터 출발했고, 웰즈(Orson Welles)는 전위연극으로부터 출발했다. 아르토(Antonin Artaud)는 스크린 작가로서의 야심을 지녔다. 콕토(Jean Cocteau)는 무대희곡과 발레들을 썼는가 하면, 영화들을 쓰고 연출했다. 올리비에(Laurence Olivier)는 무대인으로 출발했지만, 최고의 스크린 배우들 중 으뜸갔다. 베케트(Samuel Beckett)는 텔레비전(그리고 라디오) 극들을 썼다. 브레히트(Bertolt Brecht)는 할리우드에서 영화작가로서 일했다. 핀터(Harold Pinter)는 세계에서 최고의 영화작가들(그리고 라디오 작가들) 중 하나이다. 베리히만(Ingmar Bergman)의 위대한 영화들 중 하나인 <일곱번째 봉인>은 그가 썼던 라디오 극의 각색이다. 파스빈더(Rainer Werner Fassbinder)는 뮌헨의 소극장들에서 전위극들을 쓰고 연출하는 작업과, 수백만불짜리 영화를 쓰고 연출하는 작업 사이를 오갔다. 같은 텍스트들이 다소간 가볍게 윤색되면서 모든 극적 매체들 안에서 나타난다. 많은 주요한 배우들이 모든 매체에서 주도적이 되고 싶어 한다. 최고의 연출자들과 디자이너들 중 많은 사람들이 극장, 영화, 그리고 텔레비전에서 일하고, 대단한 어려움 없이 한 분야로부터 다른 분야로 옮길 수 있다. 그리고 내 경험으로는 그들이 그 모든 서로 다른 극적 매체들 속에서 이루어지는 자신의 작업을 기본적으로 단일한 양식의 기교(skill)를 실천하는 것으로 간주한다. 이 기교는 특수한 차이들

과 다른 매체들의 요구에도 기꺼이 적용될 수 있다.[18]

에슬린의 설명처럼 우리나라에서도 연극, 영화, TV드라마, 애니메이션 등에서 배우, 연출가, 스탭들이 경계를 넘나들면서 활동하는 경우를 흔히 볼 수 있다. 또한 희곡, 영화 시나리오, TV드라마 대본 등을 넘나들면서 창작하는 작가들도 적지 않다. 소설이나 희곡이 영화화되거나 TV드라마로 각색되어 발표되는 사례도 많은 편이다. 반대로 영화나 TV드라마로 인기를 크게 끌었던 작품들이 연극 무대에 올라가는 경우도 있다. 그렇다고 해서 연극, 영화, TV드라마가 동일한 장르에 속한다고 주장하는 것은 무리일 것이다. 연극학, 영화학, TV드라마학 등의 개별 학문 분야가 독립되어 있는 것도 사실이다. 앞서 로트만의 지적처럼 연극과 영화 및 TV드라마는 본질적인 차이가 있다. 영화와 TV드라마는 배우와 관객 사이에 카메라라고 하는 광학적인 기계가 개입된다는 것에서 차별성을 갖는다.

연극-무대극-은 20세기 후반부에 있어서의 단지 하나의-그리고 비교적 작은-극 표현 형식이다. 그리고 기계 기술적으로 재생된 영화관이나 텔레비전, 라디오 등 매스 미디어의 극은 기법상으로는 다소 다르지만 또한 근본적으로 극이며, 극의 모든 기법들이 거기에서 파생되는 인식과 이해 심리의 동일한 기본 원칙들을 준수한다. … 이는 소포클레스나 셰익스피어의 희곡들과 같은 인간 정신의 위대한 작품들뿐만이 아니라 텔레비전 상황 희극, 또는 간단한 극 형식인 텔레비전이나 라디오 광고에도 적용된다. 오늘날 모든 산업 국가의 사람들은 극적 전달에 둘러싸여 있다.[19]

'act'라는 단어는 '연기(演技)하다'라는 뜻을 지니고 있다. 앞에서 'drama'의 어원이 '행동하다'의 뜻인 'dran' 또는 'drāo'에서 기원했을 것이라는 이야기를 했다. 그렇다면 'drama'와 'act' 사이의 긴밀한 연관성이 있음을 짐작할 수 있을 것이다. 우리는 연극, 영화, TV드라마에 등장하는 배우들의 '연기(演技), 움직임, 행동'을 감상한다. 또한 우리는 애니메이션이나 라디오드라마에서 성우나 배우들의 목소리 연기를 감상한다. 이들은 연기하는 사람, 움직이는 사람, 행동하는 사람, 즉 배우(actor)라 할 수 있다. 매체의 차이에 따라 다양한 극예술들은 연극, 영화, TV드라마, 애니메이션 등으로 구분된다. 그러나 위의 에슬린의 지적처럼 "극의 모든 기법들이 거기에서 파생되는 인식과 이해 심리의 동일한 기본 원칙들을 준수"하는 것도 무시할 수는 없다. 우리는 여기에서 '연기하는, 움직이는, 행동하는' 배우들과, 이들의 연기를 감상하는 관객이라는 2개의 필수적인 요소를 떠올려 볼 수 있다.

드라마는 생각하고 느끼는 바에 따라 행동하는 인간을 실연(實演)의

형식을 통해 모방한다. 무대연극, 극영화, 텔레비전 드라마는 바로 이와

같은 드라마의 정의에 부합한다. 이것들은 공통적으로 배우에 의해 실

연(實演)된 이야기 형식을 근본으로 하는 것이다. 단, 차이가 있다면 무

대연극에서는 살아 있는 배우가 직접 출현하고, 영화와 텔레비전 드라

마는 살아 있는 배우의 연기를 미디어를 통해 중재하는 것뿐이다. 무대

연극과 극영화 그리고 텔레비전 드라마는 기법과 기술의 차이는 있으

나 모두가 본질적으로 드라마인 것이다. … 우리는 영화와 텔레비전을

20세기가 낳은 새로운 드라마 매체로 이해해야 한다.[20]

위의 글은 에슬린의 주장과 다르지 않다. 여기에서 드라마의 특징

으로 "극적인 양식, 실연에 의한 이야기, 보여주기, 본다, 집단경험"[21]

을 제시하고 있는데 '보여주기, 본다, 집단경험'은 '보여주기/들려주

기, 본다/듣다, 집단경험/개인경험'으로 확장시켜서 이해하는 것도 가

능할 것이다. 왜냐하면 낭독극, 라디오 드라마, 애니메이션을 감상할

때 배우의 목소리를 중심으로 대하기 때문이다. 베케트(Samuel Beckett)

의 실험적인 희곡 〈코메디〉의 경우 무대 위에 놓인 항아리 속에 들어

간 배우들이 얼굴만 내놓고 대사를 읊는다. 이때 배우들의 몸동작은

부동(不動)의 상태 속에서 목소리만으로 연극을 진행한다. 집단경험의

경우, 영화관에서나 연극 극장에서의 체험은 그곳에 모인 관객들과의

집단체험이지만, TV드라마를 방에서 혼자 감상하거나, 스마트폰으로

감상하거나, 컴퓨터 모니터로 감상하는 경우도 많기 때문에 개인경험도 드라마의 요소로 생각해 볼 수 있을 것이다.

햄릿   자신의 판단을 스승으로 삼아라. 행동을 말에 맞게, 말을 행동에 맞게 해라. 특히 자연의 중용을 넘어가지 않도록 조심해. 그런 과장은 연극의 목적에 반한다. 연극이란 처음이나 지금이나 과거나 현재나 비유컨대 자연에 거울을 갖다 대는 일인데, 선에게 그 모습을, 가소로운 것에게 그 꼴을, 오늘날의 시대와 상황에 그 형상과 진면목을 그대로 보여주는 거라고. 그런데 그게 너무 지나치거나 모자라면 무식한 자들에겐 웃음을 자아내도 식자들에겐 괴로울 뿐이야.

– 셰익스피어, 〈햄릿〉[22]

햄릿이 연극배우들에게 충고하는 말, "선(善)에게 그 모습을, 가소로운 것에게 그 꼴을, 오늘날의 시대와 상황에 그 형상과 진면목을 그대로 보여주는" 것에 집중하라는 말. 이 대사 속에는 이미 배우와 관객이라는 두 존재가 전제되어 있다. 왜냐하면 배우들이 "보여주는" 것은 관객 앞에서 행해지기 때문이다. '보여주고/들려주고, 보고/듣고' 하는 행위는 배우와 배우 사이, 그리고 배우와 관객 사이에서 벌어지는 격렬한 게임 같다. 배우들의 동작, 목소리, 표정, 언어를 보고 들으며 관객은 배우들이 펼쳐놓는 극중 현실 속에 동참하기도 하고 거리를 두고 외면하기도 한다. 동의하건 반대하건 관객들은 배우들의 연기에 동참함으로써 '연극이라는 인생'을 함께 살아간다. 영화학자 앙드레 바쟁(Andre Bazin)은 연극 예술과 영화 예술의 차이점을 분명하게 밝히는 것과 함께 다음과 같은 말도 남겨 두었다.

연극과 영화는 뛰어넘을 수 없는 미학적인 깊은 구렁에 의해 더 이상 분리되는 것이 아니라, 이들은 다만 연출가들이 광범한 조정 능력을 유지하는 두 개의 정신적 태도를 낳게 하는 경향이 있을 뿐이다. … 영화는 그것이 연극 무대공연을 완전히 대신할 수는 없지만, 적어도 연극이 가치 있는 예술적 존재라는 것을 확실히 해주고, 또 거의 유사한 즐거움을 우리에게 제공할 수 있는 것이다.[23]

연극을 감상하거나 희곡을 읽는 것, 이것은 영화나 TV드라마 또는 애니메이션이나 라디오드라마를 감상하는 것과는 다른 분석 태도를 요구하며, 이에 따라 관객은 각기 다른 감정적 반응을 갖게 된다. 그러나 바쟁이 이야기하듯, 성좌(星座)처럼 펼쳐져 있는 극예술의 다양한 텍스트들은 연극 감상에서 느낄 수 있는 "거의 유사한 즐거움"을 줄 뿐만 아니라 각 분야의 텍스트들이 다양한 "정신적 태도를 낳게 하는 경향"이 있음을 알게 해준다.

2장　희곡의 유형

1. 비극

1) 고전 비극

비극(悲劇)의 영어 단어는 'Tragedy'이다. 'Tragedy'는 그리스어 'Tragoedia'에서 연원하는데 'Tragi(산양, 山羊)'이라는 단어와 'Oide(노래)'라는 단어의 합성어로 알려져 있다.[24] 또는 어원사전(語源辭典)에 의하면, 염소(goat)나 사슴(buck)을 뜻하는 'tragos'와 노래(song)를 뜻하는 'ōidē'가 합쳐져서 생긴 용어라는 해석도 있다.[25] '산양(山羊)의 노래'가 어떻게 지금의 비극(Tragedy)이라는 의미를 지니게 되었는지에 대해서 정확한 논증은 없다. 고대 그리스 시대 합창 경연 후 혹은 디오니소스 축제 때 신전(神殿)에서 승자를 위해 산양(山羊)을 바쳤는데 이때 희생된 산양의 죽음에 대한 슬픔을 합창한 데에서 유래되었다는 설, 중세 시대에 산양이 비통한 울음소리를 냈기 때문에 '슬픈 연극'을 '산양의 극'이란 의미에서 비극을 의미하게 되었다는 설, 또는 축제에서 노래를 가장 잘 부른 이에게 상으로 양을 주었기 때문에 'tragoedia'라는 단어가 만들어졌다는 설, 노래를 부른 사람들이 양모(羊毛) 또는 양피(羊皮) 같은 옷을 입고 있었기 때문에 그 어원이 생겼다는 설 등이 있으나 그 유래에 대한 구체적인 증거는 없다.[26] 어쨌든 비극이 '슬픈 이야기'를 지시하고 있다는 사실은 그리스 시기부터 굳어진 것으로 보인다.

'Tragedy'의 어원이 정확하게 무엇이었는지와 관계없이 이러한 양식의 연극이 신에게 올리는 축제, 즉 고대의 제의(祭儀)에서 출발했다는 것에는 대부분의 학자들이 동의하고 있다.

고대 그리스인들은 여러 신(神)들을 섬겼는데 그 중에서 디오니소스(Dionysus)신을 특히 좋아했다. 디오니소스 신은 박카스(Bacchus) 신으로 불리던 포도주의 신, 즉 주신(酒神)이었는데 다산(多産)의 상징이기도 했다. 그리스 비극은 디오니소스 신을 찬미하는 디시램(Dithyramb)이라는 디오니소스 찬가(讚歌)에서 유래했다는 것이 상식처럼 받아들여지고 있다.[27]

현대 극 이론에서도 거의 절대적인 정전(正典, canon)으로 큰 영향을 끼치고 있는 아리스토텔레스(Aristoteles)의 『시학(詩學)』은 비극에 대한 고전적인 교과서라 할 만하다. 아리스토텔레스에 의하면 비극 작품들의 특성을 규정하는 몇 가지의 근본 요소들이 존재한다. 즉 카타르시스(catharsis), 하마르티아(hamartia), 히브리스(hybris), 파토스(pathos), 미토스(mythos) 등이 그것이다.

'정화작용(淨化作用)'으로 번역되는 카타르시스는 비극 작품에서 발생하는 연민이나 공포감을 통해 이러한 연민과 공포감의 정념(情念)들이 정화(淨化)되는 기능을 말한다. '비극적 결함'이라는 뜻을 지닌 하마르티아는 자신의 파멸을 초래하는 과정을 추구하는 주인공의 행위에서 볼 수 있다. '오만(傲慢)함'이라는 뜻을 지닌 히브리스는 여러 경고와 충고에도 불구하고 위협적인 대상을 피하지 않고 집요하게 그것을 추적하는 주인공의 완고한 고집과 자만심을 말한다. '고통'이라는 뜻의 파토스는 비극이 관객에게 전달하는 주인공의 고통을 말한다. 미토스는 파토스(고통)에서 아나그로리시스(anagnorisis, 인식)에 이르기까지의 전 과정을 통한 프락시스(praxis, 등장인물들의 극행동)의 미메시스(mimesis, 모방)을 의미한다. 즉 비극은 등장인물 사이에서 자신에 대한 진실의 인식 또는 불행의 기원에 대한 자각(인지)이 생길 때까지 그들의 고통과 연민의 분위기 속에서 일어나는 인간적인 행동을 모방하는데 이때의 모방을 미토스라 부른다.[28] 이상과 같은 아리스토텔레스의 비극 이론은 현대에 와서 재해석되고 수정되기도 했지만 극 이론에서 차지하고 있는 비중은 아직도 무시하기 힘들 정도이다. 그의 비극 이론은 현재 우리들이 사용하고 이해하고 있는 비극의 특성들과는 다소 차이점을 가진다. 아리스토텔레스를 포함해 고대 그리스 사람들은 오늘날 우리가 말하는 '희극' 이외에 극에 엄숙한 부분이 존재한다면 비극이라 생각했다. 실제로 아리스토텔레스는『시학』에서, 극 중 주인공이 불행한 상태로 파멸하는 작품만 아니라 비록 종말이 해피엔딩으로 끝나더라도 엄숙한 면이 있고 공포와 연민의 감정을 통해 정화(淨化) 작용을 한다면 비극으로 간주했다.[29]

　유럽에서 비극의 역사 중 주목해야 할 세 시기가 있다. 첫 번째 시기는 B.C. 5세기부터 시작된 고대 그리스 시대로 〈오이디푸스왕〉

을 쓴 소포클레스(Sophocles)가 대표적이고, 두 번째 시기는 16세기 말
과 17세기 초의 영국으로 여러 편의 비극 작품을 창작한 셰익스피어
(William Shakespeare)가 대표적이며, 세 번째 시기는 17세기의 프랑스로
코르네유(Pierre Corneille)와 라신(Jean Baptiste Racine) 등이 대표적인 작
가라 할 수 있다.

　B.C. 5세기 소포클레스의 비극들은 인물들이 고통과 역경을 통해
신의 행동이 지니는 의미와 신적(神的)인 질서를 배울 수 있도록 한다.
그의 비극 〈오이디푸스왕〉에서 오이디푸스는 신탁(神託)의 예언이 있
었음에도 그것을 받아들이기를 거부한다. 그럼에도 불구하고 그는 부
주의한 분노와 자만심으로 인해 신탁의 예언을 실천하게 되는데 이러
한 오이디푸스의 행동들이 실천됨에 따라 비극적 상황이 조성된다.
소포클레스의 이 비극은 인간이 커다란 대가를 치르고 나서야 자기
자신이 누구인지 알게 된다는 교훈을 남긴다. 즉 소포클레스의 〈오이
디푸스왕〉을 통해 비극 속의 영웅의 행위를 알게 되는 것이다. 영웅
적인 행위란 자신이 만들어내지 않은 세계 속에 내던져진 인간이 그
속에서 숙명과 정면으로 맞섬으로써 결국 자신이 누구인가를 고통스
럽게 깨달아가는 것이라 할 수 있다.[30]

　16세기 말과 17세기 초의 영국의 연극은 셰익스피어로 대표될 만하
다. 그의 비극들은 그리스 비극처럼 고상한 가문의 태생이나 높은 위
치에 있는 인물들이 주로 등장한다. 그러나 그리스 비극에서 주인공

의 파국이 신(神)의 심판이나 숙명의 엄격함 때문에 발생하는 것에 비해, 셰익스피어는 주인공들에게 닥쳐오는 비극적인 운명을 제시하는 것에 한정되지 않고 그들 성격에 의해 수반되는 비극적인 결과라는 양면에서 주인공의 성쇠를 보여줌으로써 차별성을 지닌다.[31]

17세기의 프랑스의 코르네유와 라신은 이 시기 프랑스의 비극을 대표한다. 코르네유가 복잡한 플롯에 단순한 등장인물을 배치했다면, 라신은 상대적으로 단순한 플롯에 복잡한 등장인물을 배치했다. 코르네유는 신고전주의적 양식을 확립했는데 그의 비극 작품들에서는 불굴의 의지를 지닌 주인공들이 불명예보다 죽음을 선택한다는 특징을 보인다. 〈페드라〉는 라신의 비극 중 가장 유명한 작품이다. 라신의 비극 속 주인공들은 자신의 딜레마를 큰 소리로 말하고 의식하면서 자신의 내적 갈등과 힘겹게 싸우지만 갈등은 해소되지 않고 파멸하는 결말을 맞이한다.[32]

이들 세 시기를 관통하고 있는 비극에는 공통점이 존재하는데 에드윈 윌슨(Edwin Wilson)은 이를 다음과 같이 5가지로 정리한다.

(1) 작품의 주인공은 대개 특별한 존재, 가령 왕이나 여왕, 장군, 귀족 등으로 높은 지위를 지닌 사람이다. … 주인공들이 중요한 지위를 차지하는 존재들이므로 그만큼 그들이 등장하는 극의 중요성도 커지게 되고, 비극의 등장인물들은 개인으로서뿐 아니라, 문화 전체나 사

회 전체에 대한 상징으로서의 역할도 한다.

(2) 작품의 중심 인물은 계속되는 비극적 상황에 처하게 된다. ··· 전통 비극에서는 주인공이 운명의 거미줄에 걸려들게끔 세상이 이미 결정되어 있는 것으로 보인다.

(3) 상황은 걷잡을 수 없이 전개된다. 되돌아갈 수도, 빠져나갈 방도도 없다. 비극 속의 인물들은 명예롭게 빠져나갈 수 있는 방도가 전혀 없는 상황에 처한 자신을 발견한다. 그들은 비극적인 운명을 직시하고, 앞으로 나아가 자신의 운명에 마주해야 한다.

(4) 주인공은 고난에 맞서 강한 의지와 넓은 포용력을 보여준다. 이 점은 그 주인공이 칭송받을 만한 인물이든 형편없는 인물이든 상관없이 적용되는 사실이다. 즉 주인공은 고통스러운 재앙을 인내하며 맞붙어 싸운다. 주인공들은 자신의 운명을 받아들인다.

(5) 전통 비극의 언어는 운문이다. 비극은 (인생에서 외적으로 나아갈 수 있는 한계선상에 선 인물들이 지니고 있는) 숭고하고도 심오한 사상을 다루고 있기 때문에 인간이 경험할 수 있는 위쪽 한계로 솟아올랐다가 아래쪽 한계로 떨어지며, 많은 이는 그러한 사상과 감정이 시를 통해서만 표현될 수 있다고 여긴다.[33]

위에서 (2)와 (3)은 멜로드라마에서도 찾아볼 수 있는 특징이라 할 수 있다. 그러나 고전 비극이 높은 지위를 가진 인물들을 주인공으로 내세운다는 점, 고난과 역경에 맞서 강한 의지를 굽히지 않는다는 점, 운문으로 작성된 텍스트라는 점은 멜로드라마와 다른 특성이다. 말하자면 고전 비극은 고귀한 인물들이 숙명적인 역경을 만나 의지를 꺾지 않고 끝까지 투쟁하면서 파멸을 맞이한다는 점에서 관객들에게 공포와 연민의 감정을 주고, 이러한 감정을 통해 강한 카타르시스를 경험하게 만든다.

비극 또는 비극적 비전에 대해서 알아보기 위해서는 우선 비극의 세 가지 측면에서 이해할 필요가 있다. 첫째, '사회 제도'로서의 비극 공연인데 이는 도시국가 아테네의 시민들을 단합시키고 도시국가의 정체성을 구축하며 그 구성원인 시민들의 문화적 역량과 자부심을 앙양하는 중요한 도구이자 토대로서 작용했다. 둘째, '예술작품'으로서의 비극이 있는데 이는 공연을 위해 창작된 문학의 한 장르로서의 극시(劇詩)를 의미한다. 셋째, 이러한 비극 작품 속에서 구현되는 '인간관과 세계관으로서의 비극적 비전(또는 감각)'의 차원을 들 수 있다.[34] 이를 다시 정리해 보면 오늘날 비극의 의미는 첫째로 현실 경험으로서의 비극적 현상, 둘째로 예술작품으로서의 비극, 셋째로 현실 경험과 예술작품을 모두 포괄할 수 있는 형이상학적 관점과 사유방식으로서의 비극적 비전으로 말할 수 있을 것이다.[35]

비극에는 일정하게 틀을 지을 수 있는 절차나 순서가 존재한다고 볼 수 있다. 처음으로 언급해야 할 대상이나 요소는 '상황'이다. 특정한 상황 속에서 인물들이 움직이고 이 움직임을 통해 각각의 인물들은 자신의 감정, 지향, 가치, 이념, 욕망, 세계관 등을 표출한다. 극중 사건은 이런 상황 속에서 벌어진다. 그 상황이 극중 인물들에 의해 매개되어 있기 때문에 상황은 실존적으로 조건이 주어질 것이다. 이러한 실존적인 상황 속에서 인물들이 어떻게 판단하고 어떠한 선택을 하는가에 따라 극중 인물의 '성격'이 결정될 수밖에 없다. 성격을 이루고 있는 것은 감성과 이성이지만 극중에서 주로 작동하고 있는 것은 이성보다는 감성, 열정적인 욕망이나 의지라 할 수 있다. 극의 주인공이 선택하거나 추구하는 목표, 그리고 이 목표를 획득하기 위해 자신의 열정과 극한의 투쟁을 보여줄 때, 비극은 주로 그 인물의 욕망이 처참하게 패배하는 상황을 보여준다. 주체의 욕망과 의지와 정열이 외적 상황의 조건에 부합하기도 하지만 거의 대부분은 어긋나게 된다. 이것이 바로 '충돌'이라 할 수 있다.[36] 쉽게 이야기해서 비극의 주인공은 '상황', '성격', '충돌'과 긴밀하게 연관되어 있으며 이 세 가지 요인 때문에, 또는 이 세 가지 요인들을 통과하면서 파국을 맞이하게 된다. 그래서 아리스토텔레스가 비극의 효과를 강조하면서 '연민'과 '공포'와 '카타르시스'를 내세웠던 것이다.

비극에 등장하는 훌륭하고 성숙한 개체들은 자신들에게 닥쳐올 운명에 대한 통찰을 가지며, 종종 고도의 철학적 차원에서 그들이 봉착

할 일을 판단하고 해석한다. 그들은 스스로 사건의 의미 차원에 참여하며, 자신들이 연루된 죄에 대한 통찰을 갖는다. 게다가 그들은 종종 이 죄를 인간적 행위의 원초적 죄악이 개인적 경우로 나타난 것임을 간파하고 이를 통해 동시에 지고(至高)의 도덕적 규범들에 자신을 내맡기며, 이 규범들이 상처 입을 경우 자아 재판을 감행할 정도로 이 규범들의 잣대로 자신을 재어 본다.[37]

물론 위의 인용문은 고대 그리스 비극에 대해서는 적절한 지적이지만 현대 비극에는 그대로 적용될 수는 없다. 소포클레스의 〈오이디푸스왕〉과 〈안티고네〉, 셰익스피어의 〈리어왕〉, 〈햄릿〉은 위의 설명이 유효하지만 미국 극작가 테네시 윌리엄스(Tennessee Williams)의 〈욕망이라는 이름의 전차〉나 아서 밀러(Arthur Miller)의 〈세일즈맨의 죽음〉과 같은 현대 비극에는 그대로 적용되기 힘들다. 그럼에도 불구하고 고대 그리스 비극이나 현대 비극에서 공통적으로 발견될 수 있는 것도 존재한다. 즉 비극적 주체를 형성하는 것은 "어떤 상황과 이 상황 속의 행위 그리고 이 행위로 인한 충돌"[38]인데 여기에는 이것들을 추동하는 것으로서 파토스가 개입되어 있다. 헤겔(Georg Hegel)에 의하면, 파토스에는 다음과 같이 세 가지 중요한 요소가 존재한다.

첫째, 파토스는 단순히 심정의 내적 동요에서 비롯되는 정열이 아니다. 그것은 "심사숙고하고 아주 신중한" 고민으로부터 나온다. 그런 점에서 파토스는 신과는 무관하다. 신들은 고민 없이 사는 까닭이고, 그래서 늘 평정과 냉정 가운데 안주하는 까닭이다.

둘째, 파토스는 "인간의 가슴 속에 살아 있으면서" 그 "가장 깊은 곳에서 움직이는 일반적 힘들"에 관련되어 있다. 아마 이 힘들이란 윤리와 진실 그리고 성스러움 같은 것이 될 것이다.

셋째, 파토스는 "본질적이면서도 이성적인 내용"-"심정에 깃든, 그 자체로 정당한 힘이고, 이성과 자유로운 의지의 한 본질적 내용"과 이어진다.[39]

물론 파토스에 대한 위의 설명도 고대 그리스 비극이나 셰익스피어의 비극을 설명할 때 적합한 내용이지만 현대 비극 작품을 이해할 때에도 부분적으로 도움이 될 수 있을 것이다. 멜로드라마에서 파토스는 가장 중요한 요소이자 특징으로 자리매김할 수 있는데, 비극에서도 파토스는 매우 중요한 요소가 아닐 수 없다. 아리스토텔레스가 비극을 설명할 때 연민, 공포, 카타르시스를 강조한 것은 이러한 감정들이 파토스와 밀접하게 연루될 수밖에 없기 때문이다. 아리스토텔레스에 의하면 파토스란 "무대 위에서의 죽음, 고통, 부상 등과 같이 파괴 또는 고통을 초래하는 행동"[40]을 의미한다. 고대 그리스 비극이 소재를 영웅 전설이나 신화 등에서 인용함으로써 민중의 염원이나 욕망을 충족시키고, 이와 더불어 당시 관객들의 최대 관심사나 그 당시의 대중 심리학을 대변하며 성찰할 수 있는 이성적 능력도 유도했다고 간주한다면, 이는 곧 비극의 파토스가 일방적으로 정념(情念), 열정, 충동을 관객에게 주입시키지만은 않았음을 간파할 수 있다. 고대 그리스 비극의 관객들은 대상으로서의 비극 텍스트에 대해 거리를 두고 감상할 수 있었고 비평적 논평도 생산할 수 있었던 것이다. 고대 그리스 비극, 셰익스피어의 비극, 라신의 비극, 현대 비극 등 역사적 시기에 따라 비극 텍스트의 성격도 변화하고 관객의 연극 감상 태도도 변화해 왔다. 하지만 비극 작품들이 관객에게 비극적 정서를 제공하고 이를 통해 도덕의 고양이나 감정의 정화(淨化)나 현실 사회에 대한 비판적 거리감을 형성시켰다는 것도 기억해야 할 것이다. 이를테면, 비극 작품과 관객의 관계는 비극 텍스트가 생산해 낸 극중 사건, 즉 '가상(假像) 또는 가공(架空)으로서의 세계'와 관객이 살아내고 있는 실제 현실 세계와의 끊임없는 갈등과 융합의 게임으로 볼 수 있을 것이다.

　　비극적 충돌이 지닌 인류 보편적 의미가 더 넓으면 넓을수록 그것이 지닌 진정으로 비극적인 내용 역시 그만큼 더 커지는 것이다. 이 인류 보편적, 절대적 계기는 비극 속에서 구현되는 이상의 진보성에 직접적으로 의존한다. … 비극적인 것의 미적 내용은 구체적, 역사적인 사회적 이상에의 정향성에 의해 규정되는 것이다. 하지만 이 정향성이라는 것은 상이한 본성을 가질 수가 있다. 즉 어떤 이상을 관철시키고 실현하기 위해 투쟁하는 인간의 죽음이나 고통이 그것이다. … 삶뿐만 아니라 예술 속에서도 비극적 충돌의 근저에는 이상적인 것을 현실에 옮겨놓기 위한 투쟁이 놓여 있다. 이러한 투쟁의 주요 영역이 인간사회라는 것은 자명한 사실이다.[41]

위의 인용문은 비극적 특성이나 비전이 당대 사회와 역사에 얼마나 긴밀하게 연결되어 있는지를 잘 설명하고 있다. 고대 그리스 비극이나 셰익스피어의 비극에 등장하는 고귀한 신분의 주인공들, 그리고 이들의 궁극적인 파멸, 이 과정에서 관객들이 느끼게 되는 연민과 공포와 카타르시스. 이러한 감정들이 단지 고상하고 엄숙한 형이상학적 각성만으로 이루어지지는 않는다. 고전 비극이나 셰익스피어 비극에서 영웅이나 왕족들의 강한 의지와 그럼에도 불구하고 찾아오는 파멸, 그리고 극중 인물들 사이의 격렬한 갈등과 투쟁 과정을 보면서 관객들이 관념론적인 카타르시스만을 느끼는 것은 아니다. 관객들은 비극 속의 상황, 성격, 갈등, 사건, 파국적 정서 등을 바라보면서 자신들이 살아가고 있는 현실 생활에서의 체험과 함께 비극적 정서를 번역해 받아들이는 것이다.

물론 고대 그리스 비극에서 현대 비극에 이르는 긴 역사의 흐름 속에서 비극 작품을 대하는 관객들의 입장은 끊임없이 변화해 왔다. 현대 비극에서는 고대 그리스 비극에서보다 관객들이 극중 비극적 상황에 대해 현실 세계와의 유비 관계를 통해 감상할 것이다. 그렇다고 해서 고대 그리스의 관객들이나 셰익스피어의 비극을 보는 관객들이 자신들의 현실 세계와 완전히 분리된 채 극중 사건이나 상황에 동일시되었다고 보기는 무리일 것 같다. 관객이 현실 세계에 대한 감각을 완전히 잃고 극중 가상 사건 속에 온전하게 동일시된다는 것은 이론상 가능할 수 있지만 실제 관극의 사건 속에서 보편적으로 발생한다고 간주하기는 힘들기 때문이다. 철학자 칼 야스퍼스(Karl Jaspers)의 다음과 같은 설명에 대해 살펴봄으로써 이 문제를 생각해 보자. 야스퍼스는 비극에서 승리와 패배의 문제에 있어서의 비극적 요소에 대한 양상을 설명한다.

첫째, 승리는 싸움에서 이긴 자의 것이 아니라 패배한 자의 것이다. 실패를 견뎌낼 때, 패배자는 승리하고 있는 것이다. 표면상의 승리자는 진실로 열등한 자이다. 그의 승리는 덧없고 공허하다.

둘째, 정복하는 것은 보편적인 것, 세상의 질서, 도덕적 질서, 삶의 보편적 법칙이나 영원한 것 등이다. 그러나 바로 그러한 보편성을 인식하는 것은 그것을 거부하는 것임을 암시한다. 보편성의 본질은 그것을 반대하는 이러한 인간의 위대함을 무너뜨려야 한다.

셋째, 사실상 어떤 것도 승리하지 못한다. 대신 보편적인 것이든 영웅이든 모든 것은 의문시된다. 초월적 존재에 비교해 볼 때 모든 것은 제한되어 있고 상대적이다. 그러므로 보편적인 것이든 개별적인 것이든, 원칙이든 예외이든 파괴되는 것이 당연하다.

넷째, 승리와 실패에서 해결책을 얻어가는 바로 그 과정에서, 새로운 역사적 질서는 탄생하며 시간이 바뀌면 덧없는 것이 된다. 새로운 역사적 질서의 중요성은 처음에는 그것이 생겨난 비극적 요소에 대한 특수한 인식에 적용된다.[42]

야스퍼스의 견해에 의하면 비극에서 주인공의 패배는 역설적 의미에서 승리이고, 보편성이나 세계의 질서가 주인공의 위대함을 파괴하지만 이를 통해 새로운 역사적 질서에 있어 그 중요성을 발휘한다. 요컨대 비극에서 주인공의 "인내력이나 용맹과 사랑은 그를 선의 경지로 올려 놓"[43]고 "정신적으로 성장"[44]시킨다. 그러나 그리스 시대의 관객들이 비극을 통해서 아리스토텔레스가 말한 카타르시스 효과만을 얻었다고 보는 것은 무리일 것이다. 비극 작품이야말로 고대 그리스 도시국가의 정치 체제, 즉 아테네 민주제의 사회구조가 내포하고 있는 각종의 모순을 직접적이고도 명확하게 드러내는 예술 장르로 볼 수 있다.

고대 그리스의 비극은 "그 외면적인 형식에 있어서, 즉 일반 대중을 위해 공연되었다는 점에서는 민주적이나, 그 내용에 있어서, 즉 소재가 된 영웅 전설이나 영웅적, 비극적 생활 감정이라는 점에서는 귀족적"[45]이었다는 점에서 모순으로 가득 찬 예술이다. 또한 이러한 비극의 내적 모순뿐만 아니라 비극의 외적 상황 속에서도 모순이 발견된다. 즉 고대 그리스의 비극은 결코 민중적인 연극이 될 수 없었는데, 비극 양식은 실생활에서 취재하여 주로 흉내와 춤으로 된 일종의 광대극이자 익살극이었던 민중연극 '미무스(mimus, mime)'와 갈등 국면 속에서 병존하고 있었다. 도시 국가로부터 어떠한 지원도 받지 못한 미무스는 민중들에 의해 자발적으로 발생했는데 그 텍스트들은 지금까지 전해지는 것이 없다. "만일 이것이 남아 있다고 하면 우리는 그리스 문학에 관해서, 그리고 아마 그리스 문화의 전체에 관해서도 지금과는 다른 판단을 내"[46]렸을 정도로 그 역사도 길었고 공연 품목도 매우 풍부하고 다채로웠다. 자연주의적 수법으로 만들어진 미무스는 공연 텍스트가 보존되지 못한 탓에 고대 그리스 연극사에서 빈 공간으로 누락되어 있다. 고대 그리스 비극은 내적으로도 모순을 안고 있었지만, 연극 외적으로도 미무스라는 민중 연극과의 길항 관계를 통해 모순 관계에 놓여 있었다. 아테네 도시 국가의 시민들이 주로 비극을 감상했으리라 추측이 되지만, 동시에 이 시민들이 미무스라고 하는 민중예술도 함께 감상했으리라는 것 역시 합리적인 추측이 될 것이다.

　비극에 대한 인식과 해석은 현대 비극에 와서 많이 변화했다. 그런 의미에서 '비극'이라는 대상 자체가 고정불변하고 단일한 의미로 환원될 수 없다는 사실을 인식하는 것이 중요하다. 고대 그리스 비극, 셰익스피어의 비극, 프랑스의 고전주의 비극 등은 현대 비극에서 볼 수 있는 경향들과는 달리 비교적 연속적인 규범으로 작동되었다. 전통적인 비극의 특징은 다음과 같다.

> 비극은, 그 어떤 능력 혹은 자유를 천부적으로 부여받은 영웅, 자기의 말(言語), 가족, 사랑 … 등을 지배할 수 있는 혹은 지배한다고 스스로 믿고 있는 그 무언가의 왕(王)인 영웅을 전제로 한다. 프롤레타리아, 굶주린 농부, 자신이 참여하지 않은 적나라한 폭력의 희생자들은 비극적이지 않다. 영웅은, 자신이 운명보다 더 강한 자가 될 수 있다고 믿은 후에 실추(失墜)한다. … 또한 비극은 우리들로 하여금 도덕적이며 철학적인 커다란 애매성에 직면케 한다. … 비극은 울리는 게 아니라 전율하게 한다. 그러나 공포 영화에서처럼 육체적 방법으로는 아니다. 영혼은 공포에 사로잡히고, 단련되고 재충전된 활력을 갖게 된다. 비극은 인본주의적이다. 그것은 꿋꿋이 서 있는 인간을 찬양하고 '희망'을 말한다. 세상의 불가해성과 '운명적인' 것의 부당함은, 비극에서는 지적(知的) 이해 작용의 대상이 되며, 감정과 감동을 포함하는 진지한 의식의 포착 대상이 된다.[47]

이는 곧 고전 비극의 기능이 "연민을 느끼는 우리의 능력을 확대시키는 것"[48]이며 "우리에게 이러저러한 불행한 사람에 대해 연민을 느끼는 것을 가르쳐줄 뿐 아니라 불행한 사람이 언제, 그리고 어떤 형상을 하더라도 우리를 감동시키고 우리 자신에게 받아들일 정도로 느끼게 만드는 것"[49]임을 시사한다. 아리스토텔레스가 말했듯이 비극은 "연민과 공포를 환기시키는 사건에 의하여 바로 이러한 감정의 카타르시스를 행"[50]함으로써 관객으로 하여금 삶과 죽음의 문제, 삶의 유한성, 숙명이나 외적 환경에 비해 터무니없이 취약한 인간의 한계, 고통과 파멸에서 벗어나지 못하는 인물과 상황에 대한 공포심과 연민 의식 등을 성찰하게 만든다.

연민은 다른 조건이 동일하다면 고통 받는 사람의 운명을 가능하면 최대한 좋게 만들어주려는 관심을 갖고 우리가 생각 속에서 일정한 인간적 사실을 모종의 방식으로 경청하도록 만든다. 그가 관심의 대상이기 때문이다. 종종 이 관심은 나도 어느 날 그러한 처지가 될 수도 있다는 생각에 의해 동기를 부여받거나 지지된다. 종종 다시 한 번 나를 그 사람 처지에 놓아보는 상상적 실험에 의해 동기를 부여받거나 지지된다.[51]

비극 작품에서 받는 감정들, 파멸을 맞이하는 주인공에 대한 연민, 참혹한 지경까지 도달한 비극적 상황, 신과 자연의 무한성에 무모할 정도로 도전하는 인간의 유한성. 이런 감정들은 비극적 상황에 빠진 주인공에 대해 연민을 느끼게 해주고, 그 주인공이 맞이한 비극적 상황이 관객에게도 닥칠 수 있다는 공포심을 불러일으키고, 더 나아가 비극적 상황으로 추락한 주인공의 처지와 관객의 내면을 동일시함으로써 삶에 대한 성찰을 다시 하게 유도한다. 삶의 조건인 '불가능성'과 '유한성' 앞에서도 자신의 의지와 욕망을 굽히지 않음으로써 파국을 맞는 주인공을 통해 관객은 그 주인공을 동정하기도 하고 그의 강한 열정에 탄복하기도 하고 관객 자신의 삶 자체를 되돌아보게 한다. 관객은 비극의 주인공과 동일시되면서 인간 의지의 찬란함과 함께 유한성 안에 갇힌 인간의 무기력을 보게 된다. 그러나 동시에 관객은 비극 속 주인공의 파국을 통해 삶에 대한 통찰과 삶의 가치에 대해서도 각성할 수 있게 된다.

2) 현대 비극

20세기 들어 많은 학자들과 극작가들은 이제 고대 그리스 비극이나 영국 엘리자베드 시절 셰익스피어의 비극 같은 걸작이나 대작(大作)이 불가능한 시대에 접어들었다고 말하면서 소위 '비극의 죽음'을 말하곤 했다. 물론 비극 양식에 속하는 작품들이 존재하긴 했지만 그리스 비극이나 셰익스피어의 비극이 추구했던 신념이나 극작술에서의 규칙들이 잘 지켜지지 않았기 때문에 온전한 의미의 비극이 생산되지 못한다고 하는 것이 그들의 주장이었다.[52] 그렇기 때문에 20세기 이후의 현대라는 시대 자체가 비극적인 시대가 아니라는 진단을 내리기도 했다.[53] 그러나 '비극'이라는 대상을 영구적이고 보편적이며 불변하는 것으로 간주하는 것은 불변의 인간 본성을 전제로 하는 것이기 때문에 현대 비극을 설명하는 데에는 적절하다고 보기 힘들다. 왜냐하면 비극은 "단일하고 영구한 종류의 사실이 아니라 일련의 경험, 규범, 제도"[54]에 속하는 것이기 때문에 "많은 비극적 경험들은 변화하는 규범과 제도에 준거하여 해석"[55]되어야 할 것이기 때문이다.

물론 20세기 이후 현대극은 산업화된 조직과 과학적 발전 때문에 조성된 새로운 형태의 비극적 상황들을 재현하려고 노력했다. 현대 비극은 특별하거나 고귀한 계급에 대한 비극적 시선보다는 평범한 일상 속의 비극성에 대한 진실성을 추구하려 함으로써 "과거의 비극적 예술의 특색이 되고 있었던 인간 정신의 위대함이 결여된, 다만 변두리에서 웅성거리는 특징 없는 인물을 제공"[56]하는 것에 몰두했다. 신탁(神託)이나 운명 등에 의해 영웅적인 주인공이 비극적 결말을 맞이하는 그리스 비극과는 대조적으로 현대 비극은 주인공들을 "경제적, 환경적, 유전적 모든 힘의 복합에 의해서 필연적으로 만들어지는 것으로서 묘사"[57]함으로써 더 이상 영웅적인 특질을 지닐 수 없게 되었다. 현대 비극에서는 고전 비극에서 보여주었던 영웅들의 운명과의 투쟁을 보여주지 않고 평범한 인물들이 만나게 되는 비극적 상황들을 재현하였다. 테리 이글턴(Terry Eagleton)은 이러한 현대 비극의 특징을 다음과 같이 설명하고 있다.

신들과 정신적 거인들의 특권적 영역이었던 비극은 이제 결정적으로 민주화되었다. 혹은 신들과 거인들에 헌신하는 사람들의 관점에서 보면 비극은 이제 파괴되어버렸다. 여기서 비극의 죽음이라는 명제가 나온다. 그러나 위대한 사람들이 사라졌다고 해서 비극마저 사라진 것은 아니다. 비극은 마지막 절대주의 군주가 사라지는 것으로 시효가 다하지는 않았다. 오히려 사정은 반대이다. 민주주의하에서는 한 사람 한 사람이 귀한 존재이므로 비극은 구태의연한 상상력을 훨씬 넘어설 정도로 확장되었다. … 인류의 한 사람이라면 누구나 비극적 주인공이 될 수 있는 것이다. 여기서 지위, 직업, 신원(身元), 성, 인종 등은 전혀 문제가 되

지 않는다. 인구 조사할 때와 마찬가지로 우리는 이런 것들에 대해 조
회할 필요가 없다.[58]

위의 인용문에서 볼 수 있듯이 현대 비극은 영웅이나 귀족 같은 상
류계층의 특별한 운명을 그리려 하지 않는다. 주인공이 상류계층이건
하층민이건 관계없이 그 주인공이 살고 있는 현대 사회의 모순이나
부조리에 의해 비극적 인물이 될 수 있다. 많은 학자들은 현대 극예술
에 '질서와 우연, 영웅의 파멸, 돌이킬 수 없는 액션, 그 액션과 죽음
의 연관성, 악에 대한 강조' 등이 부재하기 때문에 비극이 가능하지 않
다고 주장하기도 한다.

'질서와 우연적 사고'의 경우를 살펴보자. 헤겔에 의하면 "어떤 단
순한 고통이나 불운, 말하자면 주로 인간적 작인(作因)에서 비롯되지
않은, 그리고 어느 정도 고통받는 자의 작인에서 유래하지 않은 어떠
한 고통은, 그것이 아무리 가련하고 무서운 것이라 할지라도 비극적
이지 못하다."[59] 그러나 비극에 대한 이런 견해는 그리스 비극을 모델
로 삼고 풀이하는 것에 불과하다. 비극의 중요한 조건은 "옛것과 새것
사이의 실제적 긴장, 곧 제도와 그에 대한 반응에서 구체화되는 기존
의 신념과, 새롭고 생생하게 경험된 모순 및 가능성 사이의 긴장"[60]이
기 때문에 20세기 이후 현대 극예술에서 비극이 불가능하다고 주장하
는 것은 무리가 있다. 왜냐하면 현대 사회야말로 기존의 이념과 가치

관이 새로운 것과 치열하게 경합하면서 경쟁하는 사회이기 때문에 격변기에 마주할 수밖에 없는 무질서와 고통을 극화(劇化)하고 해결하는 보편적인 과정은 당연히 비극의 특징이라고 할 수 있기 때문이다.[61]

'영웅의 파멸'이라는 경우는 어떠한가? 전통적인 비극에 대한 가장 일반적인 해석은 영웅이 파국을 맞이하는 액션이라는 것이다. 그러나 비극에서 주인공인 영웅의 파멸에만 초점을 맞출 때 우리는 자기도 모르는 사이에 우리 문화권에서 전체라고 간주하기 쉬운 어떤 인물에만 집중함으로써 우리 자신을 특정한 개인에게 동일시하게 된다.[62] 이때 영웅의 파멸은 관객(또는 독자)에게 현대 사회에서 인간 대부분이 파국의 상황에 던져졌다는 사실을 외면하게 만들 수 있다. 현대인은 비록 뛰어난 영웅이나 귀족은 아니지만 현실 생활 속에서 끊임없이 고통과 고난을 겪으면서 비극성을 경험하고 그 비극적 체험의 공감대를 지닐 수 있다.

'돌이킬 수 없는 액션'의 경우 전통적인 비극은 주로 주인공의 죽음을 제시한다. 그런데 이때의 죽음은 다른 영역 속에 있는 다른 모든 경험을 무시할 수 있을 정도의 강력한 감정을 한 인물에게 쏟아붓게 하는 것이다.[63] 그러나 비극이 반드시 주인공의 죽음을 전경화(前景化)시킬 필요는 없다. 즉 비극에서 주인공의 죽음은 필수불가결한 요소는 아니다. 인간관계의 상실과 고독, 그리고 그에 따른 인간 운명의 맹목성을 떠올린다면 주인공이 생물학적인 죽음으로 비극성을 제시하는 것 외에 정신적이고 사회적인 죽음도 비극의 중요한 요소가 될 수 있다. 그런 면에서 현대 비극은 전통 비극에서처럼 주인공을 극한 적인 죽음으로 몰지 않고 인간다움의 상실로 제시할 수 있는 것이다.

'악에 대한 강조'는 전통적인 비극에서 자주 제시되었던 것이다. 거기에서 악은 영웅을 파멸시키는 숙명, 또는 주인공을 파국으로 내모는 하마르티아(비극적 결함)로 대변된다. 그러나 현대 비극에서 악은 세계 그 자체가 된다.

> 자유주의적 문화권에서 인간은 선천적으로 절대적인 존재로 간주되고, 그때 선과 악은 양자택일적인 절대적 명칭이 된다. 그러나 그들이 유일한 선택 사항은 아니다. 그와 똑같이 인간이 천성적으로 어떠한 존재도 아니라고 말할 수 있기 때문이다. 즉 우리는 우리의 한계를 만들어내기도 하고 초월하기도 하며, 우리가 받는 동시에 변화시킬 수 있고 다시 창조할 수도 있는 압력들에 의해 규정되어, 특정한 방식으로 특정한 상황에서 선하거나 악하다고 할 수 있는 것이다. 이러한 지속적이고 변화무쌍한 행위는 그 선과 악이라는 명칭들의 진정한 원천으로 나타나는 바, 그 명칭들이 행위 그 자체를 설명하도록 추상화될 수 있다는 것은 단지 환상일 뿐이다.[64]

현대 비극에서 악이 절대적인 것이라면, 그것은 전통 비극에서처럼 주인공에게 강요된 숙명의 냉혹함이라든지 주인공이 선천적으로 타고난 성격적 결함으로서가 아니라 현대인을 포위하고 있는 세계 그 자체가 악으로 가득 차 있다는 것을 의미한다. 또한 현대 비극은 고대 그리스 비극에서의 신화나 윤리, 그리고 셰익스피어 비극에서 보이는 보편적인 도덕을 통해 선과 악을 구분하지 않는다. 현대 사회에서는 그리스의 윤리학이나 중세의 신학(神學)이 선과 악을 명명하는 것처럼 선명하게 그것을 구분하지 않기 때문이다. 현대 비극에서의 선과 악, 특히 악의 경우에는 주인공이 처해 있는 사회적, 정치적, 경제적, 이념적 위치에 따라 가변적으로 받아들여진다. 20세기 이후 양차 세계 대전이나 국가 간 전쟁에서 전투에 참가한 군인은 선을 택한 것인가 아니면 악을 택한 것인가. 사회의 비인간성에 영혼이 무너진 가장(家長)이 직장을 그만 두는 것, 또는 가부장적 사회에 순응하지 않기 위해 부인이 남편에게 이혼을 선언하는 것은 선과 악 중에서 어떤 것을 선택한 것인가.

"물질과 공간의 정복, 원자의 분열, 과학 기술의 승리, 과학적 방법의 응용에 의한 놀라운 성과 따위는 오히려 인간을 오늘날의 상황, 즉 인생의 무의미함이라고 하는 괴물과 직면하지 않으면 안 될 상황으로"[65] 몰아가게 했는데, 이러한 새로운 환경 속에 내던져진 인간들은 고전 비극의 주인공들이 마주쳤던 비극적 상황과는 매우 다른 국면 속에서 비극적 인물이 되는 것이다. 현대 비극은 영웅이 아니라 세계,

사회, 제도 등의 희생자로 드러난다.

> 비극의 지휘봉이 입센, 체호프, 스트린트베리에서 유진 오닐, 테네시 윌리엄즈, 아서 밀러로 넘어오면서 비극은 부르조아에서 프롤레타리아적인 것으로 변화했던 것이다. 이런 추세 속에서 비극의 주인공은 영웅에서 희생자로 바뀌었다.[66]

위의 인용문에서 소개된 극작가들은 자신들의 비극 작품 속에서 더이상 고전 비극의 영웅이나 왕족들을 내세우지 않고 평범하거나 비천한 신분의 인물들을 선호했다. 그리스 비극이나 셰익스피어의 비극이 숙명이나 주인공의 성격적 결함 때문에 파멸하는 주인공을 보여주었다면, 현대 비극은 사회의 부조리와 모순과 무질서 등에 의해 희생자로 파국을 맞이하는 새로운 인간형을 제시하고 있는 것이다. 극작가 아서 밀러(Arthur Miller)는 비극적인 주인공의 지위가 "귀족 출신의 인물에 집착하는 것은 비극의 외적인 형식에 집착하는 것에 지나지 않는다. … 나는 평범한 인간이 고차원적인 의미에서 왕만큼이나 비극의 주제에 적합하다고 믿고 있다. … 우리는 그 어떤 것(개인으로서의 존엄성)을 확고히 하고자 인생을 포기할 준비가 된 인물을 볼 때 비극적인 감정이 일게 된다. … 또한 비극은 한 인간이 스스로를 정당하게 평가하고자 하는 총체적인 욕구의 결과"[67]라고 주장한다. 아서 밀러의 설명에 의하면 현대 비극이 굳이 고대 그리스의 비극이나 셰익스피어의 비극과 동일해질 필요가 없다. 시대가 바뀐 만큼 극작가나 관객(또는 독자)이 느끼는 비극적 정서 또한 변화될 수밖에 없는 것이다. 현대는 신(神)이나 영웅 또는 귀족이 겪게 되는 고난에 관심이 거의 없다. 현대인들은 자신들이 삶을 꾸려가는 시대야말로 온통 비극적인 사건들로 가득 찬 시대라고 생각하는 것이다. 현대인의 일상적인 삶이, 사회가, 세계가, 제도가 끔찍할 정도로 고통스러운 것이다. 테리 이글턴의 설명을 살펴보자.

아리스토텔레스의 이론에서처럼 인간이 적어도 부분적으로나마 자신의 패배를 자초하는 것이라고 주장한다면, 세계의 불의(不義)를 그만큼 경감시켜 주게 된다. 결국 문제는 주인공을 면책하느냐 아니면 신의 무죄를 인정하느냐 하는 것이다. 그러나 어떻게 설명하건, 비극이 우주적 질서의 존재를 보여 준다는 전통론자들의 주장과는 달리, 많은 비극은 세계가 끔찍할 정도로 정의롭지 못함을 보여 주는 것으로 끝난다는 당혹스러운 사실은 변함이 없다. 이 당혹스러운 사실을 어떻게든 처리해야만 하는 것이다.[68]

위의 글은 현대에 비극이 가능하지 않다고 주장하는 많은 학자들의 주장을 비판할 수 있는 근거를 제시해 준다. 고대 그리스의 비극이나 셰익스피어의 비극을 감상하는 관객들이 느끼던 비극성과 현대인들이 받아들이는 비극적 정서는 다를 수밖에 없다. 오히려 현대의 비극성은 몇몇 영웅이나 왕족 또는 귀족들의 처지에 국한되는 것이 아니라 일상적인 삶 곳곳에 편재해 있는 것이다. 따라서 현대 비극이 전통적인 비극과 형식과 내용에 있어 큰 차이점을 보인다고 해서 온전한 의미에서의 비극이 아니라고 말할 수는 없다. 비극, 비극성, 비극적 감응(感應, affect)이 변화했을 뿐이다. 전통적인 신화, 신앙, 도덕과 윤리가 그 절대성을 상실하고 복잡하고 분열된 현실 세계의 모순과 디스토피아적 상상력이 대두했을 때 현대 비극이 발생한다. 현대 비극은 현대라는 시대의 고통, 그 시대를 버텨내야 하는 모든 사람들의 고통에 대한 문학적 반응이다.

비극은 질서의 산물도 아니고 혼돈의 산물도 아닌, 본질적으로 과도적인 형식이다. 신앙의 산물도 아니고 의심의 산물도 아닌, 말하자면 회의적 신앙의 산물이다. 예를 들면 사람들이 여전히 기억하고 있는 과거의 가치와 타락한 현재가 충돌할 때 비극이 발생한다. 비극은 과거의 숨 막히는 압박감과 미래를 향한 동경 사이에 끼어서 죽을 지경으로 고통을 당하는 현재의 상태를 극화(劇化)한다.[69]

이제 현대에는 신화, 신(神), 전통적인 모랄과 가치관에 의존하여

위로받을 수 없다. 거의 모든 전통적인 신념과 가치가 사라진 뒤 현대인을 치유할 수 있는 거대담론도 찾아보기 힘들어졌다. 과학의 혁명, 급격한 산업화와 도시화, 신(神)을 대체한 합리주의와 이성(理性), 파편화되고 무의미해지는 인간들의 삶, 끊임없이 발발하는 전쟁과 무자비한 살육. 이 새로운 시대의 도래와 함께 현대인들을 구해줄 수 있는 절대적인 도덕률(道德律)이 아직 도래하지 못했을 때 현대 비극은 세상에 편재해 있는 일상 속의 비극성을 극화(劇化)한다. 그래서 20세기 이후의 현대 비극은 "프로메테우스적 반항과 시지포스적 절망이 뒤섞인 복잡한 주제를 표현하고 있다. 반항과 숙명론, 기계적 필연성과 인간의 자유라고 하는 주제가, 현대 작가의 지성으로는 해결될 것 같지 않는 변증법 속에서 공존"[70]하고 있는 것이다. 다시 이야기해서 현대 비극은 전통 비극에서보다 더 복잡하고 풀기 힘든 난제(難題) 앞에 놓여 있으며 주인공이 처한 상황 자체가 일상생활을 포함한 세계 전체의 모순과 비인간성에 포위되어 있다고 할 수 있다.

우리는 헨릭 입센(Henrik Ibsen)의 〈유령〉, 〈헤다 가블러〉, 스트린드베리(August Strindberg)의 〈아버지〉, 유진 오닐(Eugene O'Neill)의 〈느릅나무 밑의 욕망〉, 〈상복(喪服)이 어울리는 엘렉트라〉, 테네시 윌리엄스(Tennessee Williams)의 〈유리 동물원〉, 〈욕망이라는 이름의 전차〉, 아서 밀러(Arthur Miller)의 〈모두가 나의 아들〉, 〈세일즈맨의 죽음〉 등의 작품을 통해 전통 비극과는 사뭇 다른 현대 비극을 만나볼 수 있다.

이들의 작품이 보여주는 세계관은 "도덕적이건 혹은 또 영구적이건, 어떤 초월적 원리를 주장하지는 않지만, 아무런 정당화도 이루어지지 않고 구원도 없는, 고뇌의 드라마를 전개"[71]한다는 특징을 지닌다.

이중 입센의 작품을 대표적으로 살펴보자. 입센의 〈인형의 집〉은 발표 당시 큰 센세이션을 일으켰다. 정숙한 아내 노라가 사회적인 지위도 있는 남편, 그리고 자신의 아이들을 버리고 과감하게 가출을 감행한다는 이야기는 당시 노르웨이 사회에서 도덕적인 타락을 보여준 작품이라는 이유로 많은 비판을 받았다. 입센은 그에 대한 반발심으로 노라가 가출하지 않는다면 어떤 결과를 맞이하는가를 보여주기 위해 〈유령〉을 발표한다.[72] 알빙 대위(大尉)의 미망인인 알빙 부인은 죽은 남편이 생전에 하녀와 불륜을 저지르는 등 방탕한 생활 때문에 정신적인 고통을 받는다. 유학을 보냈던 아들 오스왈드가 귀가한 뒤, 그는 알빙 대위와 하녀 사이에서 태어난 딸 레지나를 사랑하게 된다. 오스왈드와 레지나는 알빙 대위의 방탕했던 사생활에 대한 내막을 알게 된다. 레지나는 집을 떠나고 오스왈드는 부친으로부터 물려받은 매독 때문에 죽음을 맞이하게 된다. 이 작품에서 매정한 신탁(神託)이라든가 잔인한 숙명 같은 것은 찾아볼 수 없다. 방탕했던 남편 때문에 배다른 딸이 출생하고, 알빙 부인의 아들이 이 딸을 사랑하게 되고, 남편의 매독 유전자를 물려받게 된 아들이 죽음에 이르게 된다. 입센은 당시 사회가 자연스럽게 받아들였던 가정의 평화와 안락함이라는 것이 얼마나 허위에 가득 찬 오해였는지를 맹렬하게 비판한다. 즉 이 희곡은 가부장적이고 보수적인 도덕률과 이데올로기가 가정의 구성원들을 어떻게 몰락시키는지 자연주의적 수법으로 날카롭게 드러낸다. 〈헤다 가블러〉는 정신분열적 성격으로 타인을 해치고 자신의 생명까지 해치는 여주인공을 통해 "해방과 자유를 획득했다고 생각하면서도 새로운 윤리관이나 사상의 바탕이 없이 목적 없는 도전만을 시도하는 이상 성격"[73]의 파탄을 보여준다. 그의 희곡에서 주인공들은 자신들의 죄 때문에 비극적 결말을 맞이하는데 이때의 죄는 "내재적이고 개인적인 것이 되었으며, 이는 야망이 내재적이고 개인적인 것이 된 것과 마찬가지이다. 내재적이고 개인적인 사실이야말로 결국 일반적인 사실"[74]로 드러나게 된다. 이런 점에서 현대 비극은 온갖 부조리와 모순과 탐욕 때문에 파멸하고 마는 현대의 비극적 인물상을 발견하게 된다.

스트린드베리의 〈아버지〉는 무자비할 정도로 강한 여성의 소유욕, 무식함, 잔인성 등으로 남성이 희생되는 파국을, 유진 오닐의 〈느릅나무 밑의 욕망〉은 인간의 가장 추악한 물욕(物慾), 정욕(情慾), 복수의 정념을 노골적으로 보여주고, 〈상복(喪服)이 어울리는 엘렉트라〉에서 작가는 현대의 인간을 지배하는 것은 숙명이 아니라 무의식적인 본능과 심리 또는 성격의 분열이라고 본다.[75] 테네시 윌리엄스의 〈유리 동물원〉은 작가의 자전적인 이야기로 한 가족의 파멸을 다루고 있고, 〈욕망이라는 이름의 전차〉는 "현대사회라는 지옥의 상징인 낡아빠진 인습, 시기, 사형(私刑), 인종차별 등을 통해 문명의 추한 단면(斷面)"[76]을 보여줌으로써 비극적 결말을 제시한다. 아서 밀러의 〈모두가 나의 아들〉에서 극중 인물들을 비극으로 몰아가는 것은 당시 미국 사회의 위선적인 윤리 때문이었다. 〈세일즈맨의 죽음〉은 무자비한 경쟁 사회에서 이용당하고 희생되는 한 서민을 통해 냉혹한 미국 사회의 비인간성을 비판한다.[77] 세일즈맨인 윌리 로만의 죽음은 "어떤 살아나갈 출구가 없고, 자신의 잃어버린 정체와 잃어버린 의지를 죽음에서나 확인하고자 하는 희생자의 의식"[78]을 보여준다.

이처럼 간략하게나마 현대 비극 작품들을 살펴본 결과 고대 그리스 비극이나 셰익스피어의 비극과는 달리 현대 시기에 발생하는 가족 문제, 사회 문제, 성격 결함이나 유전적인 원인으로 인해 인물들이 파국을 맞이하는 상황을 제시함으로써 특정한 영웅이나 귀족계급에게만 일어나는 숙명론적 비극이 아니라 세계에 편재해 있는 일상생활 속의 모순, 부조리, 인습, 편견, 성격적 파탄 등을 원인으로 하는 사회 비판적 비극의 특징을 갖는다는 것을 알 수 있었다.

많은 능력 있는 비평가가 지적하는 바에 의하면, 비극의 죽음은 주로 과학의 발달에 기인한다는 것이다. 일찍이 인간은 우주를 지배하는 많은 법칙이나 힘과 긴밀한 관계를 가지고 있다고 생각했다. 그러나 오늘날 과학적 세계관이 세계를 압도하게 되었으므로, 더 이상 비극은 인간을 모든 사물의 우주적 질서 속의 신(神)처럼 행동할 수 있는 주인공으로 묘사할 수 없게 되어 버린 것이다. 그러나 비록 과학적 세계관이 고대 그리스의 비극이라고 하는 표본 그대로의 비극을 사실상 소멸시켰다고 하더라도 비극적 정신 그 자체는 여전히 존재한다고 할 수 있으며, 또한 그것은 오늘에 와서도 강렬하게 느껴지고 있는 것이다. 그러나 오늘의 비극적 정신은 무섭게도 세속적이며 상대론적인 상황의 테두리 안에서 발휘되고 있다. 그것은 과거의 비극을 뒷받침하고 있었던 이데올로기가 붕괴해 버린 까닭이다. 비극적 영웅주의의 초점은 신학(神學)의 자리에서 역사와 사회의 자리로 옮겨진 것이다.[79]

위의 글처럼 현대에 들어와서 이제 더 이상 비극이 가능하지 않다는 주장, 즉 '비극의 죽음'을 선언하는 입장은 큰 설득력을 지니기 힘들다. 그러한 주장은 고대 그리스의 비극이나 셰익스피어, 혹은 라신의 비극을 정전(正典, canon)으로 설정한 뒤, 그 정전들과 매우 다른 현대의 비극 작품들을 진정한 비극으로 간주하지 않는 태도일 뿐이다. 현대에 들어서면서 비극이 죽었다기보다는 비극적 정서와 비극을 유발하는 상황이 변화했다는 것, 또는 비극에 대한 극작가와 관객(또는 독자)의 감각과 인식이 바뀌었다고 보는 것이 더 합리적이다. 신(神)의 고약한 심술이나 영웅적 주인공의 태생적인 성격 결함 때문에 비극으로 치닫는 것은 현대의 비극적 정서에 어울리지 않는다. 왜냐하면 현대에 비극 또는 비극성이란 인류를 포위하고 있는 세계 그 자체의 참혹함일 것이기 때문이다. 어쩌면 현대 비극이란 프랑스 작가 카뮈가 『시지프의 신화』에서 "인간의 상황은 근본적으로 부조리하며 목적이 결여되어 있다."고 말했던 것처럼 현대인이 태어나면서부터 부조리하고 모순에 찬 세계 속으로 내던져진 존재 감각에서 유래하는 것일 수도 있다. 이는 현대인들이 그리스 비극의 관객이나 셰익스피어 비극의 관객보다 부조리하고 모순에 찬 세상과 불가분의 관계로 연루되었다는 것을 의미하기도 한다.

한국의 대표적인 사실주의 희곡인 유치진의 〈토막〉의 결말 부분을 살펴보면서 현대 비극의 특징을 알아보자.

배달부 소포를 두고 퇴장. 삼인은 퇴장하는 배달부의 뒷태를 멍청하니 바라보고 있더니 어이없는 듯이 서로 맞쳐다본다. 소포를 이상스러이 들여다본다.

| 명서 | 뭐냐? |
| 금녀 | 궤짝 같아요. |

모녀, 소포를 끌르기 시작.

명서의 처   세상에는 귀신은 못 속이는 거지. 오늘 아침부터 이상한 생각이
　　　　　　 들더니 결국 이것이 붙어 올려고 그랬던가 봐. 당신은 우환이니 무
　　　　　　 어니 야단을 해도 …

명서　　　　 (소포에 발신인 이름을 보고) 하! 하! 이것은 우리집 놈이 보낸 것이 아
　　　　　　 니라 삼조가 보낸 것이로구나.

명서의 처   삼조가? 삼조가 무엇을 보냈을까? 여태 한 마디 소식도 없더니 …

소포를 다 끌러서 궤짝을 떼여보고

금녀　　　　 (벌떡 놀래) 에그머니! 이게 뭐예요!

명서의 처   (자기의 눈을 의심하는 듯이) … 대체 이게 무어야. … 이게 사람의 뼈다
　　　　　　 귀 아니냐. … 에그머니! 그렇다! 뼈다귀다! 맙소사 이게 웬일이냐!

명서　　　　 (깊이 침묵. 다소 멍청. 궤짝에 쓰인 글을 보고) 이것 봐! 최명수의 백골!
　　　　　　 그렇게 쓰였다.

금녀　　　　 오빠의?

명서의 처   그 놈의?

금녀　　　　 필경 오빠는!

명서의 처   그럼 신문에 났던 것이 참말이구나. 역시 감옥에서. 앗! 이 일이 웬
　　　　　　 일이냐. 명수야, 네가 왜 이 모양으로 돌아왔느냐! (운다)

　　　　　　　　　　　　　　　　　　　　　　　　　　　　　 − 유치진, 〈토막〉[80]

이 희곡은 토막(土幕)에서 비참한 삶을 살고 있는 명서의 가족이 일본으로 일하러 간 아들 명수를 기다리는 줄거리로 되어 있다. 그러나 위의 대사에서 볼 수 있듯이 일본에 간 명수는 노동운동과 좌익 활동과 관련된 사상 문제로 인해 경찰에 체포되어 감옥에 들어간 뒤 죽어서 백골로 집에 돌아온다. 이 작품의 주제는 "식민지 시대 삶의 질곡(桎梏)이고 일제에 대한 저항과 패배의 기록이다. 그리고 수탈과 상실이고 상실 뒤에 오는 허망함"[81]이다. 이 희곡은 명서네 가족과 경선네 가족의 이야기를 중심으로 전개되는데 이처럼 극의 이야기를 대위법적으로 병치시키는 기법은 "궁핍한 두 일가의 비극적 삶을 중층적으로 묘파함으로써 이 '궁핍의 비극'이 결국 당대 우리 민족의 비극임을 제시"[82]하기 위한 것이다. 이 작품에 등장하는 빈민들은 "더 밑으로 내려갈 수는 있지만 스스로 그러한 현실을 벗어날 힘을 가지고 있지 못"[83]한 아웃사이더들이다. 명서네와 경선네의 비극은 신탁(信託)이나 운명의 절대적인 명령 등에 의해 발생하지 않는다. 또는 등장인물들이 '선천적인 결함(hamartia)'을 지니고 있어 파국을 맞이하는 것도 아니다. 식민지 강점기라는 시대적 배경, 일본의 식민지로 극한의 궁핍함을 맞이해야 했던 조선이라는 공간 배경 등이 등장인물들을 완전히 포박하고 있다. 이들은 식민지 체제라는 거대하고 강고한 시스템하에서 무력감과 좌절감을 느낄 수밖에 없는 비극적 상황의 대상들이다. 신(神)이나 운명의 저주 때문에 영웅이 파멸을 맞이하는 것이 아니

라, 조선을 전방위적으로 착취하는 식민지 체제에 의해 비천한 인물
들이 파국을 맞게 되는 것이다.

2. 희극과 소극

1) 희극

우리는 일상 대화에서 희곡과 연극 관련 용어를 많이 사용하는 편이다.

"내 앞에서 연극(演劇)하지 마!"

"그 경기는 정말 극적(劇的)이었어."

"너의 삶도 참 드라마틱(dramatic)하다."

"그런 반전(反轉)이 있을 줄이야."

"그 사람들 이야기는 너무 신파(新派)야."

"그 일은 정말 코미디(comedy)였다." 등등.

우리는 의식하지도 못한 채 희곡과 연극 용어들을 일상 회화에서 즐겨 사용하곤 한다. 그 중의 하나가 희극(喜劇) 또는 코미디(comedy)일 것이다. 우리는 웃음을 유발하는 말이나 상황을 두고 코미디 같다고 말하곤 한다. 그러나 일상 회화에서 사용하는 이런 용어들은 희곡론과 연극론에서 학문적으로 규정하는 원래의 의미와는 사뭇 다르다. 사전적 의미에서 'comedy'나 '희극(喜劇)'의 뜻은 무엇일까.

comedy

: 사전적 의미로 코미디는 비극(tragedy)과 반대되는 개념이다. 코미디는 노래를 부르거나 말과 몸짓으로 웃음을 만들어 내는 극을 말한다. 코미디는 일반적으로 TV 방송에서 웃음을 주제로 하는 모든 프로그램을 말하기도 한다. 코미디의 주목적은 일반인들에게 웃음을 제공하는 것이다. … 코미디의 소재는 주로 일상생활에서 일어나는 주변 이야기들이며, 시사적인 내용이나 정치적인 문제를 소재로 삼기도 한다.[84]

희극

: 디오니소스를 숭상하는 행렬식 때 부르는 제의적 노래인 그리스어 'komedia'에서 유래. … 전통적으로 희극은 자매관계에 있는 비극과는 대립적이다. 그것은 다음의 세 가지 기준으로 정의된다. 등장인물은 중류층이고, 행복하게 끝나며, 관객에게 웃음을 유발하는 것이 그것이다. 희극은 '열등한' 정신적 자질을 가진 사람들의 모방이므로, 역사적이거나 신화적인 준거를 사용하지 않는다. 그것은 하층민의 일상적이고 산문적인 현실을 다룬다. … 관객은 희극의 등장인물들의 어리석음이나 나약함에 의해 자신이 보호 받는다고 느낀다. 관객은 과장이나 대조 또는 놀람의 메카니즘에 우월성의 감각으로 대응한다.[85]

위의 두 인용문에서 볼 수 있듯이 'comedy'와 '희극(喜劇)'은 신분이

높지 않은 사람들을 등장인물로 선택하며 그들의 일상생활에 속한 이야기들을 소재로 삼는다. 희극의 등장인물들은 주로 관객보다 열등한 정신의 소유자로 그려진다. 아리스토텔레스(Aristoteles)는 희극이 '보통 이하의 악인(惡人)의 모방'이라고 말했다. 이때 보통 이하의 악인이란 "모든 종류의 악(惡)과 관련해서 그런 것이 아니라 어떤 특정한 종류, 즉 우스꽝스런 것과 관련해서 그런 것인데 우스꽝스런 것은 추악(醜惡)의 일종이다. 우스꽝스런 것은 남에게 고통이나 해를 끼치지 않는 일종의 실수 또는 기형이다."[86]이는 비극과 대조적인데 "희극은 실제 이하의 악인을 모방하려 하고 비극은 실제 이상의 선인을 모방"[87]하기 때문이다. 이는 곧 신분이나 지체가 관객보다 월등하게 높은 인물을 모방의 대상으로 삼으면 비극이 되고, 관객보다 정신적, 윤리적, 지적 (知的) 차원에서 저급한 인간을 모방의 대상으로 삼으면 희극이 된다는 것을 의미한다.[88]

희극적인 것의 원리는 첫째, '인간의 행동에 나타난 기계적 메카니즘', 둘째, '목적을 달성하지 못하는 행위', 셋째, '관찰자의 우월성', 넷째, '해방과 위안', 다섯째, '사회적 전파성' 등으로 설명될 수 있다. 첫째의 경우 철학자 베르그송(Henri Bergson)은 인간의 기계적인 신체 동작을 볼 때 웃음이 발생한다고 주장했는데, 이때 기계적인 것의 원리는 "뻣뻣한 제스처성, 언어의 반복, 일련의 개그, 계략에 걸린 권모술수가, 도둑맞은 도둑, 착각과 오해, 수사학적 상투어나 이념적 상투어, 비슷한 시니피앙을 가진 두 개념의 접근(언어 유희)"[89] 등을 말한다. 둘째의 경우 주인공이 "스스로 기도한 행위를 완수하지 못하는 상황에서 희극적"[90] 효과가 발생한다. 셋째의 경우 관객이 등장인물들의 열등함을 보면서 그 관객이 우월감과 만족감을 느끼게 되는데 이때 관객은 등장인물에 대한 완전한 동화(同化)와 일정한 거리의 중간 지점에서 희극적인 감정을 느끼게 된다.[91] 넷째의 경우 희극은 관객에게 심리적인 해방감을 선사하고 위안을 준다. 희극은 관객에게 "무감각, 무관심, 일반적으로 웃는 사람에게 나타나는 마음의 평정"[92]을 줌으로써 심리적인 만족감을 준다. 다섯 번째의 경우 희극의 웃음은 사회적으로 전파된다는 특징을 지니고 있다. 웃음은 "사회, 문화적인 집단들의 결정과 그들 사이의 부드러운 관계 설정을 전제"[93]로 하기 때문에 사회적인 현상으로 보아야 한다. 비극이 비장하고 엄숙한 분위기를 자아낸다면 희극은 소란스럽고 가벼운 분위기를 만들어낸다.

아주 오랜 옛날부터 놀이와 축제, 농담, 공연, 희극, 익살, 주연(酒宴)은 거의 모든 사회를 즐거움과 웃음과 환희의 순간으로 채웠는데, 이것들은 사회적인 것의 중압감에서 벗어나고 진지한 것의 구속과 인간들을 짓누르는 여러 가지 두려움에서 해방될 수 있는 방법이었던 것이다. 유희적인 가벼움(놀이, 조소(嘲笑), 농담, 짓궂은 장난, 익살, 웃기는 행동, 웃음, 유머), 미학적인 가벼움(희극, 춤, 음악, 기타 예술), 도취적인 가벼움(알코올). 인간의 재능은 불행과 어려움을 몰아내고, 불안감을 줄이고, 고통을 잊게 만드는 긴장 완화와 이완, 기묘하거나 승화된 호흡장치들을 계속해서 만들어 왔다.[94]

위의 글은 희극이 '사회적인 중압감에서 벗어나고 진지한 것의 구속과 인간들을 짓누르는 여러 가지 두려움에서 해방'될 수 있는 힘을 발휘한다고 주장한다. 비극이 공포와 연민의 감정을 통해 눈물을 자아냄으로써 영혼의 카타르시스를 추구한다면 희극은 웃음을 통해 경직되어 있는 사회 규범이나 인간의 심리 상태를 이완시키는 것을 목적으로 한다. 웃음은 "사회가 제거하려는 신체와 성격을 지키고, 정신이 경직되지 않도록 신체 마디마디의 유연성과 사회성을 확보하는 데 목적"[95]을 두고 있다는 점에서 희극은 심신의 이완, 불쾌(不快)에서 쾌(快)로의 이동, 숨 막히는 규율과 제도와 관습으로부터의 해방을 도모한다. 더 나아가 희극은 "기존의 모든 완성된 것들, 그리고 부동성과 영원성에 대한 모든 요구들과 적대적이며, 자기 자신을 표현하기 위해 역동적이면서도 가변적이며, 유희적 성격을 담고 있으면서도 불안정한 형식들을 필요"[96]로 하는데 이는 곧 "변화와 갱신의 격정에 대해, 지배적인 진리와 권위에 대해 유쾌한 상대성(相對性)의 의식(意識)에 젖어 있는 것"[97]이라는 특징을 지니게 된다.

수전노, 우울증 환자, 위선자, 현학자, 사이비 신사 등인 이들은 모두 그들이 무슨 일을 하고 있는지를 완전히 알지 못하는 인물들이며, 예견할 수 있는 자기중심적 행동 패턴에 사로잡힌 사람들이다. 그러므로 소위 도덕적 규범이란 도덕성 자체가 아니라 도덕적 속박으로부터의 구원을 말한다. 희극은 악행을 정죄하기 위해서가 아니라 몰지각함을 우롱하기 위해서 구성된 것이다. … 본질적인 희극적 해결은 사회적 화해이기도 하지만 개인적인 해방이다. 정상적인 개인은 익살스러운 사회의 속박으로부터 자유롭듯이 정상적인 사회도 익살스러운 개인들이 부과한 속박으로부터 자유로운 것이다.[98]

위의 글에서 희극이 도덕적인 속박으로부터의 구원, 억압적이고 규범적인 관습이나 위계질서로부터의 해방을 추구한다는 것을 알 수 있다. 또한 희극은 악행(惡行)을 단죄하는 것을 목표로 삼지 않고 몰지각함이나 위선성을 풍자하고 폭로하기 위해 비판적인 거리감을 유지시켜 준다. 이에 따라 희극적인 비전에서 운명은 "주인공의 평형의 전복과 회복, 주인공과 세계와의 대결, 주인공의 기지와 행운, 그리고 개인적 힘에 의한 승리, 또는 심지어 불운을 우스꽝스럽거나 역설적이거나 철학적으로 받아들이는 등의 희극적 행위에 의해 발전"[99]되는 것으로 이해될 수 있는데, 희극은 "예기치 않았던 우연의 일치라는 놀라움 한 가운데 있는 세상에서 인간 자신을 유지하는 인간 생명력의 이미지"[100]를 강화시킨다. 이때 인간 생명력의 이미지는 고답적이고 강압적인 모든 규범과 규율로부터의 이탈과 해방을 촉구하게 된다.

> 코미디는 우리를 웃기기 위해서 반드시 놀라게 하는 것, 부적절한 것, 그럴듯하지 않은 것 그리고 초월적인 것을 사용한다. 그것들은 사회 문화적 규범들과, 다른 장르나 미학적 체제를 지배하는 규범들로부터 일탈을 수행한다.[101]

위의 글에서도 확인할 수 있듯이 희극은 지배적 규범으로부터의 일탈과 해방을 유도한다. 희극의 목적과 효과는 인간의 위선성과 탐욕, 관습과 규율의 모순성과 허약성, 생각이 깊지 않은 자들의 정신적 천박함 등을 조롱하고 풍자하며 비판함으로써 사회 속에 깃들어 있는 허위의식을 해체하는 것이다.

희극의 가장 일반적인 특징은 웃음을 유발한다는 점이다. 'comic'이란 단어는 희극미(喜劇美)를 내포하고 있는데 이는 비장미(悲壯美)나 비극미(悲劇美)와 대립되는 의미로 이해되곤 한다. 호프만(Paul Hofmann)의 주장에 의하면 'comic' 또는 '익살을 부리는 가운데 어떤 교훈을 주는 일'이라는 뜻을 가진 골계(滑稽)는 "주관적 체험에서 마음의 경쾌화(輕快化), 중압으로부터의 해방, 정신의 자유성을 느끼게 하는 것"[102]이며 "기대했던 것과 실현된 것 사이의 양적 또는 질적 모순이 갑자기

의식되어 긴장하고 있던 심적 에네르기가 급격히 분출될 때 생기는 쾌감이지만, 동시에 그 의외성에서 발생한 놀라움이나 환멸감 따위의 불쾌감이 주체의 정관적(靜觀的), 유희적 태도로 극복될 때에 성립하는 미적 쾌감"[103]이다. 인간의 실제 현실 세계는 온갖 부조리와 모순, 그리고 끊임없는 탐욕과 허위의식 또는 위선으로 가득 차 있다. 이러한 세계에서 인간은 불만족과 불쾌감을 안고 지낼 수밖에 없다. 희극 또는 희극적 양식들은 절망감에 빠져 있거나 삶에 지쳐버린 인간들에게 일종의 해방감이나 일탈의 쾌감을 선사해주며 비뚤어진 사회와 인간에 대한 풍자와 비판을 가능하게 해준다. 오영진의 희극 〈맹진사댁 경사〉의 한 대목을 보자.

맹진사   아버지, 혼사에 부족이 없다구 여기는데요.

맹노인   혼사라, (삭막하다가) … 누, 누구의 혼사던가.

맹효원   갑분이허구 말씀이에요.

맹노인   오라! 갑분이 … 갑분이가 누구든가?

맹진사   어이구! 아버지 손녀! 제 딸, 딸 갑분이!

맹노인   오-라.

맹효원   형님 생각이 어떠십니까. 김판서 댁이어요. 우리 갑분이허구.

맹노인   오라 김판서 허구 … 다시 이를 자리냐. 훌륭하다뿐야,

          헌데 얘들아, 거 나이가 너무 틀리지 않겠느냐.

맹효원	김판서가 아니구 김판서의 아들이에요.
맹노인	허허! 김판서에게 그런 아들이 있었든고?
[중략]	
맹진사	아버지, 큰 사랑으로 나가세요.
맹노인	어디루 가?
맹효원	점심 진지 잡수시래요!
맹노인	(안동 받아 일어나면서) 점치러 가? 궁합을 보려구?
맹진사	점이 아니라 점심이에요.

– 오영진, 〈맹진사댁 경사〉 [104]

맹진사는 딸 갑분이를 김판서 댁에 정략결혼 시킴으로써 가문의 이익을 극대화하려고 노력한다. 위의 대사에서 맹진사는 작은 아버지 맹효원과 함께 맹노인에게 딸의 결혼 계획을 설명한다. 그러나 맹노인은 자신에게 갑분이라는 손녀가 있는 것도 인지하지 못하고, 아들인 맹진사가 딸을 나이 많은 김판서에게 시집보내려 한다고 오해한다. 맹진사와 맹효원이 맹노인에게 점심 먹으러 큰 사랑으로 가라고 하는데도 맹노인은 '점심'을 '점치러 가는 것'으로 이해한다. 김판서 댁의 아들 김미언에게 딸을 보내려 하는 맹진사의 욕망은 절박하고 진지한 데 비해, 그 결혼 계획에 대한 설명을 듣는 아버지 맹노인의 반응은 어처구니없다. 지체 높은 집안에 딸을 시집 보냄으로써 가문의 위상을 높이려고 노력하는 맹진사와 맹효원의 노력은 계속 허튼소리만을 내놓는 맹노인에 의해 희화화된다. 이러한 희극적 장치들을 통해 〈맹진사댁 경사〉는 정략 결혼을 통해 가문의 위상을 높이려고 애를 쓰고 있는 위선적인 양반 계급을 신랄하게 비꼬고 질책한다.

희극은 현실 세계의 완강한 체제와 통념을 비웃고 비판하면서 바람직한 세계를 향한 이상(理想)을 꾀한다. 또한 일상생활의 일그러진 규칙이나 통념을 질타하면서 현실의 한계를 뛰어넘고자 한다. 이는 현실의 고통과 질곡을 버티고 넘어설 수 있는 힘을 제공하게 된다. 말하자면 희극의 정신은 구태의연한 관습이나 통념, 잘못된 인간관계, 인간의 탐욕과 허영심으로 오염된 사회를 비판함으로써 전복적 상상력을 펼치는 것이라 할 수 있다.[105] 희극은 바람직하지 못한 사회와 인간에 대한 풍자와 비판, 현실 세계의 한계를 초월하려는 희망의 추구, 일상과 규율로부터의 일탈과 해방, 불균형한 생의 리듬을 균형 잡힌 리듬으로 치유하려는 욕망 등을 목표로 한다. 이에 따라 희극은 부조리하고 위선적이며 허위의식에 가득 찬 인간과 사회에 대해 날카로운 비판을 가함으로써 보다 나은 사회를 꿈꾸는 미래 지향적 욕망을 내포하게 된다. 풍자, 해학, 비판 등을 무기로 하는 희극은 잘못된 대상을 바로잡아 교정(敎正)하고 사회를 개선시키려는 의지를 내비친다. 비극이 영웅적 주인공의 파멸을 통해 연민과 공포를 느끼면서 도덕적 고양을 꾀한다면, 희극은 평범하거나 하찮은 사람들의 부족함이나 정신적 미숙함을 풍자함으로써 인간관계나 사회의 부조리를 고쳐나가 겠다는 욕망을 도모한다.

희극과 더불어 희비극(喜悲劇, tragicomedy)도 살펴볼 필요가 있다. 희비극은 희극과 비극을 번갈아 교차시키면서 진행하는 연극, 다시 말해 진지하고 비통한 내용의 극과 경쾌하고 가벼운 내용의 극 사이를 오가는 작품을 의미하는 것이 아니다. 희비극이란 "관점 자체가 혼합되어 있는 작품—전체적인 시각, 즉 전반적인 태도가 진지한 것과 희극적인 것이 뒤섞여 있는 작품—을 말한다. 비유하자면 한쪽 눈은 희극적인 렌즈를 통해 보고, 다른 쪽 눈은 진지한 렌즈를 통해 보는 것으로 마치 단 맛과 신 맛이 동시에 나는 음식처럼 두 가지 시각이 하나로 뒤섞"[106]인 연극을 뜻한다. 희비극은 다음과 같은 세 가지 본질적인 특징을 가진다.

첫째, 등장인물들은 서민과 귀족계층에 속함으로써 희극과 비극의 경계를 제거한다.

둘째, 심각하고 나아가 드라마틱한 행위는 치유할 수 없는 큰 파국에까지 이르지 않고, 주인공은 그 행위 안에서 파멸하지 않는다.

셋째, 연극 양식은 '높은 계층과 낮은 계층에 속하는 것들', 즉 비극의 고상하고 과장된 언어와 희극의 저속하거나 일상적인 언어의 수준을 모두 인정한다.[107]

이처럼 비극적 비전과 희극적 비전을 모두 지니고 있는 희비극은 특히 현대에 와서 주목을 받게 된다. 왜냐하면 희비극은 현실 세계와의 대결에서 인간의 무력감을 나타내기에 적절했기 때문이다. 극작가 이오네스코(Eugene Ionesco)의 〈대머리 여가수〉와 뒤렌마트(Friedrich Dürenmatt)의 〈노부인의 방문〉이 현대 희비극 작품을 대표한다. "살아 있는 것에 달라붙어 있는 약간의 기계적인 것, 그것은 희극적인 것이다. 그러나 이 세상이 점점 더 기계적인 것이 되면서 점점 살아있는 것이 줄어들고 있다면, 그것은 숨 막히고 비극적인 것이 될 것이다. 왜냐하면 우리는 세계가 우리의 정신으로부터 빠져나가고 있다는 느낌을 받고 있기 때문이다."[108] 이오네스코와 뒤렌마트의 희비극은 "희극다운 무해성(無害性)과 비극다운 의미 부여를 제거시킨 비극적 혼용이라는 새로운 지평 속으로 통합"[109]시킨 작품으로 간주할 수 있다.

희비극의 관점 하나는 거의 구제 불능의 절망감이다. 여기에는 성취감을 주는 영웅주의나 우리가 비극에서 발견하는 충족된 정신은 결여되어 있다. 비극은 고통스러울 수 있고 때로는 슬프기까지 하지만 운명과 일체를 이루는 주인공의 능력에는 영화롭고 긍정적인 것이 있다. 희비극은 또한 우리가 희극과 연결 짓는 승리감과 삶을 고조시키는 에너지를 결여하고 있다. 화합, 변화, 사회질서의 회복, 새로운 가능성의 찬양 등 희극 세계에서 볼 수 있는 자질들이 희비극에는 존재하지 않거나

작용하지 못한다.[110]

희비극의 기본 정서는 세계 자체가 부조리하고 불가항력적으로 모순에 차 있다는 느낌이다. 즉 희비극이란 "도덕적 관념이라는 의무적인 힘에 의해서도 구원을 받지 못하고 나락으로 추락하는 시대, '더 이상 어느 한편의 신념이 상대편의 신념과 투쟁을 벌이는 것이 아니라 한낱 관심과 투쟁을 벌여야 하는 시대'에 비극으로부터 파생된 형식"[111]으로서 세계와 인간 삶 자체에 내재되어 있는 부조리함과 무력감을 표현하기 위한 극 양식이다.

2) 소극

소극(笑劇)은 '광대극'으로도 해석되는 'farce'를 번역한 단어이다. 'farce'는 '채워 넣다' 또는 '다진 고기를 가득 채우는 데 사용되는 양념'이라는 의미의 라틴어 파시레(farcire)에서 그 어원을 찾아볼 수 있다. 원래는 중세 프랑스의 기적극(奇蹟劇)의 중간에 삽입되어 있던 막간극(幕間劇)으로 고상하지 못한 저속 연극을 지칭하였다. 보통 'farce'는 정통 희극에 비해 길이가 매우 짧고 그 내용이나 표현 방식들이 천박한 연극 양식으로 이해되었다. 우리는 여기에서 비극과 멜로드라마의 관계, 희극과 소극의 관계를 대비시켜 볼 수 있다. 멜로드라마를 타락한 비극으로 칭한다면 소극은 희극이 타락한 연극으로 칭할 수 있을 것이다. 소극은 "대사에 의존하는 회수에 비해 동작을 통해 웃음을 자아내는 수가 많기 때문에 언어의 지장을 비교적 적게 받는다."[112] 소극에서는 웃음 자체가 제일 중요한 것이기 때문에 비록 작품 속에서 주인공이 육체적인 고통을 받게 되는 경우에 있어서도 그 정도가 지나쳐서 관객으로부터 동정심을 불러일으키거나 관객을 고통스럽게 만드는 것은 자제된다.[113] 소극의 형식은 그리스와 로마의 희극 작품 속에도 부분적으로 포함되어 있고, 프랑스의 기적극뿐 아니라 독일의 수난극(受難劇)과 사육제극(謝肉祭劇)의 막간극으로 들어가 있다. 셰익스피어와 몰리에르, 바그너, 괴테 등의 희극에도 소극적인 요소들이 포함되어 있다. 20세기 이후에는 이오네스코, 베케트, 프리쉬, 뒤렌마트 등의 현대극에서도 소극의 역할은 무시하지 못할 정도로 자주 사용되었다.[114]

이처럼 긴 역사를 통해 생명력을 유지해 온 소극은 높은 평가를 받지는 못했다. 즉 소극은 "희극의 수준으로 고양될 수 없는 원시적이고 조악한 형태"[115]로 폄하되었다. 그러나 위에서 살펴본 것처럼 소극은 세계연극사에서 지속적으로 희극에 적용되어 왔으며 이에 따라 "강력한 연극성에 대한 관심과 더불어 무대예술 및 연기자의 아주 정교한 신체적 테크닉에 대한 관심으로 영원히 대중성을 잃지 않을"[116] 장르로 평가받을 수 있을 것이다. 그렇다면 소극의 특징은 무엇일까.

소극은 담백하고 대중적인 웃음으로 관객을 웃긴다. 소극은 그런 효과를 유발시키기 위해 기존의 수단들을 각자가 제멋대로 영감에 따라 변화시킨다. 전형적인 등장인물, 그로테스크한 가면, 어릿광대짓, 몸짓 표현, 인상 찌푸리기, 해학, 말재롱, 아주 더럽거나 음란한 색조로 진행되는 투박한 상황과 제스처 및 언어 희극 등이 그 수단에 속한다. 감정이 밑바탕을 흐르고 있으며, 플롯은 날림으로 구성된다. 쾌활함과 동작이 가장 중요한 비중을 차지한다.[117]

소극은 그 신속성과 고유의 에너지를 통해 전복적인 특성을 부여할 수 있다. 도덕적이거나 윤리적인 또는 정치적 권력의 압력, 성적 표현에 대한 사회적인 금기, 이성과 합리주의 또는 진지한 비극의 규범 등에 대한 전복의 가능성이 바로 그것이다. 소극을 통해 관객은 현실의 법칙이나 이성적인 판단과 같은 가시적이고 비가시적인 압력이나 통제를 초월할 수 있는 기회를 얻는다. 격렬한 웃음에 대한 충동, 그리고 해방적인 일탈은 익살과 골계를 통해 사회적인 금지나 비극적인 고뇌 같은 것을 추방시키는 힘을 내포하고 있다.[118] 물론 소극의 이러한 전복 가능성은 제한적이며 실제 사회를 교정하거나 변화시키는 데 있어서는 명백히 한계점을 지니고 있다.

우리나라의 경우 소극(farce)은 매우 다양한 명칭으로 공연되었다. 일제 강점기에 희극 장르는 폭소극(爆笑劇), 넌센스, 넌센스 풍경(風景), 스케치, 촌극(寸劇), 만담(漫談), 재담(才談), 희가극(喜歌劇), 만극(漫劇), 만곡(漫曲), 만요(漫謠) 등 많은 장르 형식으로 이름이 붙여졌다. 이 작품들은 서구적 의미의 희극(comedy)이나 소극(笑劇, farce)과 유사해 보이지만 우리나라의 전통적인 맥락에서의 재담(才談)을 계승하는 것으로 이해될 수 있다.[119] 만담(漫談)은 "한 명의 배우가 희극적인 내용의 이야기를 일인다역의 방식으로 들려주는"[120] 1인 재담극(才談劇)을 말한다. 넌센스는 "희극적인 인물이나 상황을 내용으로 다루고 있으며, 남녀 2인이 주고받는 대화의 형식"[121]을 띤 일종의 소극(笑劇)이다. 스케치(sketch)는 초보적인 음악극으로서 "구성이 긴박하지 않고, 줄거리가 심각하지 않으며, 가벼운 오락을 위해서, 혹은 큰 작품의 밑그림용으로 제작된 짧은 연극"[122]을 뜻한다.

스케치 작품인 〈식자우환(識字憂患)〉의 경우를 살펴보자.

남자　　아, 글세 쓸 것도 내버리고, 못 쓸 것도 내버리니,

　　　　이거 원 큰일 낫구려.

부인　　집안이 두숭숭하지 안소.

남자　　두숭숭해서 실커든 처음부터 사질 말지,

　　　　돈을 드려 사다가는 그냥 내버리니 무슨 돈으로 당해 나가우.

부인　　쓰다가 실으면 고만두고 또 새 것 쓰야지.

남자　　당신은 폐물 리용을 대처 몰으는구려.

부인　　폐물 리용이요. 넘어 알어 걱정이요.

남자　　알기는 멋을 알어. 그래 잇쌔것 폐물을 리용해 본 적이 잇소.

부인　　잇고말고요.

남자　　멋이 잇서.

부인　　폐물 리용을 잘 알기에 당신갓치 아모 보잘 것 업는 사람과

　　　　결혼을 햇지요.

남자　　내가 엇재 폐물이야.

부인　　생각해 보구려. 당신이 무슨 하는 일 잇소. 우리집 돈으로 번둥번둥

　　　　놀고 잇지 안소, 하는 일도 없시. 그러니 그건 폐물 이용이 아니요.

남자　　　아서라, 인젠 아주 내가 넓적하게 붓치는구나.

－ 범오(凡吾), 〈식자우환(識字憂患)〉[123]

위의 작품에서는 남편과 아내가 폐품 이용에 대해 논쟁을 벌이고 있다. 남편은 아내가 낭비하듯이 새로 산 가재도구들을 마구 버리는 것에 대해 힐난하고 있다. 그러나 아내는 남편의 핀잔을 받아 역공을 펼친다. 남편 같이 아무 쓸모도 없는 사람과 결혼을 했으니 폐품을 매우 잘 이용하고 있다는 것이 아내의 답변이다. 가부장주의 사회에서 아내가 남편의 위상을 이렇게 실추시키는 것은 당대의 관객들에게는 매우 놀랄 만한 상황 제시였고 남존여비의 사상을 역전시키는 웃음 전략이라 할 수 있다.

3. 멜로드라마

1) 멜로드라마

'멜로드라마(melo drama)' 또는 '멜로(melo)'라는 단어는 우리가 일상 회화 속에서 자주 사용하기도 하며, TV드라마나 소설, 웹툰, 영화 등을 소개하는 표현 속에서도 자주 접하는 용어이다. 그만큼 우리들의 일상생활에 매우 가깝게 다가와 있는 단어이고 드라마 분야의 전문 용어라기보다는 일상생활에서 자주 접하는 보통명사에 더 가깝다고 할 수 있다.

우리들이 생각하는 멜로드라마는 20세기 초반에 유럽의 멜로드라마의 영향을 받은 일본의 신파극이 우리나라에 들어와 한국적 정서와 미학에 맞춰 형성되어 온 양식을 일컫는다.[124] 멜로드라마라는 단어가 대중들 사이에 넓게 퍼지기 시작한 것은 해방 이후일 것이라고 추측된다. 19세기 말~20세기 초 일본을 통해 신파극이라는 형태로 수용된 멜로드라마가 1930년대에 이르러 한국적 멜로드라마로 변형되고, 1950년 전쟁 이후 미국 대중문화의 영향 및 다양한 매체의 수용 속에서 재양식화 과정을 거쳐왔다. 1970년대 이후에는 그 기원이라 할 수 있는 특정 연극 양식보다는 오히려 영화, 라디오드라마, TV드라마 등 광범위한 분야에서 폭넓게 사용되어 왔다.[125] 19세기 유럽에서 멜로드

라마라는 명칭으로 큰 인기를 얻은 대중연극은 일본에 수입되어 일본
적인 멜로드라마, 즉 신파극(新派劇)으로 탄생했다.[126] 우리는 여기에서
멜로드라마와 신파극, 멜로드라마적 또는 신파적이라는 개념이 20세
기 초반 일본의 신파극 수용과 깊은 관련을 맺고 있음을 알 수 있다.
그렇다면 유럽에서의 멜로드라마의 발생 배경은 무엇이었을까.

멜로드라마는 확실히 문자 그대로 모더니티의 산물이다. 그것은 정
확히 1800년경 일종의 독특한 드라마 형식으로 나타났다. 당시 멜로드
라마의 출현은 프랑스 대혁명, 즉 전통 질서와 근대의 출현이라는 구분
을 표시하는 데 결정적 분수령이 됐던 사건으로부터 유래한 사법적 변
화의 결과로서만 가능했다. 많은 학자들은 멜로드라마가 사람들이 더
는 절대군주나 봉건적, 종교적 권위가 제공했던 안정된 구조에 뿌리박
고 있지 않은 세계에 직면했을 때 느끼는 도덕적 불안과 물질적 취약성
에 대한 문화적 반응이라고 해석했다. 고전 멜로드라마는 한 치의 모호
함도 없는 미덕과 악덕의 명시를 통해 도덕적 확실성을 제공함으로써
심리적 욕구를 채워주었다. 동시에 무고한 사람들을 가차 없이 희생시
키는 멜로드라마의 '편집증적' 집착은 자본주의 생성기, 탈봉건, 탈신성
(脫神聖) 세계에 내재된 근심과 혼란을 드러낸다.[127]

멜로드라마는 'melo drama'라는 용어에서 볼 수 있듯이 그리스어

'melos(음악, 노래)' + 'drama(연극)'의 합성어로서 "음악이 사용된 극적인 구성"을 뜻하거나 음악이 중요하게 삽입되어 있는 연극 형태를 의미한다. 멜로드라마는 18세기 유럽의 극장 예술과 문학에서 시작되었다. 이를테면 극히 감상적인 소설들, 또는 장 자크 루소의 연극들이 그 예라 할 수 있다.[128] 19세기 초에는 노래가 포함되고 상황에 적합한 관현악 음악이 동작에 수반되는 무대 연극(대개 줄거리와 사건에서 낭만적이고 감상적임)이 인기를 끌었다. 시간이 흐를수록 음악적 요소는 점차 멜로드라마의 본질적인 특징이 되지 않게 되었고, 멜로드라마라는 단어는 감각적인 사건과 감정에 대한 폭력적인 호소가 특징인 극적인 작품을 의미하게 되고 해피엔딩으로 마무리되는 경우가 많았다. 멜로드라마 작가의 임무는 청중의 마음에 그의 등장인물이 선과 악이라는 꼬리표를 붙이게 하고, 시적 정의(詩的 正義, poetic justice)를 대신하여 불안을 유발하고 완화할 놀라운 상황을 제공하는 것이었다.[129] 처음에 멜로드라마는 비극과 희극 양쪽의 요소들과 특징들을 혼합하는 새로운 형태의 연극 장르로 무대 위에 선보였다.

순수한 오락의 수준에서 멜로드라마는 숙명에 대한 놀랄 만한 뒤틀림과 역전, 서스펜스, 재난과 비극, 마지막 순간의 구원과 행복한 결말을 통해 그 악명을 확고히 굳혔다. 연극 멜로드라마의 많은 주제가 도덕극, 동화와 노래로부터 유래했다면 양식적으로 그것은 무언극과 보드

빌의 관습에 의존했다. 중요한 특징은 비언어적 기호들, 몸짓, 미장센(세트, 소품, 의상과 조명)과 음악이라는 기존 체제에 의존한다는 것이다.[130]

린다 윌리엄스(Linda Williams)는 멜로드라마를 "하나의 장르나 과잉, 혹은 궤도 이탈로 보아서는 안 되며, 문학, 연극무대, 영화, 그리고 TV를 통해 미국의 대중적 내러티브를 대표하는 것으로 보아야"[131] 한다는 주장을 펼쳤다. 이러한 주장은 현재 우리가 로맨틱한 연애 이야기를 중심으로 하는 연극, 영화, TV드라마, 소설, 웹툰, 웹소설, 웹드라마들, 더 나아가 남녀 사이에서 볼 수 있는 사랑의 감정에 대해 폭넓게 멜로라는 단어로 표현하는 상황을 본다면 이해가 될 만하다. 통속적인 대중문화의 특정 감각과 감정에 대해 두루두루 사용할 수 있는 '내러티브 양식'이라는 표현도 가능하지만 우리는 멜로드라마와 멜로라는 용어를 장르의 관점에서 바라볼 필요도 있을 것이다. 이때 우리에게는 "중도적 입장이 가장 유용할 것이다. 우리는 멜로드라마를 특유의 고정된 통일성 있는 단일 장르라고 간주하는 것과, 많은 다른 장르들에 걸쳐 있는 광범위한 대중 양식이라는 것 사이의 어디쯤엔가 위치시킬 필요"[132]가 있다. 즉 우리는 멜로드라마를 역사상 특정 시기에 등장한 특정 '장르'로 바라볼 수도 있고, 이와 함께 "우리의 마음을 움직여 '위험에 처한 희생자들의 미덕을 동정'하게 하고 '역경과 고통을 통해 미덕의 상연과 회복'을 성취하는"[133] 대중문화의 보편적이고 지배적인 '양식'으로도 접근할 수 있다. 그렇다면 무대 연극으로서의 멜로드라마의 주요 구성 요소는 무엇일까.

(1) 선과 악의 갈등

(2) 악을 넘어서는 선의 궁극적인 승리

(3) 주요 유형으로 남주인공과 여주인공 그리고 악당

(4) 감정을 드러내는 과장된 미학

(5) 에피소드적이고 판에 박힌, 주인공을 움직이는 숙명, 우연의 일치 그리고 모험으로 액션이 채워진 플롯

(6) 극적인 폭로나 과시적인 행동의 순간들로 이루어진 '상황들(이를테면 극적 장면)'[134]

위에서 열거하고 있는 무대 연극으로서의 멜로드라마의 특성들은 미국의 할리우드의 가족 소재 영화, 갱영화, 서부극, 공포영화, 전쟁 영화, 뮤지컬 영화 등에서도 찾아볼 수 있는 것들이다.[135] 흥미로운 사실은 무대극으로서의 유럽 멜로드라마, 그리고 할리우드의 다양한 멜로드라마적 영화들의 특징이 우리나라의 신파극 또는 신파적 작품들의 특징들과 매우 유사하다는 점이다. 멜로드라마와 신파극의 관계에 대해서는 뒤에서 더 자세하게 다룰 것이다.

우리가 통상적으로 멜로드라마를 떠올릴 때 낭만적이고 달콤한 연

애 이야기를 연상하게 되는데, 실제로는 비극과 더불어 멜로드라마는 진지한 행동과 비극적 상황을 공유하는 특징을 지닌다. 그러나 비극과 멜로드라마는 외견상 심각한 이야기를 다루고 있음에도 불구하고 큰 차이가 있다. 비극은 "항구적으로 심각한 행동(an immutably serious action)을 모방"[136]하기 때문에 "비극적 사건들은 심오한 도덕적 숙고에 기반하여 행동하는 주인공을 포함한다."[137] 비극적 주인공이 한 선택의 결과들은 "비극적이기 위하여, 필연적으로(inexorably) 따르는 것"이다. 이에 반해 멜로드라마는 "임시적으로 심각한 행동(a temporarily serious action)을 모방"[138]하고 "주인공을 죽음이나 혹은 죽음보다도 더 나쁜 상황에서 구출하는 해결이 늘 모습을 드러"[139]낸다는 점에서 다르다. 다시 말하자면 멜로드라마는 비극의 주인공처럼 대의명분이나 명예를 위해 운명이나 세계와 끝까지 투쟁하다가 파국을 맞지 않는다. 그 대신에 멜로드라마는 정의롭거나 선한 인물에 의해 비극적 상황에서 탈출하는 서사를 보여준다.

이에 따라 멜로드라마의 특성들로는 "강렬한 감정 표출, 도덕적 양극화와 도식화, 존재·상황·행동의 극단적 상태, 공공연한 악행, 선한 자에 대한 박해와 선행에 대한 궁극적인 보상, 과장되고 지나친 표현, 비밀스런 음모와 서스펜스와 아슬아슬한 페리페티(peripety:운명의 급변), 자기연민의 쾌락"[140] 등을 떠올릴 수 있다.

비극의 공포로부터 비극의 연민이 탄생하는 것과 비슷한 방식으로, 멜로드라마의 증오는 공포로부터 발전되어 나오는 것이다. 멜로드라마의 주인공에게도 연민을 품는 것이 가능하다. 그러나 그 연민은, 그것이 얼마나 강하게 느껴지건 간에, 어떤 개인을 위한 동정심에 의존하는 종류일 것이다. 그 연민은 공포에서 자라나온 결과물로서 기능하는 것이 아니라, 공포에 수반하는 어떤 결과물로서 기능한다. 멜로드라마에서는 오직 증오만이 그런 공포로부터의 결과물로서 산출될 수 있다. 왜냐하면 주인공은 자신의 고통을 스스로 제공한 것이 아니기 때문이다. 그는 악당의 책략에 의해서 고통을 겪는 것이다.[141]

주인공이 자신의 입장과 주어진 숙명 때문에 고난과 직면하는 비극의 상황과는 달리 멜로드라마가 외적인 악당의 음모와 책략 때문에 고통을 겪게 된다고 하는 위의 설명은 "멜로드라마의 주인공은 도덕적 문제에 응답할 행동의 필요에 의해 위험에 빠지는 것이 아니라 악한 본성에 의해 장애물을 놓는 악당에 의해 위험에 빠진다."[142]는 설명과 연결된다. 예를 들어 그리스 비극인 〈오이디푸스왕〉이나 〈안티고네〉에서 주인공 오이디푸스나 안티고네의 비극은 주변 인물들의 계략이나 방해 때문에 발생하지 않는다. 이들의 비극은 도덕적 딜레마, 자신들의 내면 속에 굳게 자리잡고 있는 윤리적 기준이나 도덕적 가치, 숙명의 모습으로 자신을 덮친 불행 앞에서의 결단 같은 문제로 야기

된다. 자신이 선택하지 않은 운명의 도래, 그럼에도 불구하고 철회될 수 없는 자신만의 확고한 윤리적 감각. 이처럼 서로 화해하기 힘든 두 개의 상반된 힘들이 충돌할 때 주인공은 내적으로 깊은 고민에 빠지고 그러나 마침내는 비극적인 선택을 하게 된다.

그러나 멜로드라마 속에서 고난을 겪는 주인공의 비극성은 이와는 다르다. 그의 고통은 정신적인 것이라기보다는 육체적이거나 물리적인 것에 해당된다. 그리고 그 고통을 유발하는 것도 주인공 자신의 숙명이나 내면에서부터 기인하는 것이 아니라 외부의 악당에 의해 초래된다. 따라서 주인공이 악당의 계략과 방해에 패배해서 비극적인 결말을 맞이하기도 하고, 이와는 반대로 갑자기 구원자가 등장하여 악당을 물리치고 권선징악의 해피엔딩을 맞이하기도 한다. 멜로드라마에서 주인공이 패배로 끝나건 악당에 대한 인과응보식 처벌로 주인공의 행복한 결말로 끝나건 영원한 장애로 기능하지는 않는다. 악당의 방해로 말미암아 주인공이 비극적인 결과를 맞았다 하더라도 이때의 비극성은 악당만 제거된다면 언제든지 해결될 수 있는 대상이 되는 것이다.

이러한 상투성 때문에 멜로드라마는 "대중화된 비극 내지 타락한 비극"[143]에 불과하다는 비판을 받기도 하는데, 이는 멜로드라마가 형식상 "가장 인습적, 도식적이고 인위적인 장르, 즉 새롭고 자발적이며 자연주의적 요소들이 거의 들어갈 여지가 없는 하나의 공식(公式)과 같은 장르"[144]이기 때문이다. 더구나 "성격에 대한 구성의 우위, 상투적

인물, 즉 주인공과 죄 없이 박해받는 여인, 악한과 희극적 인물이 등장하고, 또 사건의 맹목적이고 무자비한 운명성과 강한 도덕성이 강조되어 나타나고 있는데, 이러한 도덕성은 권선징악을 겨냥한 진부하고 회유적인 경향 때문에 비극의 윤리적 성격과는 일치하지 않지만, 그러나 비극의 윤리적 성격이 지니는 극단적이지만 고상한 비장감과는 서로 상통하는 바가 있"[145]는 작품 정도로 폄하되기도 한다. 더 나아가 멜로드라마가 보여주고 있는 여러 특징들은 우리나라의 신파극, 1950년대 이후 미국의 대중문화로부터 영향 받은 멜로드라마 영화, TV드라마(특히, 막장드라마)에서 흔하게 찾아볼 수 있는 통속적인 극적 장치들로 작동하고 있다.

기적과 우연의 지배, 대체로 아무런 동기 없는 갑작스러운 전기(轉機)와 변화, 생각지도 않았던 만남과 뜻밖의 인사, 긴장과 이완의 끊임없는 교차, 폭력적이고 잔인한 책략의 농간, 무시무시하고 이상하며 악마적인 것을 통하여 억지로 관중을 압도하는 수법, 사건 전개를 하기 위한 뻔히 들여다보이는 기계적 수단, 음모와 모반, 변장과 기만, 술책과 함정에 빠뜨리기, 그리고 그런 것이 없었다면 낭만주의 연극을 생각도 할 수 없었을 무대효과나 소도구, 즉 체포와 유괴, 납치와 구출, 탈출 기도와 암살, 시체와 관, 감옥과 묘혈(墓穴), 성의 탑과 지하 감옥, 단도, 칼, 독약병, 반지, 부적과 역대의 가보(家寶), 편지 가로채기, 유언장의 분실, 비밀계약 문서의 도난[146]

위에서 열거된 멜로드라마의 다양한 극적 장치들은 대중예술 텍스트들에서 흔하게 만나볼 수 있는 특징들이라 할 수 있다. 이 특징들이 지나치게 상투적이고 선정적으로 남발되는 현상이 있기 때문에 멜로드라마에 대한 질적 평가는 좋을 수가 없었다. 그렇기 때문에 멜로드라마는 다음과 같은 비판을 받게 된다. 즉 멜로드라마와 같은 통속적인 대중예술을 즐긴다는 것은 "항상 무엇인가에 대해 더 이상 생각하지 않는 것, 고통을 목격할 때조차 고통을 잊어버리는 것이 되는데, 이 즐김의 근저에 있는 것은 무력감이다. 그렇기 때문에 이러한 즐김은 사실 도피가 된다. 그러나 그 도피는 일반적으로 얘기되듯 잘못된 현실로부터의 도피가 아니라 마지막 남아 있는 저항의식으로부터 도피하는 것이다. 오락이 약속해주고 있는 해방이란 '부정성(否定性)'을 의미하는 사유로부터의 해방이다."[147] 우리는 소위 '정전(正典, canon)'으로 칭송받는 세계적인 명작이나, 평론가나 학자들로부터 상찬 받거나 또는 다양한 시상식에서 작품성을 인정받은 'well-made' 작품들을 높이 평가한다. 이런 작품들에 비해 멜로드라마는 수준이 낮은 상업주의 예술로 폄하되고 있다. 그러나 이와 동시에 멜로드라마와 같은 통속예술은 "우리 각자의 삶의 노정에서 한 순간의 일시적인 체험, 비록 덧없을지라도 때로는 눈부시고, 짜릿하고, 흥미진진하고, 코끝을 시큰하게 하고, 배꼽을 쥐게 하고, 오금이 저리게 하고, 가슴이 뭉클해지게도 하는 등등 구체적인 체험을 통해 우리로 하여금 오만 가지 인간사의 문제에도 불구하고 살아남게 하는, 그래서 그런 의미에서 사람 사는 문제"[148]에 속한다는 것도 기억할 필요가 있다.

허용되지 않은 모든 것에 관해서는, 도덕적 질서의 가능성을 새롭게 논증하는 것이 요구된다. 모리스 블랑쇼가 혁명으로 비유된 "엄청난 서스펜션"이라고 불렀던 순간, 즉 법들-사회의, 도덕의, 자연의, 수사학의 법-이 침묵하게 되는 때, 입법과 입증의 새로운 형식, 즉 도덕률의 새로운 창의적 수사학이 근본적인 윤리적 명령들이 작동하고 있음을 찾고 보여주는 것이 여전히 가능하며, 갈등하는 대립 안에서일지라도 윤리적 명령들의 상연공간을 분명하게 드러내는 것이 가능하다는 것을 입증하게 된다. 윤리적 명령들이 무대화될 수 있다는 것은 그것들이 존재한다는 것을 '증명한다.' 멜로드라마 양식은 이 명령을 이용할 뿐만 아니라, 의식적으로 그것을 극화된 텍스트상의-일시적- 존재로 옮겨오는 역할을 맡는다. 경이로운 혁명적 자유에 대한 불안, 법의 위반은(문자 그대로 멜로드라마의 경우) 필연적으로 응징에 대한 확신을 통해서가 아니라, 기호를 적절하게 독해하려는 이들에게 도덕적으로 알아볼 수 있는 세계의 가능성을 통해서 다뤄진다.[149]

위의 글에서 볼 수 있듯이, 멜로드라마가 관객들에게 선정적인 자극, 신파조의 슬픈 정조, 상황과 극중 인물의 과장 등을 제공하는 것과 동시에, 멜로드라마 속에서 재현되고 있는 선한 사람의 고난과 악한 사람의 악행이라는 이항대립적 선악 구도는 전근대 시대의 도덕과 윤리가 해체되고 난 뒤의 비참한 현실 세계를 비추는 역할도 담당한다. 세속화된 도덕의 형식으로 제시되기는 하지만 그럼에도 불구하고 멜로드라마는 최소한의 선과 악에 대한 의식과 감각을 느낄 수 있는 여지를 마련한다. 무엇보다도 멜로드라마라고 하는 통속예술이 일반 대중들의 정동(情動, affect)과 감각에 큰 영향을 끼친다는 사실에 주목할 필요가 있다. "대중들은 '역사적이고' '문화적으로 이해할 수 있는' 예술, 또는 마찬가지 얘기겠으나 보편적인 또는 '객관적인', '역사적인', '사회적인' 개념들로 표현된 예술을 원한다. 대중들은 결코 예술이랍시고 '말장난'을 늘어놓는 것은 원하지 않"[150]는다.

멜로드라마는 양면성을 갖는다. 대중으로 하여금 사회적 모순에 무비판적이게 하거나 순응하게 만들기도 하고, 멜로드라마 속에서 재현되고 있는 캐릭터, 인물관계, 극중 상황, 갈등 양상, 사회 문화적 콘텍스트(context)를 통해 대중들이 당대 사회와 시대에 대해 민감한 반응과 비판적인 정동(情動)도 유발할 수도 있다. 무엇보다도 멜로드라마는 텍스트를 감상하는 대중들의 무의식을 유추할 수 있는 길을 열어주고, 멜로드라마의 정서와 이미지와 감각들이 우화적으로 드러내는 사회적 징후를 분석할 수 있게 도와주기도 한다.

2) 신파

우리나라에서는 멜로드라마와 신파극, 또는 멜로드라마적이나 신파적이라는 용어를 구별 없이 두루 사용하는 편이다. 즉 일반인이나 전문적인 학자들이나 "신파, 혹은 멜로드라마라는 용어를 뭉뚱그려 사용"[151]하는 경향이 많다고 볼 수 있다. 물론 이에 반해 멜로드라마와 신파극을 별개의 미학적 장르 또는 양식으로 구분해서 설명하는 견해도 존재한다. 이러한 입장은 "신파성이 멜로드라마의 일반적 특성을 상당 부분 공유하고 있기는 하다. 하지만 서구의 일반적인 멜로드라마의 미감(美感)과 신파성의 차이를 간과해서는 안 된다."[152]고 주장한다. 결국 이는 "신파성을 멜로드라마와 여러 특성을 공유하지만 서구 멜로드라마와 다른 동아시아의 독특한 것, 특정 시기에 강하게 나타난 것"[153]임을 말하는 것이기도 하다. 그렇다면 멜로드라마와 신파극의 공통점 및 차이점을 살펴보는 것이 좋을 듯하다.

(1) 주체의 욕구·욕망이 세계에 의해 좌절된다.

(2) 그 욕구·욕망은 인간이라면 누구나 지니고 있는 서민적 욕구, 욕망이다.

(3) 그 욕구·욕망은 연인, 가족, 친구 등 소공동체, 유사가족 안에서 친밀한 관계를 유지하고 싶어 하는 욕구·욕망으로, 천륜, 인륜의

윤리성을 가진 윤리/욕망의 성격을 지닌다.

(4) 주체는 세계의 지배적인 힘에 맞설 의지가 결여되어 있거나, 맞설 능력이 거의 없다고 할 만큼 약하다.

(5) 따라서 주체는 애초부터 저항조차 하지 못하고 스스로 굴복·순응하거나, 저항의 여지도 없이 굴욕적으로 패배한다.

(6) 패배에 따른 고통은 자신의 무력함과 굴복의 탓이므로 죄의식을 가지고 자학한다. 한편 그것이 자신이 기꺼이 선택한 것이 아니라 어쩔 수 없이 그리 된 것이라는 점에서 피해의식을 지니고 자기연민의 태도를 갖는다. 그럼으로써 죄의식과 피해의식, 자학과 자기연민이 뒤섞인 감정 상태를 지닌다.

(7) 주로 겉으로 드러내는 과잉된 눈물과 탄식, 용서의 구걸이나 독백 등의 방식의 형상화에서 효과적으로 드러난다.[154]

이영미는 (1)부터 (4)까지는 신파성만의 고유한 특성이라기보다는 비극성 일반의 특성이거나 멜로드라마적 특성과의 공통점이지만, (5)부터 (7)까지는 신파성만이 지닌 독특함이라고 주장한다.[155] 이 7가지 비애감의 특징은 앞에서 멜로드라마의 주요 구성 요소로 제시된 6가지 항목들과 비교해 보아도 좋을 듯하다.

위의 7가지 비애감의 특징, 즉 신파극 또는 신파성이란 좌절감, 무력감, 패배감, 죄의식, 자학, 피해의식, 자기연민 등의 감정을 극대화한 것을 의미한다는 것이다. 그러나 신파극이나 신파성을 극단적인 패배주의나 수동성으로 바라보는 것과는 반대로 능동적인 실천으로 간주하는 시각도 존재한다. 즉 "윤리는 사회를 유지하고 그것의 상태를 증진시키는 것을 주요한 목적으로 삼"기 때문에 "눈물은 윤리적 잠 재력을 가진다. 사회적 연대의 눈물은 그것이 실현되는 주요한 경로"라고 보는 입장이다. 이러한 견해는 1930년대 최대의 흥행극이었던 신파극 〈사랑에 속고 돈에 울고〉의 주인공 홍도는 수동적인 인종(忍從)의 태도를 취하고 있지만 이 수동적 인종을 능동적인 실천으로 해석한다.[156]

> 홍도는 가부장제적 세계와의 대결에서 패배한 것이 아니라 가부장 제적 세계로 편입하려는 투쟁에서 패배한 것이다. 홍도에게서 가부장제 자체에 대한 거부의 태도를 전혀 찾을 수 없는 것은 아니다. 하지만 홍 도의 심리에서 가장 큰 비중을 차지하는 것은 역시 가부장제에 안착하 려는 욕망이다. 그의 눈물은 그런 능동적인 투항 과정에서 흘려진 것이 다. 눈물은 단순한 위안을 제공하기도 하지만, 적극적인 실천을 이끌어 낼 수도 있다. 홍도의 눈물 또한 그러하다.[157]

물론 위와 같이 신파극과 신파성에서 적극적인 실천의 가능성과 잠 재성을 읽을 수 있다. 왜냐하면 "우리는 두려움과 공포를 통해 우리

자신에 대해 반성적이게"[158] 됨으로써 "두려움과 공포의 결과로서, 도덕적으로 설명 가능해"[159]지는 주체가 될 가능성을 지니고 있기 때문이다. 이를 좀 다른 각도에서 생각해 보자.

희생 제도라는 것은 다음과 같은 문제 있는 가정에서만 비교적 안전한 수단일 수 있다. 즉 불안을 국소화하여 한 특정 희생자-종종 희생자는 외부인이거나 장래에 복수를 겁내지 않아도 될 공동체의 가장 약한 구성원이다-만 희생함으로써 무차별적 폭력과 같은 전체적인 희생 위기를 축소시킬 수 있다는 가정이다. 그러나 희생에 있어서 속죄양 만들기는 이분법적 대립(자아와 타자, 내부인과 외부인)과 밀접한 관련이 있다. 이 이분법적 대립이라는 것은 굉장히 순수한 것으로 가정되지만, 매우 불안정한 것이 될 수도 있다. … 폭력은 (내부에서) 희생자나 희생자 무리를 선택하는 것을 통해서 자체를 보호하는 것처럼 보였던 공동체 내의 보호 관계, 바로 그것일 수도 있기 때문이다.[160]

이는 신파극, 그리고 작가와 배우들의 의도와 관계없이 발생하는 텍스트와 연극 체험의 무의식과 징후를 생각할 수 있게 도와준다. 신파극 작가와 배우 및 연극의 스탭들, 그리고 무엇보다도 관객들은 그칠 줄 모르는 눈물로 신파극 공간을 가득 채웠다. 그러나 신파극 속에 등장하는 여주인공의 비극적인 삶, 이를 극대화시키는 신파극의 연극적 장치들(과장된 대사 또는 억양이나 동작, 그리고 배경 음악)은 관객의 입장에서는 패배주의적이고 자기비하의 감정만을 전달했다고 단정 짓는데에는 섬세하게 접근할 필요가 있을 것 같다. 관객들이 체험한 여주인공의 고통, 참혹함, 좌절, 한탄, 굴복 등의 이미지들은 "내부에서 희생자나 희생자 무리를 선택하는 것을 통해서 자체를 보호하는 것처럼 보였던 공동체 내의 보호 관계"[16] 그 자체에 대한 회의와 의심을 만들어줄 수도 있기 때문이다. 역설적으로, 관객은 신파극 속 비극적인 여주인공과 동일시되어 눈물을 흘리면서 자신이 처한 현실 세계, 즉 자신들을 제대로 보호해 주지 못하는 공동체의 모순(가부장제의 모순이건, 식민지 치하의 모순이건)을 무의식적 징후로서 받아들였으리라고 간주할 수도 있을 것 같다. 시대적, 사회적 타자로 간주되었을 신파극 속 여성 주인공과 주요 여성 관객들은 눈물을 매개로 신세 한탄을 했을 것이지만, 이러한 과정 속에서도 신파극 공연과 관람이라는 시공간 체험은 현실에 존재하는 부조리와 모순과 폭력성을 징후처럼 증언하기도 한다.

우리는 타자(the Other)의 언어 같은 것이 파악될 수 있는 상황을 이해하기 위해 바흐친(Bakhtin)의 소위 '대화적 언어'를 필요로 한다. 그러나 이 타자의 언어는, 그 자신의 동기 부여에 있어서, 상류 계급의 태도와 동일화하는 것과는 매우 거리가 멀다. … 이것은 또한 그들(상류 계급)

에 적대적인 원한(怨恨)의 행동이며, 그들의 이익을 위해 유리한 증언을 하는 것에 대해 당혹스럽게 하고 위태롭게 만드는 언어이다. … 대중문화 텍스트의 기능이 허위의식의 생산으로, 그리고 이런저런 정당화 전략에 대한 상징적 재확인으로까지 보일지라도 … 그것은 이데올로기적 지지에 대해 실질적 보상이 제공되는 수사학적 설득의 복합적 전략을 필연적으로 포함하게 된다.[162]

'분하고 한스러움'의 뜻을 가진 원한(怨恨)은 신파극의 정서 중의 하나로 볼 수 있을 것이다. 비록 신파극의 관객들이 연극을 감상하면서 눈물을 흘리면서 자기연민에 빠졌다 하더라도, 이것이 곧 관객들이 연극 속의 상황, 메시지, 이미지, 캐릭터의 세계관에 완전히 동일시된 것이라고 단정 짓기는 힘들 것 같다. 설사 관객이 연극 속 상황이나 인물에 동일시된다 치더라도, 이때의 동일시란 관객이 살아왔던 체험과 관극 당시 그들이 감각으로 느끼는 당시의 세계 인상이 혼잡스럽게 개입된 동일시이기 쉽다. 만약 신파극의 관객들이 연극에 (부분적으로) 동일시되었다면 그러한 현상은 연극 속의 상황과 관객들이 처한 현실 세계의 상황의 유사성에서 발생했을 가능성이 있다. 관객이 신파극 감상을 통해 자신의 처지와 별 차이가 없다는 것을 알게 되었을 수도 있지만, 현실 세계의 모순과 비인간성을 체험하고 있는 관객들이 연극을 통해 세계의 비참함을 재확인했을 수도 있는 것이다.

그러나 신파극과 신파성에서 주체의 실천 가능성을 이야기하는 것은 "신파적 주체의 감정적 실천이 언뜻 보기에는 '저항하지 못하고 스스로 굴복'하는 것과 매우 다른 듯하지만 내적으로 무력함과 굴복의 태도를 떨쳐버리는 계기로 기능하지 못한다면, 자학과 자포자기 행동의 변형"[163]에 불과하다는 반론을 받을 수도 있다. 이는 다른 말로 "멜로드라마와 그것의 윤리적 이원론(二元論)에서 진정성 없이 재봉쇄되고 오로지 상징적으로만 표현되었던 사회적이고 역사적인 공포를 숨기거나 거리낌 없이 그리고 매우 진정성 있게 표현"[164]되지 못했다는 비판으로도 연장될 수 있다. 신파극, 신파성, 신파 등이 일방적인 패배주의를 보여주는 것인가, 아니면 어떠한 방식으로도 주체의 실천을 구동시키는 특징을 지니고 있는가 등과 같은 상반된 견해에 대해서 명쾌하게 선택하기는 힘들다. 들뢰즈와 과타리는 "무의식은 어떠한 의미의 문제도 제기하지 않고, 긴급하게 사용의 문제들을 제기한다. 욕망에 의해 제기된 질문은 '그것은 무엇을 의미하는가?'가 아니라 그보다는 '그것은 어떻게 작동하는가?'이다."[165]라고 말했다. 이들의 제안에 의존해 '신파란 무엇을 의미할까?'가 아니라 '신파는 어떻게 작동할까?'와 같은 질문을 해보는 것도 의미 있을 것 같다.

　무대에서 공연된 신파극에서 배우들의 대사는 일정한 리듬의 음조(音調)가 있는 구어체의 대사였고, 인위적으로 과장된 성량(聲量)과 호흡, 억양을 특징으로 했다.[166] 게다가 신파극의 배우들은 화술(話術)의

억양이나 동작의 걸음걸이 등 여성적인 특징이나 남성적인 특징을 과장해서 양식화된 모습으로 연기했다.[167] 여기에 신파극 특유의 여성 수난 서사, 즉 끊임없는 음모와 계략에 의해 여주인공이 고통을 받는 이야기 구조, 그리고 인과성이나 개연성보다는 우연적인 사건들의 개입에 의한 자극적인 장면들의 특성은 배우들의 연기 방식과 함께 신파극에 대한 관객의 정동(情動, affect)을 극단적으로 자극했다.

3장 극예술의 사조

1. 전통극과 사실주의극

1) 아리스토텔레스와 전통극

사실주의극은 일상생활에서 경험할 수 있는 인물들, 사건들, 상황들 등을 있는 그대로 무대 위에서 재현하는 연극으로 폭넓게 정의할 수 있다. 영화 〈해리포터〉나 〈반지의 제왕〉 등을 떠올려보면 이 작품들에서 재현되고 있는 인물, 시공간 설정, 사건들, 다양한 오브제들이 얼마나 비현실적인 것인지 금방 알아챌 수 있다. 또는 TV에서 볼 수 있었던 〈승리호〉, 〈고요의 바다〉 같은 SF, 〈쓸쓸하고 찬란하神 도깨비〉 같은 로맨틱 판타지, 좀비가 등장하는 〈지금 우리 학교는〉이나 죽음의 사자가 등장하는 〈지옥〉 같은 공포물 등은 현실에서는 일어나지 않을 법한 이야기들로 시청자들의 관심을 끌었다. 그렇다면 거의 대부분의 TV드라마, 연극, 영화 등은 사실주의 양식의 텍스트라 볼 수 있을 것이다. 그러나 사실주의 양식의 극예술이 근현대 시기만의 주도적 문화라 볼 수는 없다. 왜냐하면 이러한 양식을 고대 그리스 연극에서부터 현대까지 지속되어 왔기 때문이다.

사실주의에 대한 예는 그리스, 로마, 중세, 르네상스 시대의 서양극-특히 희극-에서 찾아볼 수 있다. 이러한 시대에 제작된 많은 작품들이 그 시대의 보통 사람들이 말하고, 입고, 행동하는 방식을 보여준다. 그 가운데 일부 획기적인 작품들은 현대 리얼리즘의 선구자적인 역할을 했다고 볼 수 있다.[168]

당대의 관객들이 일상적으로 의사소통하는 모습, 일상생활에서 착용하던 의복이나 장신구, 하루하루 삶 속에서 행동하는 양식들을 무대 위에 재현한 것은 그리스, 로마, 중세, 르네상스, 근현대 시대의 연극에서 일반적인 경향이었다. 이 극예술 양식은 관객들의 실제 삶에 대한 모방과 재현의 결과물이라 할 수 있다. 그러면 아리스토텔레스(Aristoteles)의 모방 이론을 살펴보자.

모방자는 행동하는 인간을 모방하는데 행동하는 인간은 필연적으로 선인(善人)이거나 악인이다. 인간의 성격이 거의 언제나 이 두 범주에 속하는 것은 모든 인간이 덕과 부덕에 의하여 그 성격이 구별되기 때문이다. 따라서 모방의 대상이 되는 행동하는 인간은 필연적으로 우리들 이상의 선인이거나, 또는 우리들 이하의 악인이거나, 또는 우리와 동등한 인간이다.[169]

시대별로 정도의 차이는 있지만 아리스토텔레스의 『시학』 이론은 거의 모든 연극 미학의 교과서로 대접받아 왔다. 위의 설명처럼 그리스 시대의 연극들은 관객들보다 선하거나, 반대로 악하거나, 또는 관객들과 비슷한 정도의 윤리의식을 지닌 사람들을 모방한 작품들이다. 따라서 그리스의 관객들은 연극 속에서 자신들보다 월등하게 선한 주인공이 등장할 때에는 그 주인공의 선행과 인격을 존경하게 되고, 자신들보다 훨씬 악한 주인공이 나올 때에는 비판과 냉소적인 태도로 거리를 두게 된다. 물론 관객들의 윤리적인 수준과 동등한 인간들을 모방한 연극의 등장인물들에 대해서는 관객들이 보다 더 적극적으로 현실감과 개연성을 느꼈을 것이다.

그리스 문화를 동경하여 전격적으로 수용한 로마의 연극 관행도 그리 크게 변하지는 않았다. 오히려 로마의 연극은 그리스 시대에 비해서 그 질적 수준이 하향되었다. 오늘날까지 전해 내려오는 로마 시대의 비극 작품은 세네카(Lucius Annaeus Seneca)의 것이었는데 그리스 비극 작가들의 작품을 개작한 정도에 그친다. 그의 작품에는 폭력, 살인, 고문 같은 잔인한 장면들이 많이 나왔는데 이는 그 당시 전투적이고 야성적인 로마인들의 취향에 맞춘 결과였다. 세네카의 비극이 종종 초자연적인 현상이나 존재를 허용했던 것과 대조적으로 희극에서는 주로 일상생활에서 그 소재를 채택했다.[170]

중세는 종교 중심의 연극이 중심이었다. 즉 수난극(受難劇), 기적극(奇蹟劇), 성사극(聖事劇) 등이 그것이었는데, 시간이 흐를수록 공연 무대가 교회 안으로부터 교회 밖으로 이동했고 그에 따라 종교극도 세속화되었다. 사제들이 관장하던 종교극이 교회 밖으로 진출하게 되면서 연극 주체가 사제로부터 상인 계층으로 변화되었다. 세속적인 연극은 종교극과 함께 마임, 이야기, 노래, 이교도 행사 등의 다양한 근원으로부터 발전해 나갔다. 소극(笑劇)에 속하는 연극은 싸움과 속임수, 부부간의 불화 등을 소재로 삼았으며 정치, 사회에 대한 가벼운 풍자의 내용을 담고 있었다.[171]

엘리자베스 시대의 영국 연극을 대표하는 작가는 셰익스피어 (William Shakespeare)라 할 수 있다. 그는 "당시의 전통적인 사회사상을 퍽 객관적인 태도로 종합적으로 표현한 능숙한 기록의 명수"[172]로서 "인간 사회뿐만이 아니라 천체, 생물계에 이르는 모든 세계에는 연쇄적 질서가 유지되어 균형을 이루고 있으며, 또한 천체, 인간 사회, 생물계 상호간에도 서로 연쇄적 질서를 이루고 있다"[173]는 세계관을 대표하고 있었다. 셰익스피어는 희곡이나 연극 무대가 "시대의 태도나 사회적 관습을 반영하기 위해 '자연에 비춰진 자연'이라고 생각"[174]했다. 셰익스피어는 우주에 존재하는 도덕 질서에 대해 확신을 가지고 있었지만 그럼에도 불구하고 그는 어둡고 고뇌에 찬 현실을 사실적으로 재현해 낸 작가로 기억할 만하다.[175]

16세기 이탈리아에서 시작된 꼬메디아 델아르떼(commedia dell'arte)는 고정적인 성격의 등장인물들이 가면을 쓰고 즉흥적인 소재를 소극(笑劇)으로 연기하는 직업 연기자들의 극단에 붙여진 일반적인 명칭이었다.[176] 이 극단들의 연기는 각기 구분되는 의상에 전통적인 이름을 지닌 유형적인 인물들이 느슨한 대본을 토대로 즉흥 연기로 대사를 이어갔는데, 배우들이 단순히 얼굴을 찌푸리는 것을 포함해 곡예에 이르는 다양한 슬랩스틱 연기를 재량껏 뽐내던 일종의 익살광대의 연기였다.[177] 그러나 이탈리아 르네상스 시기의 꼬메디아 델아르떼는 세계 연극사에 있어 주목할 만한 희곡들을 내놓지 못했다는 한계점을 가진다.

17세기 초반 프랑스의 직업 연극은 중세의 종교극이나 이탈리아의 꼬메디아 델아르떼 유랑극단으로부터 발전했다. 꼬르네이유(Pierre Corneille), 몰리에르(Moliere, Jean Baptiste Poquelin), 라신(Jean Baptiste Racine) 등이 이 시기의 프랑스 연극사를 대표하는 작가들인데, "꼬르네이유가 복잡한 플롯에 단순한 등장인물을 배치했다면, 라신은 상대적으로 단순한 플롯에 복잡한 등장인물을 배치"[178]했다. 몰리에르는 희극을 많이 썼는데 당시 프랑스 "사회의 합리적인 상식을 엉뚱한 휴머니티의 어리석음으로 잘 상쇄"[179]시킨 작가로 알려져 있다.

영국의 왕정복고시대(1660년~17세기 말)에는 괄목할 만한 극작가를 배출하지 못했다. 주목할 만한 것으로는 소위 풍습희극(風習喜劇, comedy of manners)이었는데 당시의 그릇된 가치관이나 어울리지 못하는 풍습의 노예가 되어 자기 스스로를 기만하고 있는 인물들을 내세워 조소의 대상이 되게 했다.[180] 1700년 무렵이 되자 관객층은 다양해

졌지만 그와 비례해서 관객의 수준은 낮아졌다. 왕정복고시대의 재치 있는 희극은 거의 소멸해 버리고 중산층의 비극과 가정극이 낭만희극과 만나서 중산계층의 문제들을 비교적 섬세하게 재현했다.[181] 이러한 희극을 감상희극(sentimental comedy)라 불렀다. 이른바 가정비극은 "전통비극의 주인공들과는 달리 일상생활에서 누구나 흔히 볼 수 있는 서민적 주인공을 등장"[182]시켰다. 감상희극은 새롭게 대두하기 시작한 중산층 계급의 취향에서 비롯되었는데 불행한 환경에 놓인 등장인물의 도덕적인 행위를 내보임으로써 고통과 슬픔, 그리고 인과응보의 서사구조를 보여주었다.[183]

18세기의 프랑스 연극은 유의미한 결과물들을 만들어내지 못했다. 이 시기의 연극은 꼬르네이유와 라신의 고전주의 희곡을 모범으로 삼아 새로운 경향의 작품들을 선보일 수 없었다. 이러한 고전주의 연극을 무비판적으로 신봉하고 있던 지식인들과 연극인들에게 "고전적 의미의 비극과 희극 이외에 현 시대에 맞는 새로운 형태의 연극이 있어야 하겠다고 주장"[184]한 사람이 디데로(Denis Diderot)였다. 그는 "현 시대는 영웅적인 비극의 시대가 아니니, 새삼 과거 역사에서 소재를 찾는 일을 지양하고 보다 광범위한 시민생활 속에서 직접적이고 감동적인 소재를 찾아 새 시민, 새 대중을 위한 연극을 발굴해 나아가야 한다고 주장"[185]함으로써 사실주의 연극의 가능성을 타진했다.

18세기 이탈리아의 연극은 셰익스피어나 라신과 같은 뛰어난 작가들을 배출하지 못하였다. 이 시기의 이탈리아 연극에서 주목할 만한 사람은 골도니(Carlo Goldoni)였다. 그는 "관례적인 이탈리아의 연극 형식에 반대하였다. 그는 시극(詩劇)이 아니면 인정을 받지 못했던 당시의 풍조에서 떠나 보다 사실적(寫實的)인 산문을 극에 도입"[186]함으로써 연극의 새로운 풍조를 개척했다. 그는 "서민 가족과 생활을 사실적으로 취급"[187]했다는 점에서 당대의 연극에서 진일보했다는 연극사적 의의를 지닌다.

2) 사실주의극의 발전

19세기의 리얼리즘은 보통 1830년경부터 1880년까지의 새로운 미학 이론의 대두와 그 실천을 지칭하기도 한다.[188] 또는 프랑스의 '7월 혁명'이 발발했던 1830년에서 제1차 세계대전이 일어났던 1914년에 이르는 사상 초유의 변천과 발달이 돋보였던 시기를 리얼리즘의 시대적 배경으로 삼기도 한다.[189] 이 시기의 리얼리즘은 지적(知的) 낙관론의 토대를 침식했던 과학 혁명의 시기의 사조(思潮)로 간주될 수 있다. 즉 "어거스트 콩트의 초기 과학적 사회관, 찰스 다윈의 생물학적 자연도태설, 문예사가 이뽈릿 텐느의 작업과 생리학자 클로드 베르나르의 작업, 그리고 칼 맑스의 경제적 인간관"[190] 등은 이 시기의 혁명적인 변화를 보여주는 지적(知的) 작업들이었다. 영국의 산업혁명은 대량

생산을 가능하게 했지만 노동자의 도시 집중과 이에 따른 각종 심각한 사회 문제를 야기했다. 이와 동시에 영국에서부터 불기 시작한 민주주의와 자유주의적 사상은 일반 대중과 노동자 계급으로 하여금 권리와 부의 혜택을 요구하게 만들었으며 유럽의 각국은 생존과 단결을 위해 민족주의에 호소하게 되었다. 사실주의 연극은 이러한 사회적 배경 위에서 발생하였다.[191] 그렇다면 이 시기부터 시작된 리얼리즘(또는 사실주의) 예술의 특징은 무엇이었을까.

중산층과 하층계급이 작품에 합당한 주제로 되며 -고전주의에서처럼- 주제를 선택하는데 제한을 가한다는 것은 더 이상 허용되지 않는다. 이로써 리얼리즘은 혁명적인 성격을 갖게 되며 현상 유지와는 더 이상 화해하지 못한다. 예술적인 관습과도 결별하게 되고, '저속한 주제'를 진지하게 취급하는데 함축되어 있는 사회적 의미에 폐쇄적이었던, 사회 정치적인 예법과도 결별하게 된다. 현재의 상태에 부족함을 느끼는 것이 리얼리즘 작가들의 일반적인 정신적 태도이다. 그들이 정치적으로 보수적이건 진보적이건 관계없이, 이미 주어지고 선입견적인 생각들은 리얼리즘 예술의 내용이 되지 못하며, 오히려 … 사물의 현실성에 대한 인식을 촉진하는 것이 리얼리즘 작가들의 과제였다. 이에 예술가는 이해력 있고 애정 어린 관찰자라는 역할뿐 아니라 관여하지 않고 체계화하는 과학자의 역할도 하게 되었다.[192]

위의 글에서 볼 수 있듯이 사실주의 연극은 고대 그리스 비극이나 셰익스피어의 비극에서처럼 영웅이나 왕족, 귀족 등을 주인공으로 내세우지 않았다. 왜냐하면 19세기 이후 유럽 사회는 이제 더 이상 소수의 상층 계급이 아니라 새롭게 대두된 도시 부르조아 계급이나 노동자 계급이 중심이 된 시스템으로 변화했기 때문이다. 과학과 기술의 획기적인 발전, 민주주의와 자유주의의 확산 등은 유럽 사회를 급격한 변화의 흐름 속으로 던져버렸다. 따라서 안정감이나 균형감 같은 현상 유지에 대한 심리적 기대감도 급속하게 상실되었다. 신화(神話), 왕이나 영웅, 종교적인 신(神)에 기대어 세계를 수용했던 경향은 급격하게 보편화된 산업 체제의 자본주의 세계관을 내면화시키는 체제로 변화했다. 이제 세상과 사회를 관장하는 중심축은 신(神)이나 귀족 계급의 도덕관이 아니라 산업 사회의 자본주의적 가치관이 되었다. 위의 글은 이러한 사회적 변화에 따른 새로운 반응 양식으로서의 사실주의 경향을 말해주는 것으로 이해할 수 있다.

사실주의 예술은 이전의 고전주의나 낭만주의 사조에 대한 전면적인 반발에서 시작되었다. 낭만주의 예술은 고전주의나 계몽주의 시대에 강조되었던 이성(理性)에 대한 반발로 나타났다. 고전주의는 규범적이고 전형적인 것만을 강조함으로써 법칙, 자기 억제, 질서, 균형감 있는 형식미를 숭상하고 자질구레한 일상사는 상대적으로 무시하였다. 반면 낭만주의는 모든 규범과 법칙을 반대하고 대상에 대한 명료한 묘사 및 표현을 거부했다. 낭만주의는 묘사나 표현에 있어서 자유와 작가의 개성을 강조했고 변화와 무한대의 상상, 자아의 해방, 예술에 있어서의 다양성과 상대성을 과감하게 선택하고자 했다.[193] 사실주의는 바로 이러한 낭만주의 경향에 반기를 들고 새로운 형식과 내용을 주창한 사조(思潮)였다. 고전주의 연극이 쇠퇴한 상태에서, 그리고 낭만주의 연극이 현실적인 사회문제나 과학, 기술의 발전에 따라 서서히 연극계의 중심적 위치에서 밀려나고 있는 상태에서, 사실주의 연극은 새 시대에 적합하다고 판단된 현실적인 사회 문제에 냉철한 관심을 기울이고 과학과 기술의 위력과 그것의 적용 문제를 객관적으로 고민하려는 연극이었다.[194]

낭만주의 연극이 과거와 환상에 대해 주목했던 것과는 반대로 사실주의 연극은 과거보다는 현재, 판타지적 공간인 '그곳'(이를테면 이국(異國)에 대한 동경심)보다는 산업화되고 도시화된 공간인 '이곳'을 중시하였다.

실제성, 시대에 대한 관심, 당면성(當面性)이야말로 이 시기의 리얼리즘이 가진 본질적인 특색이 되었다. 그러나 동시대를 묘사함에 있어 설득력을 가지기 위해서는 정확성이 요구되었다. 정확성에 대한 지향은 리얼리즘에 있어서는 매우 결정적인 것이어서 동시대 생활의 사건과 전형을 표현할 때에는 물론, 과거를 표현하는 경우에도 거의 쇄말적(瑣末的)인 것에 가까운 태도를 취해야 했던 것이다. 이러한 정확성에 대한 지향은 당면한 생활에 입각하여 예술적 표현을 획득해야 한다는 요구에 국한된 것은 아니었다. 그것은 공상이 아니라 사실에 입각하여 생활해야 한다는 것, 과학적이고 기술적인 새로운 문화를 창조하며 거기에서 인생을 파악하기 위한 힘으로서의 의의를 창출해야 한다는 것, 리얼리즘을 낳은 계급의 모든 세계관과 세계 감각에 적합한 것이라야 함을 의미했다.[195]

위의 글에서 볼 수 있듯이 사실주의 연극은 과도한 상상력보다는 실제성, 과거에 대한 환상 대신에 현시대에 대한 분석과 비판의식, 꿈과 이국적(異國的) 취향보다는 시대가 당면하고 있는 사회적이고 정치적인 문제들에 집중하였다. 또한 작가의 감상적이고 주관적인 시선보다는 객관적이고 정확성에 기초한 과학자의 시선을 더 중요하게 생각했다. 이는 사실주의가 신화(神話)의 세계, 왕족과 영웅들의 세계에 대한 관심을 거두고 당대 사회를 이루고 있는 새로운 계급, 즉 도시의 부르주아 계급과 노동자 계급에 대해 주의를 집중한다는 것을 의미하는 것이다. 헨릭 입센(Henrik Ibsen)의 희곡 〈인형의 집〉을 최초의 사실주의극으로 간주하는 이유는 이 희곡에서부터 "일반 서민이 주인공으로 등장하고 대사도 시에서 산문으로 변했으며 무대장치도 사실 그대로 재현"[196]했기 때문이다. 〈인형의 집〉은 19세기 후반 유럽의 중산층 가정의 파멸을 통해 가부장제 사회의 폭력성과 억압적인 상황을 현실적인 감각으로 폭로함으로써 사실주의극의 표본이 되었다. 〈인형의 집〉이 사실주의극의 출발점으로 인정받는 근거는 이 희곡이 당대 유럽의 사회적 모순과 불합리를 총체적으로 꿰뚫어 보았다는 데에 있다. 독일 극작가 하우프트만(Gehart Hauptmann)의 〈직공(織工)들〉(1892)은 "모두 방언을 사용하는, 각자 고유명을 지닌 40여 배역을 작품에 끌어들였는데 이는 다수의 굶주림과 일반화된 빈곤을 묘사"[197]했는데 이는 그의 목표가 "사실을 정확하게 기록하고 실제 사회 집단의 고통에 대한 동정심을 촉진시키는 데"[198] 있음을 선명하게 알린 사실주의적 선언이라 할 수 있다.

현실적인 사회 생활과, 삶의 문제점에 대한 정치적 입장의 구체적 연관성은 소재를 리얼리즘적으로 형상화하는 주요 척도가 된다. 왜냐하면 단지 이런 전제를 지님으로써만 전형은 리얼리즘적이기 때문이다. 이런 뜻에서 리얼리즘은 '전형적인 상황 아래 있는 전형적인 성격의 충실한 반영'이며, 따라서 리얼리즘 문학 및 예술에서는 전형성의 창조가 중요할 뿐만 아니라 또한 전형이 활동해 나가는 그 조건들의 묘사 또한 중요하다.[199]

위의 글에서 '전형적'이라고 하는 것은 "극단적으로 첨예화된 상황 가운데에서 인간의 극단적 행위 방식 속에서 특정한 사회의 복잡한 문제의 모순이 표현되듯이 그 상황과 성격들의 형상이 전체적 관계 속에서, 전체적 관계에 의해서 명백히 될 때"[200]와 같이 모순에 찬 형상들의 첨예화된 상태를 의미한다. 다시 말하자면 리얼리즘(또는 사실주의) 예술은 당대 사회와 역사의 총체적인 모순이나 문제점들을 정확하게 파악하고 그것을 텍스트 속에서 논리적이고 인과적인 맥락으로 재현해 내는 예술이라 할 수 있다. 그렇다면 극예술 속에 등장하는 인물들의 대화, 의상, 시공간, 갈등 관계 및 사건 전개 과정 등이 현실적, 사실적으로 그려졌다고 하더라도 모든 작품들이 온전한 의미의 리얼리즘 예술로 간주될 수는 없는 것이다. 이를테면 궁핍한 집에서 성장했지만 아름다운 외모와 함께 선한 마음과 성실한 태도를 지닌 여주인공이 재벌 3세의 매력적인 남주인공과 연애를 하다가 결혼하는 영화나 TV드라마는 외면상 사실주의적으로 보일 수 있지만 리얼리즘의 정신이나 사상과는 동떨어진 작품들이라 볼 수 있다. 왜냐하면 신분과 계급을 초월한 순수한 사랑의 결실이라는 그 작품들의 서사 구조와 메시지는 현실 세계에서는 일어날 확률이 거의 없고, 더 나아가 이 작품들에서 남녀 주인공이 겪게 되는 고난과 장애물 자체가 시대적이고 사회적인 문제를 총체적이고 정확하게 포착한 것이 아니기 때문이다. 외형상 사실적인 작품들이지만 내용이나 이데올로기적 차원에서 보았을 때에는 오히려 판타지 로맨스에 더 가까운 작품이라 할수 있다.

결국 사실주의(또는 리얼리즘) 연극의 재현 방식은 "현실을 이상화하거나 개인적 시각에서 혹은 불완전하게 해석하지 않고, 그 현실의 대상에 완전히 일치한다고 판단되는 이미지를 제시"[201]하는 것이라 할 수 있다. 극예술이 아무리 세밀하게 대상을 재현했다 하더라도, 이를테면 역사극에서 역사적 고증에 맞춰 대사와 오브제를 사실적으로 그렸거나 로맨틱 코미디에서 일반 가정의 일상사를 섬세하게 그렸다고 하더라도, 그 재현의 목적과 효과가 당대 사회의 총체적인 모순을 정확하게 파악하지 못했다면 사실주의에 충실한 텍스트라 단정하기는 어려운 것이다. 사실주의 연극에서 중요한 점은 "현실과 그것의 재현을 일치시키는 것이 아니라, 연극의 상징적이고 놀이적인 활동에 힘입어 관객이 현실의 사회적 메카니즘에 대한 이해에 접근할 수 있도록 유도하는 하나의 이미지를 무대와 이야기를 통하여 제시"[202]하는가에 대한 여부이다.

쇄말주의 (瑣末主義)

쇄말주의는 평범함, 진부함, 통속성을 의미하는 라틴어의 형용사 트리비알리스 (trivialis)에서 온 trivialism의 번역어이다. 일반적으로 자연주의적 예술에서, 필요 이상으로 세밀한 묘사가 많은 경우, 그것을 경멸하여 쓰는 말이다. 인용문에서 '쇄말적'이라는 표현은 사실주의 연극에서 가능한 한 사실에 가깝고 자세하게 묘사하는 것을 추구한다는 의미로 이해하면 될 것이다.

3) 한국의 사실주의극

　한국의 사실주의극이 본격적으로 시작된 시기를 1920년대로 보는 견해가 일반적이다. 동경 유학생들의 독서토론회 모임이었던 '극예술협회'가 결성되었고, 이 단체가 1921년 7월부터 약 한 달 동안 조선의 전국을 순회 공연한 것을 의미하는 것이다. 이들의 공연은 당시 조선의 극장을 휩쓸고 있던 신파극과 차별되는 근대 유럽식의 연극을 공연함으로써 이른바 '신극(新劇)'의 시대를 열었다.

　이전에 주로 공연되는 것은 창극(唱劇)과 신파극(新派劇)이었다. 1902년에 조선 최초의 서구식 실내극장인 '협률사' 건물이 세워졌는데 이 건물은 1908년 이인직 등이 수리 후 '원각사'라는 극장으로 이름을 바꾸었다. 이후 이인직의 소설을 희곡으로 각색한 〈은세계〉를 무대에 올렸는데 이 연극은 창극(唱劇) 형식이었다. 창극은 판소리가 1명의 소리꾼이 창을 부르던 것을 극중 등장인물의 역할에 맞춰 소리꾼들로 하여금 나눠서 부르던 형식을 지칭했다. 서구식 실내 극장에서 연극을 공연했지만 창극은 판소리를 분창(分唱)의 형식으로 수정한 것에 불과했기 때문에 현재 우리가 상상하는 사실주의 연극과는 동떨어져 있다고 할 수 있다. 입센의 근대 사실주의극에서 볼 수 있듯이 입센은 기존의 운문 대사를 산문 대사로, 즉 일반인들의 일상대화 형식으로 연극의 대사를 구성했다. 창극은 주로 판소리의 노래를 중심으로 전개되는 연극 형태였기 때문에 현실 세계를 사실적으로 구현하기 위한 사실적인 대사 운용과는 거리가 있었다.

신파극은 1911년 '혁신단'이라는 극단을 만든 임성구가 일본의 신파극을 번안해서 무대에 올린 〈불효천벌(不孝天罰)〉로 첫선을 보였다. 일본의 신파극을 조선 실정에 맞게 번안했다는 점, 그리고 일본식 무대 장치와 일본식 억양과 제스처를 사용했다는 점, 여장(女裝)을 한 남자 배우가 등장했다는 점에서 온전한 사실주의극이라고 간주하기는 힘들다. 그럼에도 불구하고 신파극은 조선의 근대 연극사에서 주목할 만한 의미를 지니고 있기도 하다.

우리나라에 있어서 최초의 극장 예술을 출발시킨 것은 창극이며, 창극은 극히 초보적이나마 무대 환각(幻覺)의 형성이라는 점에서 한 역할을 담당한 바 있다. 그런데 신파극은 여기서 한 걸음 더 나아가 우리 연극사에서 근대 사실주의 연극의 필수적인 개념인 사실적 환각(寫實的 幻覺, illusion of reality)의 형성에 기여하고 나아가 근대 사실주의(寫實主義) 연극의 준비 단계로서의 역할을 했던 것이다.[203]

위의 인용문은 신파극이 일본의 연극을 모방하거나 번안해서 일본식으로 연기를 했다는 한계점에도 불구하고 한국의 사실주의 전 단계로서의 역할을 했다는 점을 강조하고 있다. 이와 좀 다른 시각에서 신파극을 이해할 수도 있다. 즉 신파극이 일본적인 것을 지향했다면 사실주의극은 서구적인 것을 지향했다는 차이점이 그것이다.

신파극이 들어온 경로가 명백히 일본이었다는 사실, 그리고 그것이 총독부의 은밀한 지원 속에 육성되었다는 사실을 감안한다면, 신파극이란 지극히 '일본적인 것'을 상징했음을 알 수 있다. 반면, 사실주의극은 '서양적인 것'을 의미했다. 비록 일본을 경유하여 유입된 것이기는 하지만 그것은 명백히 '서양'의 근대극 이념과 사실주의극에 속한 것이었다. 신파극과 사실주의극의 관계를 이같이 독해한다면, 신파극과 사실주의극의 갈등은 곧 일본적 근대 구성과 서양적 근대 구성의 갈등을 의미하는 것이라고도 볼 수 있다.[204]

위의 인용문은 다음과 같이 이해할 수 있다. 즉 조선의 신파극은 일본의 신파극을 베끼는 것으로부터 시작했으며, 이 신파극은 조선의 전통극이나 창극과는 매우 결이 다른 새로운 형식의 근대적 연극 양식으로 받아들여졌음을 알 필요가 있다. 명치유신을 통해 조선보다 훨씬 이전에 근대화를 추진한 일본의 문화, 그 중에서 일본의 신파극을 수입하여 공연했을 때 당시의 관객들은 그 신파극을 신연극(新演劇), 즉 새로운 연극으로 인식했다. 일본으로부터 수입된 신파극은 군사극(軍事劇), 탐정극, 의리인정극(義理人情劇), 가정비극 등의 장르로 나

널 수 있는데 이 새로운 장르들은 조선에서 향유해 왔던 전통극과는 다른 사실적인 이야기를 내보였다. 신파극은 연극사적으로 다음과 같은 의의를 지닌다고 볼 수 있다.

새로운 연극예술을 성립시키고 발전시키는 데 기여했다. 넓게 보면, 서구적 드라마에 관한 인식과 수용, 습득과 창조가 시작된 것이고, 좁게 보면, 일본 전통에 대한 인식과 한국적 전통의 자각과 발견, 계승과 개발에 착수하게 되었다. 연극은 재능만이 아니라, 사상과학기술경제의 창조적 총화라는 사실을 깨닫게 했다. … 새로운 희곡 문학을 성립시키는 데 기여했다. 신파 화술극(話術劇)은 각기 작품 나름의 무대 공간을 전제로 하는 연극성과 아울러 급격하게 변화하는 시대와 현실에 기반을 둔 문학성언어성을 나름대로 구비하고 있었기에, 그러한 행동체계를 성실하게 문자로 옮기면 곧 희곡작품이나 각본 및 공연 대본이 될 수 있는 제반 요건을 내포하고 있었다.[205]

조선의 신파극은 일본 근대극의 일종인 일본 신파극에 대한 동경의 산물이었다. 반면 소위 사실주의극 또는 신극(新劇)으로 불려지던 양식들은 유럽의 근대 연극을 수용한 일본의 사실주의극을 받아들인 결과였다. 일본의 신파극이 서구식 사실주의 연극을 많이 수용하려 했다는 점을 고려한다면, 조선의 신파극을 사실주의극의 전 단계로 볼 수도 있을 것이다. 그러나 일본의 신파극은 가부키(歌舞伎)나 노(能)와 같은 전통극 양식의 잔재를 많이 유지하고 있어 본격적인 사실주의극으로 보기에는 어려운 측면이 있다.

그런 의미에서 1921년 전국 순회 공연을 통해 보여준 '극예술협회'의 레퍼토리는 서구의 근대 사실주의극을 본격적으로 개시한 것으로 간주해도 좋을 것 같다. 그러나 '극예술협회'의 공연 이전, 즉 1910년대 후반기에서부터 근대적인 사실주의극을 찾아볼 수는 있다. 1917년 이광수의 〈규한(閨恨)〉, 1918년 윤백남의 〈국경(國境)〉, 1919년 최승만의 〈황혼(黃昏)〉 등의 창작 희곡들이 지면으로 발표되었다. 이들의 창작 희곡은 창극이나 신파극과는 매우 다른 서구적 근대 희곡의 면모를 보여준다. 그러나 이들의 창작 희곡은 외형상 근대 사실주의극에 속하지만 극작술의 수준에 있어서 완성도 높은 작품들로 보기는 힘들다. 한국 희곡사에서 수준 높은 사실주의 희곡을 만나기 위해서는 1920년대 중반 김우진의 〈이영녀〉가 발표되기까지 기다려야 했다.

2. 현대극과 비사실주의극

1) 새로운 연극의 경향

20세기 들어 연극은 이전의 시기와 명징하게 구분되는 새로운 경향을 보인다. 고대 그리스극에서부터 유구한 세월을 이어져온 연극들을 '전통극', 혹은 '아리스토텔레스극'으로 호명함으로써 한 단락 짓고, 이후 20세기의 연극들을 '현대극', '반(反)아리스토텔레스극'으로 구분할 수 있게 된 것이다.

고대 그리스극에서는 극이 인간 삶의 모방이라고 보았다. 플라톤(Platon)이 인간은 신의 모방이고, 그 인간을 모방한 것이 결국 연극이라고 주장한 것은 궁극적으로 극의 열등함을 설명하기 위함이었다. 아리스토텔레스(Aristoteles)는 이에 반해 인간의 삶을 모방하는 극이 주는 '카타르시스'를 주장하며 예술의 순기능을 강조한 바 있다. 인간의 삶을 모방한 극을 통해 오히려 인간의 삶을 정화할 수 있다는 것이다. 중요한 점은 두 입장의 공통적 전제가 모두 극이 인간 삶의 모방이라는 점이다. 물론 시간이 흘러 지금의 관점에서 보자면, 적어도 연극의 가치에 대한 부분에서 플라톤보다는 아리스토텔레스의 손을 들어줄 수밖에 없음은 분명하다. 결론적으로 인간 삶에 대한 모방을 통해 극은 생명력을 가질 수 있었고, 이는 극중 인물과 관객이 감정적 교감을 하게 만드는 중요한 요소가 되었기 때문이다. 허구의 이야기이지만, 무대 위에서 생동하는 인물과 삶의 단면을 통해 독자에게 보다 그럴듯하고 생생한 이야기로 받아들여질 수 있는 것이다. 이것은 전통극들이 공유하고 있는 가장 기본적이고도 중요한 입장으로 기원전부터 현대에 이르기까지 긴 시간동안 이어져왔다.

20세기에 등장하는 현대극들 중 일부는 이러한 전통극의 '기본'을 철저하게 부정하는 것에서부터 출발한다. 이러한 작품들은 현실과도 같은, 그럴듯한 허구의 극적 세계를 재현하는 것에는 관심을 기울이지 않는다. 관객들이 작품에 대해 동화(同化)하기보다는 오히려 이질감과 괴리감을 느끼도록 하기 위해 애를 쓴다. 이는 관객이 작품에 빠져들어 무비판적으로 현혹되기보다는, 오히려 작품을 통해 관객이 깨어나길 목적하기 때문이다. 극을 통해 현실의 거짓을, 모순을, 폭력을 정확하게 인지하라는 것이다.

이러한 현대극의 경향은 20세기의 시대적인 배경과 깊은 연관을 갖는다. 1차 세계대전과 2차 세계대전을 연이어 겪으면서 서구의 문화예술계는 트라우마를 겪게 된다. 홀로코스트를 비롯해 지식인과 예술가들을 대상으로 하는 고문과 폭력을 겪으면서 지식인이나 예술가들은 인간적 존엄과 정체성과 같은 가치가 나약한 인간의 본능에 압도되는 경험을 하였고, 이때 겪은 죽음과 폭력에 대한 공포와 회의는 그들의 육신을 넘어 정신세계에 깊은 상흔을 남길 수밖에 없었다. 세계대전의 특성상 이것은 특정한 국가나 지역의 국지적 범위가 아닌 전세계적 범주에서 공유하는 경험이기도 하였다. 연극계 역시 그 어느 때보다 현실의 문제에 대해 강하게 인식할 수밖에 없었고, 기존의 담론과 질서에 대해 회의하게 되었다. 이 시기 작가들의 새로운 인식은 실험극을 통해 표현되었고 이는 기존의 전통적인 연극과는 완전히 그 궤를 달리하는 새로운 연극 양식의 탄생으로 이어졌다.

플라톤 '시인추방론'

플라톤은 예술을 설명하면서 침대를 예로 들었다. 그에 의하면 모든 사물은 이데아의 모방이기 때문에, 목수가 만든 침대 역시 침대의 이데아를 모방한 것일 뿐이다. 즉 목수가 머릿 속으로 생각했던 침대에 대한 이미지를 이데아라고 한다면, 실제 제작한 침대의 실물은 이데아의 모방인 셈이다. 그것을 예술가가 그림을 그리거나 글을 통해 재현한다면 그것은 이데아를 모방한 모방물(침대)를 다시 모방한 것이 된다. 모방의 모방, 이것은 원래의 오리지널리티에서 더 멀어질 수밖에 없다. 플라톤에게 있어 신의 모방인 인간, 그 인간의 삶을 모방하는 문학과 예술이 저급할 수밖에 없는 이유이다. 이러한 이유로 그는 예술가들을 추방할 것을 주장하기도 하였다. 그것이 바로 플라톤의 '시인추방론'이다.

---

2) 서사극

서사극(Epic Theater)은 1920년대 독일의 브레히트(Bertolt Brecht)와 피스카토르(Erwin Piscator)가 주창한 연극의 경향인데, 특히 브레히트를 서사극의 대표적 작가로 본다. 서사극은 정치적 목적이 강한 연극의 장르로 미학적 측면보다는 사회적 측면의 역할에 더 비중을 두고자 지향한다. 이는 "모든 예술은 무엇보다 가장 위대한 예술인 삶의 예술에 기여한다"[206]는 브레히트의 예술관에서 기인한 것이기도 하다.

브레히트는 『자본론』에 깊이 심취하였으며, 계급결정론적 세계관을 갖고 있었다.[207] 이를 바탕으로 확립된 그의 연극적 관심사는 "인간 노력의 패턴과 지향에 관한 탐구, 현대 사회의 부패와 극작의 탐구를 위해 자극적인 도구가 되는 헤겔의 변증법적 부패를 설명하고 심지어 치료하는 것"[208]이었다. 이처럼 그는 연극의 현실적 참여를 적극적으로 모색하고 지향하였는데, 자신의 이러한 관심들이 기존의 연극적 관습으로는 표현될 수 없다고 보았다. 브레히트는 "현대 세계를 더 이상 드라마와 일치 될 수 없다는 것을 깨닫자마자 그 후에 드라마는 더 이상 세계와 일치할 수 없다"[209]며, 새로운 기법에 대한 모색을 시도하였다.

그는 감정은 사적이고 한계가 있는데 반해 이성은 이해 가능하며 의지할 수 있다고 보고, 관객을 이성적인 상태로 깨어있도록 하고자 의도한다. 그렇기 때문에 서사극은 '즐겁고 투쟁적인 배움'을 기본적인 원리로 하는 교술(教述)적인 연극인 동시에 오락적인 연극이다.[210] 관객을 교술하고자 하는 목적이 분명하지만, 그 내용을 감정적으로 호소하기보다는 이야기 안에 숨겨놓음으로써 관객이 이성적으로 이에 반응하도록 한다. 그의 대표작 〈억척어멈과 그 자식들〉은 전쟁으로 두 아들을 잃은 어머니의 이야기이다. 그러나 관객들은 이 여인을 자식을 잃은 비운의 여인으로 보지 않고, 전쟁으로 자식을 잃었음에도 불구하고 전쟁을 통해 장사를 계속해가는 장사꾼인 그녀를 비판하도록 한다. 군부대를 따라다니며 장사하는 그녀로 인해 또 다른 누군가의 자식은 계속 죽어갈 것이다. 그럼에도 불구하고 입으로만 전쟁을 탓하는 그녀의 모습을 그리는 극의 내용은 하나의 고발에 가깝다.

　브레히트는 '서사적 연극'과 '희곡적 연극', 즉 서사극과 기존의 전통극의 체계에 대한 차이, 그리고 관객의 반응 차이를 비교한 바 있다.[211] 그 내용을 정리해 보면 다음과 같다.

연극의 기능	
희곡적 연극	서사적 연극
무대는 하나의 사건을 '구현'한다	무대는 하나의 사건을 '이야기'한다
관객을 사건 속에 몰아 넣는다	관객을 관찰자로 만든다
관객의 능동성을 소모시킨다	관객의 능동성을 일깨운다
관객의 감정을 일으킨다	관객에게 결단을 강요한다
관객에게 체험을 전달한다	관객에게 지식을 전달한다
관객은 줄거리 속에 감정이 이입된다	관객은 줄거리를 마주 대하고 있다
극적 환상이 주요 도구	논증이 주요 도구
감정의 축적	인식의 단계까지 몰고 간다

인간은 이미 알려진 존재로서 전제된다	인간은 연구의 대상이 된다
인간은 변화 불가능한 존재	인간은 가변적이고 변화시키는 존재
결말에 대한 긴장감	사건 진행에 대한 긴장감
다음 장면을 위한 장면	장면마다 독립
직선적인 사건 진행	곡선적인 사건 진행
진화적인 사건 진행의 필연성	사건 진행의 도약성
현존하는 세계	변화되어야 할 세계
인간 행위의 필연성	인간이 해야 할 일
충동(본능)	(행위의) 동기
사유가 존재를 규정	사회적 존재가 사유를 규정

관객의 반응	
희곡적 연극	**서사적 연극**
그래요, 나도 그런 것을 느꼈습니다.	나는 그럴 줄을 몰랐는데요.
나는 그래요.	그렇게 해서는 안돼요.
그건 너무 당연한 일이지요.	모두가 다 이상한 일이예요. 믿을 수 없을 정도입니다.
항상 그럴거예요.	그런 일이 더 계속되어서는 안돼요.
이 인간의 고뇌는 충격적입니다. 빠져 나갈 길이 없으니까요.	이 사람의 고뇌는 충격적입니다. 달리 방도가 있었을 테니까요.
그것은 위대한 예술입니다. 너무 당연한 일들이예요.	그건 위대한 예술이지요. 당연한 것은 하나도 없으니까요.
나는 우는 사람들과 같이 울고, 웃는 사람들과 같이 웃습니다.	난 우는 사람을 보고 웃고, 웃는 사람을 보고 웁니다.

위의 내용을 통해 우리는 브레히트의 서사극의 지향점을 보다 구체적으로 이해할 수 있다. 그는 연극의 양식적인 측면에서 기존의 전통극과 이렇게 많은 차이를 갖고자 하였고, 그것의 결과로써 관객이 궁극적으로 받아들이는 감정 역시 큰 차이를 갖도록 의도하고 있다. 관객의 반응 부분을 좀 더 살펴보면, 전통극의 관객들이 작품에 이입하면서 공감하는 것에 비해 서사극의 관객들은 작품에 대해 거리감을 갖는 것을 확인할 수 있다. 이러한 관객의 거리감은 브레히트의 서사극에서 가장 중요한 지점이다.

'Verfremdungsprinzips(V-effect)'는 '소외효과' 혹은 '소격효과'로도 불리는데, 브레히트 서사극의 핵심적인 기법이다. 이 효과는 관객이 무대에서 벌어지는 극중 사건이나 인물에 이입하는 것을 차단함으로써 거리감을 두게 한다. 전통극을 볼 때 관객들은 작품에 몰입하게 된다. 그 경우, 관객은 작품의 극적 행동을 변경할 수 없는 절대적인 의미로 받아들이게 된다. 이에 반해 관객이 극적 상황에 대해 거리를 두고 이성적으로 받아들이게 되면, 다른 가능성에 대한 의문을 가질 수 있다. 관객이 보다 이성적으로 상황을 냉정하게 판단하고 모색할 수 있게 되는 것이다.

이러한 소외효과는 다양한 기법을 통해 구현될 수 있다. 대표적 기법은 서사적 화자(話者)의 설정이다. 이 화자는 사건을 발생시키고 극적 행동을 수행하는 등장인물과 구분되는 인물이다. 경우에 따라 등장인물이나 그 세계관과 구분되는 별도의 화자가 존재할 수도 있고, 등장인물이 순간적으로 극의 흐름에서 분리되어 화자의 역할을 수행할 수도 있다. 〈우보市의 어느해 겨울〉에서는 극의 중간 중간 '해설역'을 맡은 인물이 등장하여 상황의 설명은 물론, 인물들의 심리까지 설명해준다. 해설이 등장과 퇴장을 하는 순간마다 극의 흐름을 깨어질 수밖에 없고, 그를 통해 관객들은 이것이 연극의 일부임을 지속적으로 환기하게 된다.

(해설역 나온다)

해설역   교회가 폐쇄된 지 일주일이나 지났지만 이도시의 시민들에게서는 이렇다 할 변화는 일어나지 않았습니다. 다만, 이 도시 주민들은 새벽마다 당연한 것처럼 늦잠 속에서 즐겨듣던 조용하고 부드러운 종소리를 다시는 들을 수가 없게 되었는데도 이들 주민들은 그들이 왜 갑자기 그 아름다운 종소리를 들을 수가 없게 되었는지 분명한 이유조차 알려고 들지를 않았습니다. 이렇게 해서 한주일이 침묵 속에서 지나갔습니다. 그동안 우리 우보시민들은 어떻게 지내고 있을까요?

(상인의 주점이다. 판사, 교수, 목수, 의사 앉아있다.)

해설역   표면적으로는 예나 다름없이 평안한 일상생활을 계속하고 있습니다.

(해설역 퇴장한다.)

– 신명순, 〈우보市의 어느해 겨울〉[212]

두 번째 기법으로는 극중극(劇中劇)이 있다. 극중극은 그 이름 그대로 극 안에 다시 극이 위치하는 것을 의미한다. 막간극이나 프롤로그, 에필로그를 사용하는 경우, 무대에서 사건의 진행 공간을 분할거나, 혹은 두 가지 이상의 사건을 동시에 진행시키는 경우도 유사한 효과를 발생시키므로 극중극 기법으로 볼 수 있다. 이러한 기법들은 공통적으로 관객에게 지금 이것은 연극의 상황임을 인지하게 함으로써 감정적 몰입이나 이입을 방해할 수 있다. 〈전하〉의 극적 상황은 대학의 강의 시간에 계유정난(癸酉靖難)을 중심으로 한 세조와 성삼문, 신숙주 등 인물에 대한 역할극을 하게 된다는 설정이다. 연극 안에서 연극을 하게 되는 극중극에서 세조, 성삼문, 신숙주 등의 역할을 맡은 학생(역할의 배우)들은 실제 역사극처럼 인물에 몰입하기보다는 오히려 몰입을 깨는 모습을 보여주고 있다. 이는 매우 이례적인 상황이다.

정찬손   (손으로 스위치를 끄는 시늉을 한다.)

조명 조금 어두워 진다.

학자　　됐어.

사람들, 킥킥 웃는다.

세조　　저, 자신이 없는데요. (일동 웃음.)

학자　　그렇지. 감정을 돋우는 덴 음악이란 게 있지. 저 자네들은 날 따라

　　　　오게. 그 옆에서, 그렇게 웃으면 방해가 될 테니.

세조와 숙주를 제외한 사람들 퇴장한다.

성삼문　　저 선생님. 우린 어떤 정해진 줄거리 같은 것이 없잖아요?

학자　　허허 이거봐요 성군. 뚜렷한 줄거리가 있다면 아예 토론을 계속할

　　　　필요도 없잖아? 우린 그저 성실하게 각 인물들의 입장을 더듬으

　　　　면 되는 거야.

성삼문　　그래두 어떤 질서 같은…….

학자　　허허 이것 보게. 자네의 발은 자네가 명령한 질서를 잃어버린 채

　　　　로도 길을 잘 가고 있잖아? 자넨 여기까지 오는 동안 나와 얘기하

　　　　느라고 발에 신경을 쓸 틈이 없었을 테니 말야. 여하튼 굳이 그 질

　　　　서라는 것에 구애되면 교통순경한테 가서 물어보게.

전원 퇴장한다. 성삼문 고개를 갸우뚱 한다.

시계 소리 한 시를 친다. 이어서 음악이 엷게 흐른다.

— 신명순, 〈전하〉[213]

　세 번째는 무대장치에 대한 기법들이다. 영상을 무대에 투사하는 등의 영화/영상적 기법을 사용하거나, 무대의 장치를 그대로 드러내어 그 변화나 조작의 과정까지 관객들에게 노출시키거나, 관객석과 무대의 구분을 없애거나, 악단의 배치 등과 같은 음악에 관련한 효과를 적극 활용하는 방법 등이 여기에 해당한다. 의상이나 분장을 거의 하지 않고 배우를 노출시키는 것도 이에 해당한다. 이러한 방식은 모두 그럴듯한 재현을 거부한다는 측면에서 공통점을 갖고 있다. 무대 공간이나 배우의 분장과 의상을 그럴듯하게 꾸미는 것은 관객의 몰입을 위한 가장 기본적인 전제가 된다. 그러므로 드러난 무대장치를 관객이 계속 인식하게 하는 것, 그리고 관객이 배우의 본래 모습을 계속 의식하게 하는 것은 관객 몰입을 직접적으로 방해하는 효과를 갖는다. 그러므로 이것 역시 기존의 전통극과는 반대가 되는 지향이라고 볼 수 있다. 〈증인〉에서는 자막까지 사용하면서 흐름을 끊는 무대장치를 확인할 수 있고, 〈전하〉에서는 아예 인물의 대사를 통해 세조 당시의 고증에는 관심이 없음을 명백히 밝히고 있다.

2

(배경막에 참담하게 끊어진 교량의 잔해가 보인다. 그 위에 〈1963년 봄〉이

라는 자막)

(윤변호사의 사무실, 어두워지면 넥타이를 느슨하게 풀어 헤친 윤변호사가

관객들을 향해 앉아있다.)

윤일경   여러분들께서는 방금 지금으로부터 십 삼년 전인 1950년 9월 대

          구 근교에서 있었던 전시 고등군법회의의 처형 장면을 보셨습니

          다. [후략]

(감정을 진정시키려는 듯 담배를 피워물고, 커피를 한 모금 마신다.)

윤변호사   그때가 몇 시쯤 되었을까요? [중략] 그로부터 다시 13년이 지난

          1963년 어느날 나는 공교롭게도 한 정숙한 부인의 방문을 받았는

          데 바로 그 부인이 문제의 교량 폭파 책임자로 사형을 당한 고 남

          병식 대령의 미망인이었습니다.

(무대가 밝아지면 맞은 편에 양여사가 앉아 있다. 양여사는 이목구비가 단

아한 전형적인 한국형의 미인이다. 그러나 그녀는 몹시 지쳐있다. 검은 옷

을 입고 있는 그녀는 어느 누군가가 건드리기만 하면 금세 바스라질 듯 메

말라보인다. 윤변호사 생각에 잠겨 있다.)

— 신명순, 〈증인〉[214]

세조   저 좀 다른 얘깁니다만 저희가 그 옛날 사람들의 입장으로 돌아가

        본다는 건 이해하겠습니다만 저흰 옛날 의상 같은 것의 준비가 전

        혀 없잖습니까? 그러구 저흰 아시다시피 고전이라든지 특히 궁중

        어 같은 건 서툴러놔서…….

학자   하하하…… 알겠네. 하지만, 여보게. 의상에 대한 고증이나 궁중어

        따위라면 저속한 야담 잡지에도 아주 상세하게 나와 있네. 우리가

        목적하는 바는 그따위 옷이나 말 같은 것이 아니잖나? 물론 지금

        과 그때의 제도나 풍습의 차이 같은 것이 있겠지만 그것도 우리가

        연구해 보려는 것에 부작용을 일으킬 정도로 대단한 게 아니잖을

        까? [후략]

— 신명순, 〈전하〉[215]

마지막으로 관객을 연극에 참여시키는 기법을 꼽을 수 있다. 연기
자가 관객에게 말을 걸거나, 더 나아가 대답이나 행동을 요구하는 경
우, 혹은 관객에게 연극의 대사를 나누어 하도록 하는 경우도 있다.
위에서 인용한 신명순의 〈증인〉 장면은 배우가 관객을 향해 말을 거
는 장면이라는 점에서 여기에 해당한다. 이강백의 〈결혼〉은 배우가

관객에게 말을 거는 것을 넘어 관객석에 가서 담배를 빌리기도 하는 등 관객을 지속적으로 의식하면서 극을 진행한다.

남자, 다시 자기 의자에 돌아와 앉는다. [중략] 그는 남자 관객에게 다가간다.

남자   이거 초조해서 원. 담배 한 대 주시겠어요? 거져 달라는 건 아닙니다. 다만 빌려달라는 거죠. 네. 고맙습니다. 아, '은하수'군요. (다른 남자 관객에게) '청자'를 가지고 계신가요? 그러시다면 한 대 빌립시다. (호주머니에서 납작하게 눌러진 빈 담뱃갑을 꺼내 남자 관객들로부터 받은 담배를 차곡차곡 집어 넣는다) 누구, '샘' 없으세요? '샘'? 요즘 나온 담배론 '샘'이 괜찮더군요. 물론 '한산도'도 좋긴 좋죠. 어느 분 '파고다' 있으시면 그것도 한 개피 빌립시다. 꼭 담배를 컬렉션하는 것 같습니다만 초조할 때 이러는 게 내 버릇이라서요. (담배에 불을 붙인다) 라이터, 이거 최고 품이죠. [중략] 그건 그렇고, 담배는 고맙습니다. 다 이럴 땐 상부상조 해야죠, 안그래요? 그런 의미로 한 대만 더 빌려가도 좋겠지요?

- 이강백, 〈결혼〉[216]

여기까지 관객의 이입을 방해하는 대표적인 기법들을 살펴보았다. 이 기법들은 한 가지씩 사용되는 경우도 있지만, 중복적으로 사용되기도 한다. 예를 들어 무대를 분할하는 기법은 내용적으로는 극중극과 같은 기능을 하지만, 무대장치로서의 기법이기도 하다. 또, 객석과 무대의 구분을 없애는 무대의 장치적 기법은 관객을 연극에 참여시키는 기법을 위해 사용되기도 한다. 이처럼 세부적인 기법들은 각각의 작품에 따라 다르게 사용되지만, 중요한 것은 이러한 기법이 사용되는 근본적인 목적, 즉 관객이 작품에 거리를 둠으로써 감성보다는 이성에 의해 작품을 받아들일 수 있도록 하는 것이라는 점이다.

서사극

브레히트 이전에도 서사극(敍事劇)이라는 명칭은 존재하였다. '서사(敍事)'라는 용어 그대로의 의미로 역사적 사건이나 전설과 같은 것들을 사건의 순서대로 서사하는 극을 의미한다는 의미에서 '서사+극'이었다. 브레히트는 이러한 서사극을 통해 자신의 연극적 실험을 하였다. 그러다보니 현대에 와서 서사극이 브레히트의 서사극을 의미하는 경우가 많아졌다.

---

3) 부조리극

20세기 초, 두 차례 세계대전의 경험에서 지식인과 예술인들은 전 세계가 전쟁터가 되는 참상을 경험하게 되었다. 그리고 피할 수 없는 폭력 앞에서 경험했던 무기력함은 존재에 대한 자기반성적 질문을 반복하게 하였다. 인간 중심의 세계에 대한 환상은 파괴되었고, 오히려 인간은 우주 안에서 소외된 이방인과 같은 공허한 감각을 경험하게 되었다. 소설가이자 극작가였던 카뮈(Albert Camus)는 이를 '부조리 감각'이라 명명하였다. 이 부조리의 감각은 당대 지식인들과 예술인들에게 강하게 와 닿았고, 이러한 공감은 "인간 존재의 허무, 사회로부터의 소외, 생의 추구에서 논리적인 해답의 공허성을 묘사하는 강한 표현"[217]으로 표출되었다. 연극계 역시 이러한 흐름에 강하게 반응하였고, 그 결과 부조리극은 실존주의 철학과 교감하며 1950년대와 1960년대 초반 세계 연극계의 주도적 경향으로 자리매김하였다.

부조리극(Absurdes Theater)의 대표적인 작가로는 이오네스코(Eugene Ionesco)와 베케트(Samuel Beckett)를 꼽을 수 있다. 이오네스코는 자신의 활동을 '반연극(反演劇)'으로 부른다. 기존의 아리스토텔레스적 전통극에 반(反)한다는 의미 그대로 그는 〈대머리 여가수〉, 〈수업〉, 〈의자들〉, 〈코뿔소〉등의 작품을 통해 기존의 모든 극적 관습을 파괴하고자 시도한다. 그의 작품에서는 무대 위에 의자를 늘어놓는 행위를 통해 인간들이 믿고 있는 이데올로기의 공허함을 표현한다. 혹은 사람을 무소로 변신시킴으로써 현대 사회가 갖는 획일화에 대한 공포를 우화(寓話)하거나 하녀를 섬기는 주인의 모습을 통해, 혹은 서로를 알아보지 못하고 자기 소개를 주고받는 부부의 모습을 통해 관계의 허상을 보여준다. 이오네스코 작품 속의 인물들은 최소 수준의 개연성조차 보여주지 않으며 언제든 대체가 가능한 대상이 된다.[218] 이름에서조차도 변별성을 갖지 못한 인물들이 등장한다. 아울러 그의 작품은 부재하는 플롯, 의미없는 언어, 맥락 없는 행동으로 혼란스럽다.

베케트의 인물들은 그의 데뷔작이자 대표작인 〈고도를 기다리며〉에서처럼 결코 도래하지 않을 미래를 기다린다. 그들의 삶은 쓰레기통 속에, 길바닥 위에, 휠체어 위에서 지속되고 있다.[219] 이오네스코가 갖고 있는 유머와 휴머니즘조차 베케트에게서는 찾아보기 어렵다. 베케트의 작품 속에서 인물들의 현재는 과거의 고통이 남긴 파편이다. 그들은 그것을 제대로 인지하지도 설명하지도 못한다. 심지어 강렬하게 욕망하는 그 미래조차도 그 실체를 알지 못한다. 무엇인지도 모르면서 그것을 욕망하고 기다리는 인물들의 모습은 실소를 자아낼 뿐이다. 그들의 삶 자체가 부조리한 것인데, 결국 이는 우리의 삶의 모습이기도 하다. 베케트의 작품을 관통하는 것은 결국 허무(虛無)이다.

이오네스코나 베케트와 같은 부조리극 작가들은 은유와 상징을 적극적으로 활용한다. 그리고 단절된 사고와 존재의 허무를 표현하기 위해 단음절의 언어를 사용하는데,[220] 뚝뚝 끊어지는 의미가 모호한 단어들은 알아듣기도 어렵고 가치를 갖지도 못한다. 개개의 대사는 그 자체로는 의미를 갖지 못한 경우가 많다. 아이러니하게도 그렇기 때문에 이러한 언어의 부조리함은 부조리극에서 가장 중요한 의미를 드러내줄 수 있다. 그들이 보기에 부조리한 현실에서 언어는 그 힘을 갖지 못한다. 현란하고 번드르르한 말이 도대체 무엇을 해줄 수 있는가? 현실의 '부조리 감각'은 언어로 설명될 수 있는 것이 아니라, 체감되어야 하는 것이다. 그런 이유로 부조리극에서 언어는 무의미하다. 인물들은 언어를 통해 소통하지 못한다. 그렇기 때문에 역설적으로 부조리극에서 언어는 가장 중요한 기법이자 요소가 된다.

사나이   (바라보다가) 여보시오, 뭘 잃으셨습니까? (대답 없다. 다가가서)

              여보, 뭘 찾죠?

철도원   (찾는 그대로, 퉁명스럽게) 당신이 알 바 아니오.

              일을 끝냈거든 어서 돌아가시오.

사나이   방해하려는 건 아니오.

철도원   약속대로 하는 게 좋을 게요.

사나이   (의아하다) 약속?

철도원   피차가 말은 없었소!

사나이   피차가? (갑자기) 핫하하. 그렇군요. 피차 말이 없었지.

철도원	(화가 치솟는다. 찾는 일을 멈춘다. 그러나 돌아보지 않고) 문을 닫은 지도
	시간 반이 넘었소. 일은 끝냈을 게 아니오? 어서 가시오.
사나이	(벤치에 앉으며) 알 수 없군……. (사이) 마치 친구와 이야기라도 하는
	것 같은데 난 통 알 수 없구려.
철도원	당신과 얼굴을 마주할 순 없잖소! (그러나 돌아본다)
	아니, 당신은 뉘시오?

사나이가 일어선다. 그러나 입을 열지 않는다. 사이. 서로가 시선을 주고
받는다. 철도원은 급격한 속도로 사람을 만난 반가움을 느끼기 시작한다.

철도원	(기쁨을 물씬 드러내며) 어디서 왔소?
사나이	(동문서답으로) 예가 어디오?
[중략]	
사나이	숲이라구?
철도원	깜깜하지.
사나이	깜깜하다구?
철도원	숲이죠.
사나이	숲은 없었소!
철도원	숲? (생각해 보고) 핫하하, 없어요. 숲이 없어. 오랜 세월이 흘렀다는
	걸 깜박 잊었군. (갑자기 굳어지며) 아니, 이 샛길은 폐쇄됐는데 이

길로 오셨다구? (두려워 경계하며) 백리를 가도 인가가 없는데…….

사나이   (퉁명스레) 없었소.

[중략]

사나이   밤이라고 특별한 게 있겠소?

            낮과 밤은 그저 같은 시간의 연장일 뿐이오.

철도원   우린 다르게 사용해 왔어. 또, 색깔이 다르잖소?

사나이   (눈을 뜬다. 갑작스런 공포에 몸을 움츠리며) 색깔이 다르다구!

철도원   (자기 나름으로) 감출 필요가 없겠죠

사나이   (사이. 서서히 회복되어) 정해져 있지 않기 때문이오.

– 윤조병, 〈건널목 삽화〉[221]

〈건널목 삽화〉는 두 사내의 이야기로 구성된다. 기차의 건널목에서 마주친 두 사내는 각기 자신의 이야기를 하지만, 이들의 이야기는 서로에게 닿지 못한다. 전후의 폐허, 남과 북의 분단의 상흔은 두 사내의 분열적인 대화를 통해 고스란히 드러난다. 부조리극은 일제 강점과 2차 세계대전, 한국 전쟁을 겪은 국내의 정서에도 소구(訴求)되는 부분이 큰 탓이었는지 한국 연극계에도 큰 영향을 끼쳤다. 그런 까닭에 현대극의 대표적인 작품들이 부조리극에 해당하거나 부조리극의 요소를 포함하고 있는 경우가 다수이다.

4) 잔혹극

1965년, 〈마르키 드 사드 연출로 샤렌튼 요양소 수감자들에 의해 공연된 마라의 암살과 박해〉(〈마라/사드〉)의 뉴욕 상연이 화제가 된다. 이 작품은 독일의 극작가 피터 바이스(Peter Weiss)의 희곡을 영국의 연출가인 피터 브룩(Peter Brook)이 연출한 작품인데, "베케트의 부조리와 브레히트적 기법을 넘어선 세계를 묘사"[222]한 작품으로 극찬 받으면서 당시 문화계에 '잔혹연극'이란 용어를 인식시켰다.

사실 잔혹극(Theater of Cruelty)은 20세기 초, 아르토(Antonin Artaud)에 의해 이론적 토대를 마련한 장르이다. 당시 아르토는 연극인으로서 성공을 거두지는 못했으나 그의 연극관은 후대의 연극인들에게 중요한 영감을 주게 된다. 1920년대 초현실주의 운동에 가담했던 아르토는 연극이 관객의 삶에 영향을 주는 방식에 대해 고민하였다. 그는 "연극의 동작은 페스트처럼 사람들에게 그들 자신을 있는 그대로 보도록 재촉하고 가면을 벗기고, 세상의 거짓, 태만, 야비, 위선을 드러내 보이"[223]기 때문에 관객은 연극을 보면서 치유될 수 있어야 한다고 본다. 더 나아가 "연극은 주술적이며 연출자는 무당이어야 한다"[224]고 주장하기도 하였다.

"모든 글을 쓰레기다. 난데없이 나타나서 자신들의 마음 속에 진행되는 바를 조금이라도 언어로 표현해보려고 하는 사람들은 다 돼지 같은 고집쟁이들이다"[225]라는 아르토의 말은 부조리극에서의 언어와 비슷한 맥락을 갖는다. 그러나 여기에 더해 아르토의 희곡에서 언어란 "고통과 잔혹성의 이미지들로 장식"[226]되어 있을 뿐이다. "삶과 접촉하기 위해 언어를 파괴하는 것, 그것은 연극을 만들거나 혹은 연극을 갱신하는 것"[227]이라고 본 아르토가 연극에서 전달하고자 하는 것은 언어를 통하는 것이 아니라 관객이 체감할 수 있는 그 무엇인 것이다.

아르토는 잔혹연극을 그 나름으로 정의하고 있다.

> 잔혹 연극은 "언어, 제스처 및 표현의 형이상학을 창조하고", "관객의 죄의식을 불러일으키며, 무대에서 표출되어지는 만큼의 잔인성을 느끼게 하며… 청중이 이런 상태로 극장을 떠나게 만들고… 적대감과 불쾌감… 무대 정경의 내적 동력감으로 인해 흔들리고, 불쾌해져서 이러한 박진감은 그의 생애를 통한 집념 및 불안과 직접적인 관계를 만들어 줄 것이다". "관객은 범죄에 대한 자신의 느낌, 애욕적인 집착, 공상, 물질과 삶에 대한 유토피아적 감각, 심지어는 식인종의 야만성과 직면해야 한다". "장면마다 모든 사람이 느낄 수 있는 실제의 물질적이고 객관적인 요소들을 동원할 것이다. 울부짖음, 신음, 환영, 경이, 온갖 종유의 연극성… 찬란한 조명… 돌변하는 조명… 가면, 1 야드 높이의 우상들…".[228]

아르토가 보기에 도덕성과 금기, 사회적 제도와 규범과 같은 것들은 우주적 잔혹성—삶의 근본에 있는 어둠의 정수—을 부정하고 억압하도록 기획된 것이었다. 마치 프로이트가 그러했듯, 아르토 역시 억압이 당시 사람들의 정신에 해를 끼치는 중요한 요인이 된다고 본 것이다. 그의 무대에서 벌어지는 잔혹한 극적 상황을 통해 관객은 감정적으로 극심한 동요를 하게 되는데, 이것은 관객이 자신 내면의 잔인성, 난폭함, 공포 등을 노출하고 발견하는 과정이기도 하다. 이는 치유를 위한 시작인 동시에 가장 중요한 단계이다. 이러한 증상은 드러남으로써 해방될 수 있기 때문에 관객은 이러한 해방을 통해 치유될 수 있으며, 궁극적으로는 진정한 자아를 발견하는 단계까지 도달할 수 있다.

이처럼 아르토의 잔혹극은 단순히 관객에게 말초적 공포를 자극하고자 하는 것이 아니라 존재론적인 측면에서의 감정적 자극을 목적한다. 잔혹함은 아르토가 보는 삶의 본질이었고, 그의 잔혹극은 인간의 삶과 대등한 것이었다. 관객은 잔혹극을 통해 삶을 직면하고, 그 안에서의 '나'를 발견할 수 있는 것이었다.

잔혹극이 한국 연극계에서 비중 있는 위치를 차지하고 있다고 보기는 어렵지만 이현화와 같은 작가들을 통해 의미 있는 작품들이 창작된 점을 주목할 필요가 있다. 특히 독재정권하에서 잔혹극은 현실의 폭력을 고발하고 그러한 현실에 놓인 자아를 각성하게 하는 중요한 역할을 할 수 있었다. 아래는 이현화의 〈불가불가〉 결말 부분이다.

등장인물을 통해 극은 결국 무대 위에 유혈이 낭자한 현장을 만들고 관객을 그 공간 안에 남겨둔다. 실려나간 배우가 남긴 피와 비명, 그 안에서 관객은 더 이상 방관자로 남기는 어렵다. 그 현장의 일원이 된 관객들은 극의 폭력과 공포의 경험을 함께 체감함으로써 깨닫게 되는 그 무엇, 그것이 바로 잔혹극의 목표가 된다.

배우1   (손 쓸 틈도 없이 달려가 배우5에게 칼을 내려친다)

배우5   (불의의 습격에 피를 내뿜으며 고꾸라진다)

여배우   어머―.

당황하는 사람들.

연출   (무대로 달려가며) 뭐야, 어떻게 된거야!

배우1   (무슨 뜻인지 알아들을 수도 없는 고함을 바락바락 지르며 마구 칼을 휘두른다)

배우들   (어리벙벙해져서 이리저리 몰린다)

연출   저, 저놈이, 빨리 말려!

배우1   (쓰러져 있는 배우5에게 계속 칼을 내려친다) 이, 이 비겁한, 이 못난, 이, 이……,

여배우   (달려가 배우1에 매달리며) 얘, 얘, 너 미쳤니! 얘, 얘…….

연출	(뛰어 올라가 배우1을 붙잡고 주먹으로 친다)
배우1	(급소를 맞고 비틀거린다)
배우들	(달려들어 배우1의 칼을 빼앗고 사방에서 붙들어 끌고 나간다)
배우1	(무대 뒤쪽으로 끌려나가며) 나쁜 놈! 죽일 놈! 칵 뒈져버려, 뒈저버려
	─! (계속 발악하며 끌려 나간다)
여배우	얘, 얘, 정신차려! (울며 뒤따른다)
연출	(피범벅이 된 배우5를 일으키고, 멍해져 한쪽에 몰려있는 나머지 스탭 캐
	스트들에게) 뭣들하고 있는 거야! 빨리 이리 와!
사람들	(비로소 정신을 차리고 달려와 배우5 주위에 몰려든다)
연출	빨리 병원으로 데려가!

스탭들 피투성이 배우5를 업고, 받치며 객석 중앙 통로를 거쳐 출입구로 나간다. 뚝뚝 통로에 떨어지는 핏덩어리─.

무대 뒤쪽에서는 계속 발악하는 배우1의 고함소리가 들려오고 있다.

뭔가 물건 부서지고 깨지는 소리. 무슨 일이 일어났는지 배우1의 아우성이 점점 멀어진다.

연출	(이리저리 무대 위에서 갈팡질팡하다가 문득 객석 쪽을 보고, 잔뜩 찌푸리며)
	당신들 뭐요? (신경질적으로 꽥 소리지른다) 빨리 나가요!!

조명 컷 아웃.

어둠,

침묵―.

– 이현화, 〈불가불가〉[229]

브레히트와 아르토의 연극적 지향은 매우 상반된다. 브레히트는 이성적으로 관객을 자극함으로써 사회적으로 행동하는 개인으로 성장시키고자 한다. 연극의 사회적 기능에 강조점을 두고, 일종의 교육적 수단으로 연극을 보는 것이다. 반면 아르토는 "개인의 영혼 속에서 곪아버린 어둡고 잠재적인 힘을 자유롭게 함으로써, 사회적으로가 아니라 심리적으로 사람을 변화"[230]시키고자 한다. 아르토에게 있어 이성적으로 깨어있는 관객이란 오히려 진정한 내면을 자각할 수 없는 존재가 된다.

잔혹극의 극마당

이러한 잔혹극의 요소는 연극보다는 영상을 사용한 극장르에서 효과적으로 사용되고 있다고 볼 수 있다. 〈타인은 지옥이다〉나 〈오징어 게임〉과 같은 작품들이 작품들이 보여주는 잔혹성은 일면 아르토가 주장하는 잔혹극의 이론에 부합하는 측면이 있기 때문이다. 그렇기 때문에 연극을 넘어선 극마당의 영역에서 본다면, 잔혹극은 중요한 비중을 차지하는 장르라고 볼 수 있다.

4장 희곡의 구성요소

1. 갈등과 플롯

아리스토텔레스(Aristoteles)는 플롯을 비극의 핵심이라고 보았다. 비극이 당시 연극의 본질 그 자체였음을 생각해본다면, 이는 플롯을 극의 핵심이라고 본 것과 다름없다. 때문에 그는 『시학』에서 규칙에 따른 플롯의 치밀한 구성이 중요함을 거듭 강조하고 있기도 하다. 그러나 시간이 흐름에 따라 희곡이 담고 있는 사상, 장르, 표현 등이 훨씬 다양해진 현대의 작품들에 아리스토텔레스적 플롯의 규범들을 그대로 적용하기는 어려워졌고, 플롯의 문제는 매우 포괄적으로 확대되었다. 그럼에도 여전히 희곡의 핵심적인 요소에는 갈등이 있고, 이를 구조화하는 방식이 플롯이라는 점에서 플롯이 희곡에 있어 핵심적인 요소 중 하나라는 점은 유효하다.

플롯은 희곡뿐 아니라 소설과 같은 서사장르에서도 사용된다. 그러나 희곡을 비롯한 극장르에서 유독 플롯을 강조하는 것은 희곡을 '갈등의 문학'이라고 칭하는 속성과 연관이 깊다. 갈등은 인물들 사이에서 형성되는 대립이나 힘의 충돌을 의미한다.[231] 갈등 그 자체가 플롯이 될 수는 없지만, 플롯에 대해 어떤 방향을 제시하거나 앞으로 발생할 일들에 대한 암시를 해 줄 수 있다. 이에 비해 플롯은 그 자체가 극의 사건인 동시에 이 사건들의 상호작용이라고 볼 수 있다.[232] 이처럼 갈등과 플롯은 밀접한 연관을 가질 수밖에 없고, 그런 이유로 이 장에서는 갈등과 플롯을 함께 다루고자 한다.

희곡의 6가지 요소

아리스토텔레스는 『시학』에서 희곡의 요소를 다음과 같은 6가지로 정리하고 있다.
① 인물(character) ② 플롯(plot) ③ 음악(music) ④ 운율(diction)
⑤ 사상(thought) ⑥ 장치(spectercle)
이 중에서 그가 희곡 작품의 근원으로 본 것은 플롯이었고, 그 다음 인물, 사상, 운율, 음악, 장치 순으로 그 중요성을 꼽은 바 있다.

---

1) 갈등

갈등은 인물로부터 발생한다. 그러다보니 갈등이 성격을 유발하는 것인지, 성격이 갈등을 유발하는 것인지에 대한 논의들이 자연스럽게 수반되었다. 2장 희곡의 유형에서 고전비극과 현대비극을 구분하면서 가장 두드러진 특징으로 갈등의 요인에 대해 언급한 바 있다. 고전비극이 운명과 같은 외부적 요인에서 갈등이 발생한다면, 현대비극의 경우는 내적 요인, 즉 인물의 성격에서 기인하게 되는 경우들이 많아졌다. 그러한 까닭에 현대 연극에서는 갈등과 성격을 매우 밀접한 것으로 보고 있다. 에그리(Lajos Egri)는 갈등이 성격에서 유래된 것이라는 것은 의심할 나위 없이 분명한 것이고, 더 나아가 갈등의 강도는 인물(주인공)이 갖는 의지의 강도에 의해 결정된다고 보았다.[233] 혹은 희곡의 갈등은 인과, 즉 원인과 결과가 잘 구성된 갈등이어야 하는데, 이때의 갈등이란 등장인물의 상황과 성격에 의해 나타나는 갈등이라고 보는 주장들도 있다.[234] 이처럼 갈등은 인물, 즉 인물의 성격에서 발생한다고 보는 것이 일반적이다.

한편 갈등의 속성은 '차이(差異)'에서 기인하는 것이기 때문에 동일한 두 존재 사이에서 갈등이 발생하기란 불가능하다. 그렇기 때문에 서로 다른 두 캐릭터, 즉 캐릭터의 차이로부터 갈등은 발생한다. 이 차이는 다양한 이유로 발생하게 되는데, 가치관이나 지향 등 삶의 방향성에 대한 차이가 있을 수도 혹은 서로의 계층이나 계급, 지위의 불평등에 대한 차이일 수도 있다. 그리고 이러한 차이는 인물의 욕망을 촉매로 하여 운동성을 갖게 만든다. '차이' 그 자체는 운동성을 가질 수 없다. 서로 다른 상태, 그 다름을 인정하고 각자 그대로 존재한다면 그뿐이다. 그러나 차이가 갖는 간극을 없애고자 하는 '욕망'을 가지게 된다면, 이로 인해 인물은 목표를 가지게 되고, 비로소 움직이게 된다. 계급이 다른 두 인물이 사랑을 욕망하게 되거나, 가난한 농부가 영웅을 욕망하게 된다면, 혹은 나의 가치관으로 상대를 변화시키고자 욕망하게 될 때, 비로소 갈등이 발생한다. 이때 인물이 욕망하는 대상은 고귀한 삶일 수도 있고, 사회적 정의일 수도 있고, 사랑, 혹은 진정한 자아일 수도 있다. 그리고 이러한 욕망의 대상에 따라 작품의 주제가 결정되기도 한다.

갈등은 곧 충돌이다. 극에서의 "갈등은 주동세력과 반동세력 사이에 얽혀 있는 욕망과 불평등에서 발생하여 상호 교호행위를 통하여 지속되다가 해결"[235]되는 양상을 보인다. 여기에서 갈등의 주동세력과 반동세력이 누구인가에 따라 대체로 다음의 네 가지로 구분할 수 있다.

(1) 개인과 개인의 갈등 ┐
(2) 개인과 집단 간의 갈등 ├── 외적 갈등
(3) 집단과 집단 간의 갈등 ┘
(4) 자아와의 갈등 ────── 내적갈등

갈등이 발생하는 요인을 기준으로 (1), (2), (3)을 '외적 갈등', (4)를 '내적 갈등'으로 구분하기도 한다. 그리고 (2)나 (3)에서 '집단'은 특정한 조직뿐 아니라 사회, 문화, 관습, 이념이나 운명과 같은 관념적인 것들이 될 수도 있다. 이러한 갈등의 양상들이 한 작품에서 한 가지만 등장할 수도 있겠지만, 두 개 이상 등장할 수도 있다. 〈햄릿〉에서 햄릿은 작품 내내 "죽느냐 사느냐 그것이 문제로다"라며 자기 자신과 내면의 갈등을 겪는 동시에 외부적으로는 아버지의 왕좌와 어머니를 고스란히 차지한 숙부 클로디어스나 오필리어의 아버지 폴로니우스와 갈등을 겪는다. 동시에 그가 대항해야 하는 존재는 왕실과 왕권이라는 집단이기도, 혹은 그의 운명이기도 하다.

외적인 갈등과 내적인 갈등의 양상을 좀 더 파고들면, 내용적으로 다양한 요인들을 구분할 수 있다. 파비스(Patrice Pavis)는 다양한 갈등을 아래와 같이 몇 가지로 유형화 하고 있다.[236]

- 경제 · 애정 · 도덕 · 정치적 입장 등의 이유로 발생하는 갈등
- 화해할 수 없는 두 세계의 인식, 두 도덕 사이의 갈등
- 개인의 내면에서 발생하는 주관적인 관점과 객관적인 관점 사이의 도덕적 논쟁 (예 : 애정과 의무, 정념과 이성)
- 일반적, 혹은 특수한 동기에 기인한 개인과 사회 사이에서 발생하는 갈등
- 인간을 초월하는 원칙이나 갈망에 대항하는 인간의 도덕적 · 형이상항적 투쟁

이 유형들은 개개의 사례들에 대한 설명이 될 수 있지만, 한편으로는 앞서 구분한 (1)~(4)의 네 가지 갈등 형태로 수렴된다. 이처럼 갈등은 구분의 준거에 따라 다양하게 유형화될 수 있다. 그러나 이러한 다양한 구분들은 결국 무엇을 두고 충돌하느냐에 초점을 맞추는 것이고 그 충돌은 인물들의 차이나 욕망의 내용에 대한 확인이기도 하다.

갈등은 주동인물(프로타고니스트, Protagonist)의 의지가 그에 반(反)하는 인물이나 집단, 세계(안타고니스트, Antagonist)와 충돌하는 것을 의미

한다. 프로타고니스트와 안타고니스트 사이에서 갈등이 발생하기 위해서 '차이'가 전제되어야 함은 앞서 설명하였다. 그런데 이 차이가 압도적이면 오히려 갈등이 제대로 구현될 수 없다. 흔히 가장 재미있는 것이 싸움구경이라고들 하는데, 그렇다면 싸움이 더 클수록, 더 격렬할수록 싸움을 구경하는 재미는 더 커질 것이다. 이것은 갈등의 원리에도 그대로 적용된다. 갈등은 그 충돌이 더 크게, 더 심하게 발생하여야 더 큰 흥미를 줄 수 있고, 극의 주제도 더 명확하고 인상깊게 전달할 수 있다. 로미오와 줄리엣의 사랑은 두 사람의 목숨을 걸 만큼 격렬했기에 더 오래 기억에 남아 있는 것이다. 집안의 반대는 굉장히 강력하지만, 두 사람의 사랑이 목숨을 걸 만큼 큰 힘을 갖고 있었기 때문에 〈로미오와 줄리엣〉이 몇 세기를 거듭해 생명력을 갖는 작품이 될 수 있었다. 그런데 두 주체의 힘이 압도적으로 차이가 난다면, 그 충돌인 갈등은 애초에 발생하기가 어렵거나 발생한다 하더라도 금세 소멸할 것이 분명하다. 찻잔 속 태풍과도 같은 미약한 충돌의 여파는 극을 추동할 수 없다. 그렇기 때문에 프로타고니스트가 자신의 욕망을 향해 움직이며 안타고니스트와 충돌을 시작할 때, 좋은 갈등이 성립하기 위해서는 힘의 '균형'이 필요하다.

그런데 힘의 균형이라는 것은 단순히 수치적인 계량을 의미하는 것이 아니다. 오히려 내용적 측면에서 디테일이 중요하다. 예를 들어 멜로드라마의 삼각관계에서 가장 전형적인 설정이기도 한, 권력과 돈을 가졌으나 인간적 매력이 부족한 안타고니스트, 권력과 돈은 부족하지만 인품과 매력을 갖춘 프로타고니스트의 대립은 단순히 힘의 크기에 대한 설정이 아니라 내용적인 요소에 대한 비교를 필요로 한다. 권력이나 자본으로부터 발생하는 힘의 양적 측면에서 본다면 압도적 열세인 프로타고니스트지만, 질적인 측면에서의 매력을 통해 애정의 문제에서 갖는 힘은 '균형'을 가질 수 있기 때문에 프로타고니스트와 안타고니스타는 연적(戀敵)으로서 대등하게 갈등을 발생시키거나 유지해갈 수 있는 것이다.

2) 플롯

플롯(plot)과 이야기(story) 개념에 대해서 설명하고 있는 이론들은 무수히 많지만, 이 장에서 주목하고자 하는 것은 이야기와 달리 플롯은 작가의 의도에 의해 조직되고 구성된다는 점이다. 플롯이 작가의 의도를 반영한다는 면에서 플롯은 큰 틀에서 주제와 밀접한 관련을 맺게 된다. 그리고 플롯으로 조직되고 구성되는 과정에서 가장 밀접하게 연관되는 부분이 바로 시간의 문제이다. 선조적인 성격의 이야기에 비해, 플롯은 시간의 배열을 재조직한다. 이러한 이유로 플롯은 이야기 속의 사건 배열이라는 측면에서 정의될 수 있다.

플롯은 사건의 배열에서 시작한다. 작가가 부여한 질서에 따라 배열된 결과를 플롯이라 할 수 있는데, 제한된 시공간의 영역 안에서 사건을 발생시키고 해결하는 극에서는 다른 서사장르에 비해 플롯의 중요성이 더욱 강조될 수밖에 없다.[237]

이를 조금 더 적극적으로 해석해 본다면 플롯은 작품을 지배하는 작가의 계획 그 자체라고 이해할 수 있고, 그렇다면 독자는 플롯을 파악함으로써 작품을 보다 온전히 파악할 수 있을 것이라는 기대가 가능해진다.

플롯은 희곡 이외의 장르에서도 사용되는 개념이지만, 희곡의 플롯은 '막(幕, act)'과 '장(場, scene)'이라는 연극적 장치에 근거한다는 점에서 독특한 변별성을 갖는다. 막(act)은 'agere(행동하다)'의 수동형 'actus'에서 유래되었다고 한다. 근대극 이후 무대에 설치되어 있던 막(幕, curtain)을 극적 사건의 변화를 구분하는 단위로 사용하고자 하는 목적에서 사용하게 된 것으로, '몇 막'이라고 표현하는 것은 무대에 설치된 커튼인 막이 열리고 닫히는 횟수를 의미한다. 즉 단막극은 연극의 막이 1회 열리고 닫힌다는 의미가 된다. 이처럼 회수에 따라 3막, 5막 등으로 구분되는데, 그 중 단막극, 3막극, 5막극 등을 흔히 볼 수 있다. 하나의 막은 행동(사건)의 일관성을 갖는 하나의 이야기라는 단위를 구분하는 기준이 된다.

장(場)은 '천막'이나 'tent'를 의미하는 'skene'를 어원으로 한다. 'skene' 는 천막 뒤에 있던 무대 뒤 공간으로 배우들이 잠시 대기하는 장소이자 연극 도구들을 보관하는 곳이기도 했는데, 시간이 흘러 이는 '막'의 하위단위를 의미하게 되었다. 어원의 유래에서 짐작할 수 있듯이 '장'은 장소의 변화나 배우의 등장을 기준으로 하는 원리를 적용하는 경우도 있었으나 점차 이를 절대적 원리로 따르지는 않게 되었다. 그러다 보니 막의 구분은 극 구성에 있어 필수적이지만, 장의 경우는 별로로 표기되지 않는 경우도 많다. 막이나 장의 구분은 전통극에서는 필수적으로 지켜지는 부분이지만, 부조리극 등 현대극에서는 해체되어 사용되는 경우가 많다.

희곡의 플롯은 가장 대중적인 3막, 혹은 5막 구성을 근거로 구성되는데, 프라이탁(Gustav Freytag)은 5막을 기본으로 한 플롯의 5단 구성을 체계화하였다. 그는 무대의 막이 드라마의 구조에 중요한 영향을 끼쳤음을 강조하면서 막을 통해 작품이 다섯 단락으로 분리되어 각각의 부분이 독자성을 가질 수 있다고 보았다. 프라이탁에 의하면 5막 구성을 기준으로 1막은 도입, 2막은 상승, 3막은 정점, 4막은 반전, 마지막으로 5막은 파국으로 구성된다. 극의 결말인 5막을 파국으로 지칭한 이유는 프로이탁이 고전비극 작품들을 연구의 대상으로 하고 있기 때문이다. '도입의 막'인 1막에는 발단, 자극적 계기, 그리고 상승의 제1단계 등이 포함된다. 그렇기 때문에 1막은 그 안에서 두 부분으로 세분되는데, 프라이탁은 두 부분 중 상승의 기점이 시작되는 뒷부분이 더 중요하다고 본다. 2막은 '상승의 막'이다. 줄거리를 점진적으로 긴장시키면서 끌어올리는 구간이다. 여기에서는 1막에서 등장시키지 못했던 안타고니스트를 등장시키기도 한다. 3막은 '정점의 막'으로 그 안에 포함된 모든 계기들을 전면으로 강하게 부각되는 중심 장면 주위로 응축시키고자 한다. 정점은 일종의 전환점이 된다. 때문에 이 정점을 기점으로 후반부는 하강행동으로 넘어가는 징검다리의 역할을 하게 된다. 4막은 '반전의 막'이다. 이 단계는 상당히 규범적으로 만들어지는데, 프라이탁의 연구대상이었던 독일 작가들은 이 단계에서 새로운 인물을 등장시켜 빠르고 강력하게 줄거리에 개입하여 하강행동을 진행시켰다. 이 때, 반전은 새로운 이야기의 시작이 아니라 빠른 마무리를 위한 계기가 된다. '파국의 막'은 마지막 5장이다. 5막에서는 대부분 하강 줄거리의 마지막 단계를 포함하게 된다. 하강 줄거리의 마지막 단계에 이어 인물을 파국을 맞이하게 된다. 그리고 그 파국을 통해 작품의 이데올로기를 온전하게 완성할 수 있다.[238] 테니슨(G.B.Tennyson)은 이러한 프로이탁의 5막 구성을 도식화하여 다음과 같이 정리하고 있다.[239]

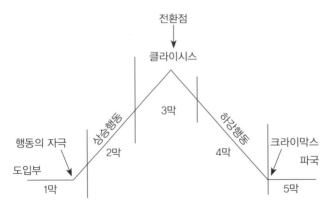

테니슨이 도식화한 프라이탁의 5막 구조

    테니슨은 위와 같은 도입부, 상승행동, 크라이시스, 하강행동, 파국으로 구분되는 전통적인 5막의 구조적 유형이 막에 있어 다소 예외가 있을 수는 있지만, 고전극, 신고전극, 엘리자베스 시기의 연극 등에 성공적으로 적용될 수 있다고 보았다.

    그는 현대극의 경우에는 더욱 복잡한 극 구조를 가지고 있기 때문에 이러한 현대극의 복잡성을 더 효과적으로 설명하기 위해서는 보다 단순화 한 3막의 구조가 더 적절하다고 보았다. 흥미롭게도 테니슨의 3막 구조는 그리스극에서 그 아이디어를 갖고 온 것이다. 고대 그리스극은 막(幕)의 구분이 없었지만, 당시에 사용되었던 '프로타시스(도입부, protasis)', '에피타시스(전개/상승행동, epitasis)', '카타르시스(정점/크라이시스, catharsis)', '카타스트로피(하강/결말, catastrophe)'의 용어 개념은 현대극의 3막 구조를 설명하는 데 유용하다. 이러한 용어들을 현재 일반적으로 통용되는 용어로 표현하면, '도입부/제시부', '분규부/상황부', '해결부/종결부'로 정리할 수 있다. 그리고 이러한 용어를 통해 거의 대부분의 희곡 작품을 설명할 수 있는 행동유형을 구조화할 수 있다. 도입부인 1막에서는 작품의 상황이 제시되고, 작중인물에 대한 정보가 전달된다. 분규부인 2막은 플롯을 전개시키고 행동을 추진하게 된다. 크라이시스를 포함하는 구간이기 때문에 격렬한 흐름을 가지게 된다. 이 구간에서는 고도의 긴장감과 흥미진진함을 줄 수 있어야 한다. 해결부인 3막은 결말이다. 하강행동과 5막 구조에서의 파국이 여기에 포함된다. '결말'이라는 용어는 해결을 의미하는 것으로 갈등의 매듭이 풀리는 것이기도 하다.[240]

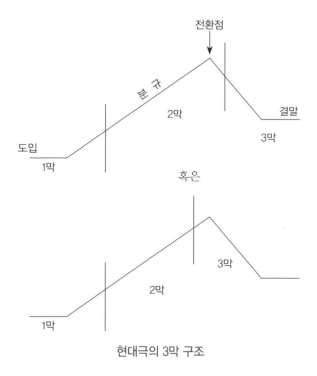

현대극의 3막 구조

5막에 비해 단순화 시킨 3막 구조의 용어가 갖는 단순성은 보다 광범위한 구조적 측면에서 자유로워진다는 것을 의미할 수 있다. 그렇기 때문에 테니슨은 현대극의 구조를 분석하기 위한 3막의 구분을 기본으로 여러 가지의 변형을 적용해 볼 수도 있음을 제안하였다. 고전극들에 비해 플롯의 정형화가 약한 현대극에는 아무래도 5막 구성보다는 구분과 구획이 다소 느슨한 3막의 구성을 적용했을 때 더 적합한 측면이 있을 것이다.

플롯에서 갈등을 중심으로 놓고 보면, 상승(上昇)의 구간과 하강(下降)의 구간은 중요한 의미를 갖는다. 이는 이야기의 전개인 동시에 갈등의 전개이기 때문이다. 상승행동은 주동세력과 반동세력의 긴장이 고조되고 갈등이 증폭되어 그 정점에 이르기까지의 구간이다. 이를 '상승'이라고 표현하는 것은 두 가지 측면에서 설명할 수 있다. 우선 사건의 측면에서 사건은 점점 판을 키워가야 한다. 예를 들어 주인공인 '나'의 것을 훔치는 '친구'의 이야기를 한다면, 처음엔 연필, 다음엔 가방, 그 다음에 내가 아끼는 옷, 마지막에는 결국 사랑하는 사람을 훔쳐가는 것과 같이 순차적으로 사건의 수위가 높아져야 하는 것이다. 만일 연필, 가방, 옷, 연인과 같은 순서 대신 연필, 지우개, 자와 같은 순서로 비슷한 수준의 갈등과 사건들만 반복되어서는 갈등이 고조되기 어렵다. 즉 상승행동이 발생하기 어려운 것이다. 한편으로는 사건의 수위가 높아져감에 따라 감정의 수위도 상승해야 한다. 이것이 바로 '상승'의 또 다른 측면이 된다. 앞에서 예를 계속 이어가자면, '나'와 '친구'는 사건들을 겪으면서 갈등이 고조되게 되는데, 이러한 고조는 감정적 측면에서도 마찬가지이다. 갈등은 충돌, 즉 부딪힘인데, 그 과정에 발생하는 감정으로 '분노'를 동반하기 마련이다. 이 분노와 같은 격렬한 감정들의 수위가 높아져가는 구간이 바로 상승의 구간인 것이다. 반대로 하강행동은 정점을 기점으로 갈등이 해소되어 사건이 해결되고, 감정이 정리되는 구간이 된다. 앞서 설명한 [현대극의 3막 구조] 그림을 보면 '하강'의 구간이 '상승'의 구간보다 짧기는 하지만, 그래도 어느 정도 길이를 갖고 완만하게 표현되어 있음을 확인할 수 있다. 그러나 현대극에서는 이전에 비해 이 '하강'의 구간은 매우 짧아졌기 때문에 보다 가파른 경사를 보이게 된다. 더구나 하강의 구간이 더욱 짧아지는 추세가 지속되고 있는 만큼, 정점의 구간 이후 수직으로 낙하하다시피 하는 하강행동의 구간이 최근 극들의 일반적인 경향이라고 볼 수 있다.

아래는 이강백이 그의 작품 〈결혼〉의 플롯을 정리한 내용인데,[241] 이를 참고하여 5단 구성의 실례를 확인해 볼 수 있다.

발단	a. 한 빈털터리 남자가 집과 물건들과 하인을 빌린다. 그리고 부자인 척 행세하며 어여쁜 여자를 기다린다. b. 시간이 지나면 빌린 것들을 주인에게 되돌려 줘야 할 조건이 있다. − 주인공 남자의 성격과 상황으로 갈등발생의 가능성을 제시한다.

전개	a. 여자가 등장하고, 남자는 빌린 것들을 자랑하며 청혼한다. b. 여자는 빈털터리를 경계하는 결혼관을 밝힌다. 　부자를 가장한 남자를 뜨끔하게 하고, 관객의 관심을 끌어낸다. c. 하인이 주인을 대신해서 남자에게서 물건을 빼앗기 시작한다. d. 남자가 여자를 설득하는 중에도 하인은 점점 폭압적인 행동을 한다. e. 그 과정에서 남자는 결혼에는 물질보다 더 진실한 것이 있다는 것을 　깨달아간다. － 남자와 여자 사이의 관계가 진전하는데, 　하인의 행동은 점점 거칠어져 긴장을 고조시킨다.
위기	a. 남자는 집에서도 나가라는 최종 명령을 받는다. b. 여자도 당황스럽고 혼란스럽다. － 발단부와 전개부를 지나오며 쌓여진 긴장이 더욱 고조된다.
절정	a. 남자는 끝내 하인에게 쫓겨나게 되고, 　여자는 결혼관 때문에 남자를 버려야 하는 처지가 된다. b. 남자는 걷어차이면서 마지막으로 여자에게 진심을 호소한다. － 백수가 여자의 선택을 기다리는 긴장과 위기에 도달한다.
결말	a. 여자는 선택의 갈등에서 자기반성과 남자의 진실을 발견하고 　남자를 선택한다. － 하인의 잔인한 횡포, 여자의 선택이 상황을 극적으로 반전시킨다.

이강백이 구분한 〈결혼〉의 5단 구성 내용

이강백은 세상의 모든 행동은 '기-승-전-결', 혹은 '발단-전개-갈등-위기-절정-결말'이라는 단계로 설명될 수 있다고 단언한다. 그에 따르면 연극은 이러한 단계를 활용하는 것이되, 그 단계를 분명하고 의도적으로 부각시킬 수 있도록 짜임새 있게 만든 것이다.

(1) 앞으로 발생할 사건을 암시하는 발단

(2) 사건이 벌어지는 전개

(3) 주인공의 목표가 반대세력과 부딪히며 긴장을 유발하는 갈등

(4) 주인공과 상대세력이 결정적으로 맞서 실랑이는 하는 위기

(5) 주인공이 운명을 좌우할 결정적 선택을 하게 되는 절정

(6) 어떤 해결을 하거나 혹은 해결의 여운을 남기고 마무리짓는 결말

　이강백은 그 단계를 위의 6가지로 설명하고 있는데,[242] 이는 작법의 측면에서 갈등과 사건을 강조하기 위해 (3)의 '갈등'이라는 단계를 추가한 것으로 보인다. 그러나 이보다 일반적으로 통용되는 것은 '발단-전개-위기-절정-결말'의 5단계이고, 실제로 이강백의 표에서도 (3)의 '갈등' 구간은 (2)와 같은 '전개'의 과정에 속해 있다. 〈결혼〉은 단막극인 작품이기 때문에 위에서 설명한 5막 구성이나 3막 구성에 해당하지는 않지만, 장막극 구성과 유사한 구성의 흐름이 하나의 막 안에서 진행된다. 그렇기 때문에 이강백이 '발단-전개-위기-절정-결말'로 구분한 5개의 플롯 구간은 프라이탁의 설명하는 각각의 5막 구성에서 각각의 막과 동일한 성격을 갖는다. 이처럼 프라이탁의 5막 구성이나 테니슨의 3막 구성은 단순히 3막이나 5막의 작품에만 엄격히 적용하기보다는 일반적인 극의 플롯 단계로 이해하거나 활용하고 있다.

한편 이러한 막의 구조나 흐름에 따른 플롯의 구분 외에도 플롯의 성격에 따라 다양한 유형의 구분이 가능하다. 대표적 예로 테니슨이 사용한 '단순한 플롯(simple plot)'과 '복잡한 플롯(complex plot)', '단일 플롯(single plot)'과 '이중 플롯(double plot)', '느슨한 플롯(loose plot)'과 '팽팽한 플롯(tight plot)'의 구분이 있다.[243] 첫 번째, 단순한 플롯과 복잡한 플롯은 서로 대비되는 양상을 보인다. 단순한 플롯은 명백하고 뚜렷한 상황이 집약적으로 제시된다. 복잡한 플롯은 반대의 경우이다. 현대극의 대부분은 단순한 플롯의 구조를 가진다. 테니슨은 〈욕망이라는 이름의 전차〉를 단순한 플롯의 좋은 예로 소개하면서 이 작품의 역점은 복잡한 플롯이 아닌 블랑쉬의 성격과 그녀의 몰락 과정이라고 설명한다. 이러한 단순한 구성의 경우 새로운 힘에 의해 분열의 상황, 즉 갈등이 발생하지만 이때 생성된 하나의 갈등이 궁극적으로 해결되는 과정이 바로 플롯이 된다고 본다.[244] 중요한 점은 복잡성이 우열의 기준이 될 수는 없다는 것이다. 반전에 반전을 거듭하는 복잡한 플롯이 주는 재미와 경탄과 단순하지만 큰 에너지를 갖고 이야기를 추동하는 플롯의 감동과 울림을 굳이 비교해 평가할 필요가 있을까? 그리고 애초에 그 평가 자체가 가능할까? 이것은 작품에 가장 적합한 플롯이 무엇인가 하는 선택의 문제일 뿐이다. 두 번째로 단일 플롯은 하나의 이야기가, 이중 플롯은 두 가지 이야기가 동시에 진행되는 것을 의미한다. 예를 들어 하나의 범죄를 조사하는 수사관이 그것을 해결하는 이야기와 동시에 그와 유사한 경험을 했던 수사관의 개인사가 전개되는 이야기라면, 이중 플롯을 필요로 하게 된다. 이 경우 대체로 두 이야기 중 한 이야기에 좀 더 비중을 두고 메인 플롯으로, 다른 하나를 서브 플롯으로 진행하게 되는 경우가 일반적이다. 마지막으로 느슨한 플롯과 팽팽한 플롯은 표현 그대로 플롯의 긴장도를 의미한다. 팽팽한 플롯의 경우, 모든 인물과 그 인물의 행동이 플롯의 진행을 위해 움직인다. 반대로 느슨한 플롯은 플롯의 진행이라는 기능적 의미를 갖지 않는 인물이나 행위가 등장한다. 희극 작품에서 플롯의 전개와 무관하게 그저 분위기를 돋우기 위해 등장하는 인물이 있다거나 행위가 등장한다면 그것은 느슨한 플롯의 예가 될 수 있을 것이다.

플롯 구조에 있어 많은 연구를 했던 테니슨은 이러한 유형화 작업은 희곡 분석을 위한 유익한 출발점임을 강조한다. 이러한 출발점을 넘어 더 의미 있는 작업은 기본적인 유형을 토대로 한 다양한 변화와 다양성의 의미에 주목하는 것이다. 테니슨은 극의 구조를 넘어 플롯, 그리고 플롯 이후의 언어와 인물에 대한 분석이 순차적으로 이어짐으로써 희곡 작품은 온전히 파악될 수 있다고 보았다.[245] 이러한 테니슨의 제언은 희곡을 공부하고자 하는 우리가 새겨둘 중요한 조언이기도 하다.

상승행동 구간의 사건 구성

상승행동 구간에서 사건의 수위를 높이지 못하고 비슷한 수준의 사건을 나열하는 것을 '염주알식 구성'이라고도 하는데, 흔히 이는 극작가들이 피해야 할 구성으로 꼽힌다. 이 구성은 갈등을 키워가지 못하고, 동일한 수준의 유사한 갈등만 나열되는 상황이 되므로 극의 진행에 있어서도, 관객이나 독자의 흥미도 측면에서도 고루하고 따분한 구성이 되기 때문이다.

테네시 윌리엄스,
〈욕망이라는 이름의 전차(A streetcar Named Desire)〉(1947)

이 작품은 미국의 대표적인 극작가 테네시 윌리엄스(Tennessee Williams)의 희곡이다. 그의 대표작으로는 〈유리 동물원〉, 〈뜨거운 양철 지붕 위의 고양이〉 등이 있다. 이 작품은 미국 남주의 몰락한 지주의 딸인 블랑시가 뉴올리언즈에 있는 동생 스탤라의 집으로 찾아오는 것으로 이야기를 시작한다. 동생을 잠시 방문하러 온 그녀는 사실 현실을 도피하기 위해 동생을 찾아온 것이었다. 동생의 남편 스탠리로 인해 모든 것이 폭로된 블랑시는 결국 정신병원에 보내진다. 작품명은 뉴올리언즈에 실제로 있었던 '욕망의 거리'라는 전차 노선에서 아이디어를 얻었다고 한다. 극의 도입에서 전차를 탄 블랑시가 '묘지'선으로 갈아타고서는 '천국'역에서 하차하여 동생 집에 당도한다는 설정은 블랑시의 운명이자 인간의 운명에 대한 메타포라고 볼 수 있다. 동시에 남부의 귀족사회가 몰락해가고 산업화가 진행되는 당시 변화하는 미국의 현실을 담아내고 있는 작품으로 그 의미를 갖는다.

3) 현대극의 플롯 해체

플롯을 희곡의 제 1 요소이자 희곡의 영혼으로 본 아리스토텔레스 이후, 플롯은 극 장르의 근간(根幹)으로 여겨져 왔다. 플롯이 없이는 이야기가 구성될 수 없고, 이야기가 구성될 수 없다는 것은 마치 모래알과 같이 부스러지는 이야기의 파편들에 불과한 결과물이 되기 때문에 플롯이 없이는 희곡을 쓴다는 것 자체가 불가하다고 본 것이다. 그러나 현대극으로 오면서 이 플롯의 절대성은 부정 당하게 된다.

이러한 현상이 플롯을 사용하는 다른 서사장르나 극장르에 비해 희곡에서 유독 두드러진다는 점은 흥미롭다. 서사극, 부조리극, 잔혹극과 같은 실험극들은 '발단-전개-위기-절정-결말'의 단계를 따라가며 이야기를 차곡차곡 쌓아가는 흐름을 무시하고 있다. 갈등 구조가 없거나 결말이 부재하는 구조의 극들은 '시작-중간-끝'이라는 기본적인 흐름조차도 적용하기 어려운 경우가 비일비재하다. 전통적인 플롯 구조를 완전히 해체하고 있는 것이다. 앞서 이야기했던 '모래알과 같이 부스러지는 이야기의 파편들', 그 자체가 하나의 작품으로 인정받게 된 것이다.

사건다운 사건이 없고, 갈등다운 갈등이 없는 이러한 해체된 플롯을 설명하기 위해서는 그 개개 플롯의 양태를 분석하고자 하는 태도를 버려야 한다. 기존의 플롯에 대한 담론에 저항하는 작품들을 분석하기 위해 기존의 플롯을 분석하는 이론을 적용하는 것은 무의미하다. 중요한 것은 이러한 해체에 대한 의도를 이해하는 것이다. 이러한 경향의 작품들이 기존의 아리스토텔레스적인 규범과 가치들을 부정함으로써 관객을 자극하고, 일깨우고자 하는 목적에 대한 이해를 선행하여야 이러한 작품들에 대해 보다 더 깊은 이해와 분석이 가능해지는 것이다.

서사극은 전통극에서 관객이 연극의 상황에 이입하고 동일시함으로써 느낄 수 있었던 카타르시스라는 극의 가치에 대해 의문을 갖는 것에서 출발하였다. 작품과 인물에 대해 몰입하고 동감하면서 일체감을 느끼는 것은 관객의 이성을 마비시킨다. 서사극은 관객에게 필요한 것은 이러한 감성이 아니라 이성임을 강조한다. 끊임없이 관객에게 '이것은 연극이야'라고 일깨우며 거리감을 유지하기 위해, 사건의 흐름을 중단시키고 갈등의 심화를 막는 장치들이 사용된다. 이에 따라 당연히 기존의 플롯은 파괴될 수 밖에 없다. 부조리극은 이오네스크가 자신의 극을 반(反)연극이라 표방했던 만큼, 기존 연극의 관습을 철저하게 부정한다. 부조리극이 '반(反)'하고자 했던 것은 아리스토텔레스적 '연극'이었기 때문이다. 그들의 논리에 따르면 깔끔하게 재단된 플롯의 작위성은 현실의 모습을 도저히 담아낼 수 없다. 그렇기 때문에 희곡에서 부조리한 현실을 담아내기 위해 가장 우선적으로 해체되어야 할 것은 정갈하게 구성된 플롯이었음은 당연하다. 잔혹극은 관객이 공포를 경험하도록 목적한다. 인간은 미지의 것에 대한 본능적인 두려움을 느낀다. 그런데 잘 짜여진 플롯은 극적 관습에 해당하고, 이는 장르에 대한 관객의 기대나 예상을 가능하게 하는 중요한 요인이 된다. 그렇기 때문에 전통극의 플롯 구조는 잔혹극의 목적에 도움이 되지 않는다. 잔혹극에서 관객에게 공포의 효과와 그 의미를 전달하기 위해 기존의 이야기 관습, 즉 플롯에서 벗어나는 것은 유의미한 장치가 될 수 있었다.

이처럼 현대 실험극들은 플롯과 같은 아리스토텔레스적 연극, 즉 전통극의 관습들을 벗어남으로써 보다 생생한 현실의 이야기를 관객에게 전달할 수 있다고 보았다. 기존의 플롯을 벗어나는 시도를 하는 것은 관객의 기대와 극적 관습을 벗어나는 것이고, 이는 실험극이 전달하고자 하는 메시지를 온전히 전달할 수 있는 중요한 수단이 되었다.

2. 시공간

하이데거(Martin Heidegger)는 절대적인 시간이란 존재하지 않는다고 보았다.[246] 르페브르(Henri Lefebvre)는 공간 재현과 재현 공간의 결합, 그 파편화되고 불확실한 결합이 인식의 대상이 된다고 했는데,[247] 이는 공간의 절대성보다는 상대성에 주목하는 것이다. 이처럼 시간이나 공간은 절대적 명제로 정의하기 어려운 유동적이고 가변적인 대상이라는 것이라고 보는 것이 일반적이다. 이러한 상대성은 시간과 공간에 대한 정의를 한층 더 어렵게 만드는 한편 그에 대해 사색하고 탐구하는 것을 더욱 매력적으로 만드는 지점이기도 하다.

문학의 시간은 작가의 의도를 보다 선명하게 드러내기 위해 일상의 시간과는 달리 조작된다. 그러므로 작가를 통해 왜곡되거나 과장되는 등의 가공을 거친 문학의 시간은 이념적이거나 관념적인 지향을 갖는다. 이러한 지향이란 결국 일종의 목적으로 볼 수 있기에, 문학의 시간은 목적을 갖고 조직된다고 다소 거칠게 정리해볼 수 있다. 이러한 거친 정리가 필요한 이유는 작품의 시간과 공간은 창작을 하는 입장에서도, 또 감상을 하는 입장에서도 주의를 기울여야 하는 중요한 지점이 된다는 것을 우선적으로 강조하기 위해서이다.

시간의 개념은 공간과 밀접한 연관을 가진다. 예를 들어 우리가 존재하는 지점을 '지금−여기'와 같은 방식으로 정의할 수 있다면, '지금'이라는 시간과 '여기'라는 공간이 동시에 작용하기 때문이다. 그러므로 어떤 희곡 작품이 '21세기' '대한민국'을 배경으로 하는가, '18세기' '조선'을 배경으로 하는가, 혹은 '18세기' '프랑스' 배경으로 하는가는 단순히 시간의 차이나 혹은 공간의 차이만으로 구분할 수 있는 문제가 아니라 시간과 공간이 동시에 적용되는 부분이 되는 것이다. 특히 희곡은 3차원의 공간인 연극 무대에서의 공연을 전제하고 있기 때문에 시간과 공간의 문제는 더욱 민감하고 중요하게 다루어진다. 희곡 텍스트로서의 시공간과 연극무대의 시공간이라는 두 가지 측면을 고려해야 한다는 점에서 극장르에서는 시간과 공간을 더욱 주의 깊게 살필 필요가 있다.

시간을 정의하고 설명하는 작업들은 고대 철학자들로부터 시작하여 현재에 이르기까지 부단하게 이어지고 있다. 시간의 문제를 심층적으로 분석한 최초의 인물인 헤라클레이토스(Herakleitos)는 시간이 인간과 구분되어 따로 존재하는 것이 아니라 인간 그 자신이 바로 시간의 흐름을 표현하고 있는 것이라 보았다. 플라톤(Platon)은 시간의 속성을 영원성에 대한 차원에서 이해해야 한다는 입장이었다. 그에 따르면 시간은 영원과 유사하여 소멸하지 않으며 지속적으로 변화하는데, 이 변화는 이성적 리듬에 근거해 조화롭게 진행되기 때문에 혼돈을 야기하지는 않는다. 아리스토텔레스(Aristoteles)는 서양철학사에서 시간에 대한 이해를 자연과학적 영역으로 넓혀놓은 최초의 철학자이다. 그는 '운동'의 관점에서 시간을 설명하고자 하였다. 아리스토텔레스는 시간과 변화를 단순히 동일하게 파악하면 오류가 발생할 수 없다고 보았기 때문에 시간의 운동성과 시간 그 자체를 구분할 것을 주장한다. 그는 '지금'이라는 것이 그 자체로는 시간적 국면을 가지고 있지 않지만, 특정한 시간의 경계 설정에 원자적 성격을 갖고 활용될 수 있으며, 덧붙여 과거와 미래를 중재하는 역할을 통해 시간을 구분하고 이어줄 수 있다고 보았다. 즉 '지금'은 시간 측정의 단위이자 시간 인식의 원리가 되는 것이다. 이처럼 아리스토텔레스는 시간의 연속적인 성격을 인식한 최초의 철학자이기도 하다.

비란트(W. Wieland)는 아리스토텔레스의 시간을 자연세계의 경험과 동질적인 어떤 것으로 본다. 그는 시간에 대한 관념론적 해석이나 실재론적인 해석을 모두 지양하고, 시간을 "경험적이며 계산된 운동의 현상형식"으로 파악하고자 한다.[248] 이는 시간에 대한 경험의 측면을 강조함으로써 주관적 인식의 부분을 주목하고 있다는 점에서 의미를 갖는다.

후설(Edmund Husserl)은 객관적인 공간과 시간에 대한 직관의 문제는 근원적 감각질료에 근거해서 인간 개체(Indiviuum), 즉 개인이라는 인간류(類, Gattung)의 종족 특성 속에서 성립한다고 보았다. 이 경우 시간에 대한 개념은 경험적 인식이나 현상학적 접근과 연결될 수밖에 없다는 것인데, "체험의 대상적 의미와 기술적(記述的) 내용에 따른 체

험만이 우리의 관심사"[249]가 될 수 있다는 점에서 비란트의 주장보다
는 실재론에 치우친 것이기는 하다. 이는 후설이 현상학의 창시자였
기 때문에 당연한 측면이다. 이러한 후설의 주장에서 우리가 유의해
야 할 것은 결국 시공간을 인지하는 주체가 결국 '인간'이라는 점이다.

라이젠바하(H.Reichenbach)의 경우, "나는 존재한다"는 명제는 언제
나 "나는 지금 존재한다"와 동일하다고 강조한다. 그는 '나'는 '영원한
지금'에 있는 것을 의미하며 시간의 애매한 흐름 속에서 스스로 동일
한 존재로 지속됨을 인지하게 된다고 부연하였다.[250] 즉 인간이 감각
할 수 있는 것은 현재인 것이고, 삶은 결국 현재의 연속인 것이다. 공
교롭게도 이는 극(劇)의 속성과도 일치한다. '지금−여기'라는 현재성은
상연을 전제하는 희곡을 비롯한 극장르가 문학 장르와 변별성을 갖는
가장 두드러진 특징이기 때문이다.

서구의 경우 철학의 역사 이전에 신화나 서사시 등의 장르에서 시
간의 흐름과 자연의 변화, 그 안에서 움직이는 인간의 지위와 소명에
대한 통찰이 시작되었다고 보는데,[251] 이 시기가 바로 고대 그리스극이
등장하는 시기이기도 하다. 인간의 움직임, 그리고 지위와 소명은 고
대 그리스 비극의 핵심적인 화두이기도 했던 만큼 시간에 대한 통찰
은 그 출발에서부터 희곡과 불가분의 관계를 갖는다고 볼 수도 있을
것이다.

1) 희곡의 시간

시간은 그 형체를 확인할 수 없는, 인식되는 존재이다. 인간은 직관적으로 시간의 흐름을 인지한다. 더 나아가 인간의 삶은 시간의 흐름 그 자체이므로 시간이란 희곡이나 문학의 영역을 넘어서 인간의 존재와 맞닿아 있다. 그렇기 때문에 많은 이론가들이 철학적 사유들을 통해 시간을 정의하고 그 본질을 규명하려 애써온 것이다. 피카르(Michel Picard)가 정리한 시간의 특성은 다음과 같이 요약 할 수 있는데, 이를 통해 시간에 대한 개념을 우선 정리해 보고자 한다.

첫째, 시간의 분절이 자연과 문화 중 어느 것에 의해 이루어지느냐에 따라서 자연의 시간과 달력의 시간으로 구분할 수 있다.

둘째, '지속'의 개념으로 본다면, 객관적·역사적인 시간은 외연적이고 양적 다양성을 가진다. 반면 주관적·심리적 시간은 내재적이고 질적인 다양성을 가진다.

셋째, 현재는 지속의 '모(母) 세포'이자, 과거와 미래의 매개자이다. 이러한 현재는 시간의 전개 속에서만 파악될 수 있기 때문에 그로부터 고립되어 존재할 경우 그 의미를 상실하게 된다.

넷째, 시간을 드러내는 중요한 기표는 공간과 그 내용물들이라고 할 수 있다. 상술하자면 공간이 변화하는 것이나 공간 안에 존재하는 오브제들이 실존적·형태적으로 변화하는 것은 시간의 변화를 나타내는 기표들이 될 수 있다는 의미이다.

다섯째, 환경으로서의 시간 안에서는 집단적 실존과 개인적 실존이라는 두 가지 층위의 삶이 존재한다. 이는 상이한 층위이지만, 동시에 공존하는 특성을 지닌다.[252]

희곡에서의 시간 역시 기본적으로는 시간의 일반적 속성에 기반하고 있기 때문에 희곡의 시간을 이해하기 위해서는 이러한 시간에 대한 기본적인 개념이 전제되어야 한다. 아울러 희곡의 시간은 플롯과도 밀접한 연관을 갖는다는 점을 이해할 필요가 있다. 이야기의 시작과 중간, 끝 즉 기승전결의 흐름은 기본적으로 시간에 대한 배열이기 때문이다.

희곡의 시간은 흔히 '이야기의 시간', '서술의 시간', '상연의 시간'이라는 세 가지 차원으로 구분되는데, 이 차원들은 각각 구분해서 존재하는 것이 아니라 공존한다. 그러므로 연극의 시간은 '체험된 사건의 시간'(상연의 시간)과 '허구의 시간'(이야기의 시간, 서술의 시간)이 중첩되는 이중적 시간으로서의 속성을 갖는다고 볼 수 있다.[253] '희곡의 시간'과 '연극의 시간'에 대한 이러한 정의는 표현적으로는 미묘한 차이를 갖지만, 근본적으로는 세 가지 층위의 다양한 시간개념을 구분하고 있다는 점에서, 그리고 이것이 공존함을 강조하고 있다는 점에서 같은 의미를 갖는다.

① 이야기의 시간

희곡 작품 안에서 한 사건이 발생해서 종결되기까지의 시간이다. 허구의 시간, 기의의 시간, 우화의 시간이라고도 불린다.[254] 예를 들어 채만식의 〈제향날〉은 동학농민운동부터, 만세운동, 그리고 사회주의 운동의 주체가 되는 삼대(三代)의 이야기를 중심으로 하고 있다. 그렇기 때문에 이 작품에서 이야기의 시간은 최씨 할머니의 남편이 동학농민운동에 참여하는 1894년 무렵부터 아들이 만세운동을 하는 1919년 즈음을 거쳐, 사회주의 운동에 참여하고 있는 손자가 살아가는 현재(극 중의 현재, 1930년대)까지가 해당된다. 이처럼 이야기의 시간은 시간 배열에 어떠한 조작이나 가공을 하지 않은 상태로 선조적으로 나열된 시간을 의미한다. 시작, 중간, 끝의 흐름이 순차적으로 이어지는 것이다.

② 서술의 시간

희곡 작품 안에서 실제 담아내는 시간이다. 담론의 시간, 텍스트의 시간이라고도 불린다.[255] 이는 선조적으로 나열되는 이야기의 시간과 달리 작가에 의해 구조화되어 있다는 점에서 차이를 갖는다. 우리가 흔히 플롯이라고 부르는 것이 이러한 구조화의 결과가 된다. 독자는 이러한 서술의 시간을 따라 희곡을 읽게 된다. 예를 들어 역순행적 구성으로 이 서술의 시간을 배열한다면, 독자들은 사건의 결말부터 접한 다음, 과거로 돌아가게 된다. 이 경우, 이야기의 시간상에서는 가장 마지막에 놓이게 되는 것이 서술의 시간에서는 가장 먼저 등장하게 되는 것이다. 〈제향날〉에서 이야기의 시간은 최씨 할머니의 남편이 동학농민운동에 참여하는 당시부터 시작하지만, 이 작품의 첫 장면은 남편과 아들을 모두 떠나보내고 홀로 남은 노인이 된 최씨 할머니가 남편의 제사를 준비하는 현재(극 중의 현재, 1930년대)의 순간에서부터 시작한다. 플롯을 구성할 때 가장 적극적으로 구조화되는 것이 시간의 측면이기 때문에 희곡 작품에서 이야기의 시간과 서술의 시간이 일치하는 경우는 드물다. 현대극으로 올수록 시간의 구조화는 더 적극적으로 시도되는 경향이 있고, 그로 인해 두 시간의 괴리는 더욱 크게 벌어진다.

리쾨르(Paul Ricoeur)는 "줄거리의 구성은 결코 '질서'의 단순한 승리가 아니다."[256]라고 단언한다. 그는 그저 시간의 순서에 따라 나열된 것처럼 보이는 그리스 비극조차도 그 안의 반전이나 운명의 역전과 같은 교란 장치들을 통해 줄거리 그 자체의 이완과 긴장을 조직화하고 있다고 주장한다. 그는 이러한 것들을 '서술적 역동성'이라고 칭하였다. 리쾨르가 주목하였듯 이야기의 조직화는 결국 시간의 조직화이기도 하고, 이는 이야기가 갖는 역동성과 밀접한 연관을 갖는다. 역동적이고 생동감 있는 이야기는 독자를 매료시킬 수밖에 없다. 결국 이것은 서술의 시간이 갖는 힘이기도 하다.

③ 상연의 시간

무대 위에서 공연하는 데 소요되는 시간이다. 연극이 시작하는 시점부터 종료하는 시점까지를 의미한다. 〈제향날〉을 비롯한 대부분의 희곡 작품의 경우, 상연의 시간은 실제 극이 공연되는 2시간 전후의 시간이 될 것이다. 작품에 따라 공연의 시간을 달라지겠지만, 상연의 시간은 오롯하게 이 공연의 시간만 해당된다. 20분 동안 상연되는 연극이라면, 그 20분이 상연의 시간이 되는 것이다.

한편 아리스토텔레스가 '삼일치의 법칙'을 언급한 것을 근거로, 고전극에서는 한때 상연의 시간과 이야기의 시간이 일치할 것을 고집했던 적이 있었다. 아리스토텔레스는 하나의 전체란 시작과 중간, 끝을 가지고 있는 것이라고 보았기 때문에 이것이 무대에서의 재현을 통해 온전히 드러나는 것을 그 가치로 보았던 반면 시간적 구성의 문제에는 관심을 기울이지 않았다. 이러한 아리스토텔레스적 가치관에 근거했던 고전극에서는 당연히 실제 일어나는 사건들이 무대 위에서 공연되는 물리적 시간과 동일해야 좋은 연극이 될 수 있었던 것이다. 당시에는 그것이 극적 생동감을 고양할 수 있다고 믿었기 때문이다. 그러나 아이러니하게도 이러한 시도는 극적 재미를 반감시키는 주요한 요인이 되었고, 결국 삼일치의 법칙에 대한 고집을 버리게 하였다.

채만식, 〈제향날〉 (1937)

이 작품은 구한말에서 일제강점기로 이어지는 한 일가의 수난사이다. 〈제향날〉은 제삿날을 의미하며, 할머니 최씨가 남편의 제삿날 외손자 영오에게 집안의 비극적 역사를 이야기해주는 작품이다. 최씨의 남편 김성배는 동학군 접주로 활약하다 죽임을 당하고, 아들 김영수는 3·1운동을 주도하다 상해로 피신해 연락이 두절되었다. 그리고 손자인 상인이 사회주의 운동에 가담하였음을 의미하며 극은 막을 내린다. 성배와 영수, 상인으로 이어지는 3대의 비극은 한국 근현대사의 비극과도 그 궤를 같이한다는 점에서 의미를 갖는다. 채만식은 소설가이지만, 희곡을 26편이나 남기도 했다. 〈제향날〉은 그가 남긴 희곡 중 가장 유명한 작품이기도 하다.

2) 희곡의 공간

희곡은 일반적으로 무대 상연을 목적한다. "생생한 볼거리인 연극은 필연적으로 공간 안에 위치"[257]하게 된다. 희곡의 공간은 이야기의 배경이 되는 공간과 무대 위에 재현되었을 때의 공간이라는 두 가지 측면이 공존한다. 희곡은 어떤 글쓰기보다도 공간에 대한 제한이 엄격한 장르이기 때문에 무대라는 제약으로 인해 공간의 수는 한정되어 있으며 고도의 집중을 통해 장면의 공간을 선택해야 한다.[258] 희곡의 공간은 전략적으로 선택되고 구성되어야 한다. 이 장에서는 희곡 텍스트 안에서 사용되는 극중 공간, 즉 이야기의 공간과 실제 상연의 공간인 무대 공간으로 구분하여 살펴본다.

레제드라마(lesedrama)

무대 상연을 목적하지 않고 순수하게 읽는 텍스트로서의 희곡을 목적하는 경우도 있다. 이를 레제드라마(lesedrama)라고 하는데, 이것은 18~19세기 유럽에서 유행한 희곡 양식이기도 했다. 이 희곡은 상연이 아닌 독서가 주목적이었기 때문에, 대사나 무대지시문과 같은 희곡의 형식을 따르고 있으나, 연극성보다는 문학성에 중심을 보다 두고 있다. 때문에 혹자는 대화의 형태를 띄는 운문, 혹은 시극(詩劇)으로 보는 경우도 있다.

---

① 이야기 공간

무대 공간과 대비되는 의미에서 이야기의 배경이 되는 공간을 극중 공간이라 부를 수 있다. 이는 원래 공간의 속성이 그러하듯 시간과 밀접한 연관을 갖는다. 즉 극중 공간은 이야기의 시공간적 배경이 되는 것이다. 예를 들어 1800년이라면 조선, 2020년이라면 대한민국이 이야기의 시간적 배경이자 공간적 배경이 되는 것이다. 이처럼 희곡의 시대배경은 시간과 공간이 불가분의 관계를 맺게 된다. 조금 더 범위를 좁혀보면, 이야기의 공간이란 희곡에서의 사건이 발생하는 공간을 의미한다. 그 공간은 학교일 수도, 집일 수도, 혹은 작은 방 한 칸일 수도 있다. 때로는 어디인지 모호한 장소가 등장하기도 한다.

극적 상황은 이야기 공간과 무대 공간의 상호작용에 의해 진행될 수 있다. 극적 상황은 이야기 공간에 근거하지만, 이것은 결국 무대 공간으로 가시화되면서 전개되기 때문이다.[259] 희곡 작품의 텍스트에서 서술되는 이야기 공간에 별도의 제한이 있는 것은 아니지만 이야기에 연관된 모든 공간을 무대에서 가시화시켜 재현하기란 어렵다. 때문에 이야기 공간을 '실제적 공간'과 '가상의 공간'으로 구분하기도 한다. 실제적 공간은 무대 구성된 가시적 현실 속에서 극중 행동이 발생하는 공간이다. 이에 비해 가상의 공간은 무대 위에서 현실화되지 않은, 관객의 시선 밖에 존재하는—것으로 상상되는— 공간이다. 예를 들어 카페에서 두 인물이 이웃나라에서 발발한 전쟁의 이야기를 나누는 장면이라면, 카페는 실제적 공간, 이웃나라는 가상의 공간이 되는 것이다.

이처럼 이야기 공간이 무대 공간과 오롯이 일치하는 것은 아니다. 무대 공간으로 가시화되지는 않지만, 이야기 안에서는 설정되는 가상의 공간들이 있기 때문이다. 이 가상의 공간은 무대 공간 너머로 공연의 공간을 확장시킬 수 있고, 역설적으로 실제 공간에 더 많은 현실성을 주기도 한다.[260] 가상 공간은 단순히 장소가 구분되는 동(同)시기의 다른 공간만을 의미하는 것이 아니라 인물의 과거처럼 다른 시공간의 영역이 될 수도 있고, 유토피아와 같은 신비하고 몽환적인 가치의 표상일 수도 있다.[261] 그것을 표현하는 방법 역시 매우 다양할 수 있다. 가상의 공간이 구체화되지 않은 채, 단지 "옆 집에 불이 났대"와 같은 대사로만 존재할 수도 있고, 혹은 다른 요소를 통해 일부 재현되기도 한다. 창문 밖을 보는 인물의 행위를 통해 창문 밖의 공간을 상상하게 할 수도 있고, 집 안에서 총이나 대포 소리를 듣게 함으로써 집 밖에서 벌어지는 전쟁의 참상을 상상하게 할 수도 있다. 이처럼 관객의 상상력을 자극하며 존재하게 되는 가상의 공간을 통해 이야기의 공간은 확장될 수 있다.

무대 위에 재현되는 실제적 공간을 위해서는 고도의 선택과 집중이 필요하다. 무대 상연을 염두에 두는 희곡의 특성상, 실제적 공간에 대한 제약이 분명하다. 일반적으로 하나의 막은 하나의 공간을 유지하는데, 전통극의 기준에서는 막을 내려야 무대장치가 교체될 수 있다고 보기 때문이다. 그렇기 때문에 실제적 공간을 선택하고 설정하는 데는 무대 공간에 대한 고려가 직접적으로 반영되어야 한다. 원칙적으로 본다면 단막극의 경우는 하나의 실제 공간, 3막의 연극에서는 3개의 실제 공간이 가능하다. 그러나 이것은 어디까지나 일반적인 셈법으로, 작가의 아이디어를 통해 이에 대한 변용이나 응용이 가능하다. 예를 들어 무대 공간으로의 형상화를 거의 생략해서 텅 빈 공간에 인물을 두고는 수 십, 수 백의 공간으로 이동하는 설정을 한다면, 혹은 푯말 정도 세우는 간단한 무대 장치를 통해 장소의 이동을 표기한다면, 막이나 무대 공간의 변화에 대한 문제에 제약이 없을 것이기 때문이다. 그렇기 때문에 실제 공간에 대한 개념에서 중요한 것은 그것이 무대 공간으로 재현되는 상황에 대해 고려해야 한다는 점, 즉 이야기의 공간과 무대의 공간이 동떨어진 것이 아니라 깊은 연관을 맺고 희곡이 창작될 수밖에 없다는 점에 대한 주목이다.

② 무대 공간

무대 공간은 극중 인물의 현실이 상징화되는 이미지의 공간이다. 그렇기 때문에 텅빈 무대조차도 그 공간의 의미를 가질 수 있는 것이다. 무대 공간의 모든 장치와 소품들은 극중인물과 현실과의 관계를 표현해 줄 수 있어야 한다.[262]

희곡의 이야기 공간을 무대 위에 재현하는 것은 작가가 글을 쓰는 것과는 다른 차원의 부분이다. 무대 공간은 작가의 아이디어—즉, 희곡—를 기반으로 하되, 작가 외의 다른 사람들이 중심이 되는 작업으로 이루어진다. 이는 연출자를 비롯해 무대디자인, 조명, 음향, 세트와 소품 등등을 담당하는 다양한 인력들이 동원되는 과정이다. 때문에 무대 공간을 이해하기 위해서는 무대공간과 더불어 무대장치에 대한 총체적 이해가 필요하다.

에드윈 윌슨(Edwin Wilson)은 무대디자인의 목적을 다음과 같이 정리하고 있다.[263]

(1) 연기자를 위한 환경 창조

(2) 작품의 톤과 스타일 설정 협력

(3) 작품의 시대적 배경과 공간적 배경 설정

(4) 디자인 컨셉 전개

(5) 적절한 부분에다가 작품의 중심 이미지나 메타포 부여

(6) 장치가 다른 요소들과 조화를 이루도록

(7) 디자인 실천상의 문제 해결

무대를 구성하는 요소들은 이러한 무대디자인의 근본적인 목적에 걸맞게 구성되어야 한다.

a. 무대의 형태

극장의 구조는 연기를 하는 배우뿐 아니라 관객에게도 큰 영향을 준다. 무대의 구성은 결국 관객과 배우의 공간을 포괄하는 공간에 대한 구성이기 때문이다. 일반적으로 무대의 형태는 4가지로 구분한다.

* 프로시니엄 무대 proscenium stage

가장 친숙한 무대의 형태이다. 관객은 단방향에서 무대를 바라보게 된다. 오늘날 대부분의 극장은 이러한 무대 구조를 가지고 있다. 'proscenium'이라는 용어가 커튼이나 텐트 앞이라는 의미를 내포하고

있는 것에서 알 수 있듯이 연극을 상연할 때 막을 열고 닫는 방식은 이러한 프로시니엄 무대의 형태를 기준으로 한 것이다. 가장 전통적이고 일반적인 형식의 무대로, 시대를 거치며 조금씩 그 형태의 변화를 거치기는 했지만 기본적인 특질은 유사하다. 전통극, 사실주의극에서 가장 일반적으로 사용하고 있는 무대 형태이기도 하다. 원형 무대나 돌출 무대에 비해 관객과 무대와의 구분이 분명하고 거리감이 멀다. 무대와

관객 사이에 존재한다고 생각하는 가상의 벽을 의미하는 '네 번째 벽 (fourth wall)'이라는 용어는 무대를 관객석을 향해 한쪽 면이 열린 상자라고 생각한 것에서 유래한 명칭인데, 이는 프로시니엄 무대 구조를 전제한 것이다. 프로시니엄 무대에서는 이 '네 번째 벽'이 공고하게 유지된다.

네 번째 벽(fourth wall)

'네 번째 벽'을 흔히, '제4의 벽'이라고도 부른다. 브레히트는 제4의 벽에 대해 다음과 같이 정리한 바 있다. "대개 무대가 세 개의 벽이 아니라 네 개의 벽을 갖고 있는 것처럼 연기하잖아. 네 번째는 관객이 있는 쪽이야. 무대 위에서 일어나는 일이 실생활 속 사건의 과정이라는 생각을 유발하고, 유지시키지. 그런데 삶에는 물론 관객이 없어. 그러므로 제4의 벽과 더불어 연기하는 것은, 마치 관객이 없는 것처럼 연기하는 것을 의미하는 것이야."[264] 최근에는 '네 번째 벽(fourth wall)'이 연극의 무대를 넘어 영상이나 디지털콘텐츠 등에 사용되면서 가상과 현실 사이의 구분을 의미하는 용어로도 널리 사용된다.

---

* 원형 무대 arena stage

중앙에 원형이나 사각형의 무대를 배치하고 관객이 무대를 둘러싼 형태로 배치된다. 'arena'라는 용어는 고대 원형극장이나 대경기장 중앙에 있는 둥근 부분을 지칭하며 검투나 시합을 할 때, 그 지역에서 뿌렸던 '모래'라는 어원에서 유래되었다고 한다.[265] 관객이 무대를 360도

로 둘러싸고 있는 형태이기 때문에 특별하게 한 방향을 전면으로 삼아

공연하기에는 무리가
있다. 또 관객의 시야
를 가릴 수 있으므로
무대 장치 역시 최소
화되어야 하고 그 설
치 방식 역시 까다로
울 수밖에 없다. 이외

에도 배우의 동선 등 연출적인 부분에서도 어려움이 많은 무대다. 그
러나 원형 무대는 관객과 가장 가깝게 존재할 수 있는 무대 형태이기
때문에 관객에게 공연에 참여하는 느낌을 강하게 줄 수 있다는 강력한
강점이 있다, 테니슨(G.B.Tennyson)은 이러한 원형 무대에서 관객은 "무
대 사방에서 스며들고 있는 집단"이기 때문에 이들이 연기에 미치는
영향은 불가피하다고 본다. 그는 원형 무대는 마치 수술실이 되고, 그
공간에서 관객은 해부하는 것을 열심히 들여다보는 해부학도 역할이
되기도 한다고 비유하기도 하였다.[266] 이러한 원형무대는 사실주의극
보다는 표현주의극에서 선호하였다. 한편 우리나라의 경우 1980~90
년대 마당극이 원형 무대 방식을 통해 공연을 펼쳤다.

* 돌출 무대 thrust stage

프로시니엄 무대와 원형 무대의 장점을 결합하고자 한 양식이다. 기본적으로 프로시니엄 무대의 양식에 중간 부분에 길게 관객석 쪽으로 뻗어 나오게 한 방식으로 프로시니엄 무대보다는 관객과의 거리감을 줄이면서도, 원형 무대보다는 편안한 관람을 가능하게 한다. 무대 장치의 설치나 활용에 있어서도 원형 무대에 비해 더 적극적으로 사용할 수 있다. 콘서트나 패션쇼에서 흔히 볼 수 있는 양식이기도 하다.

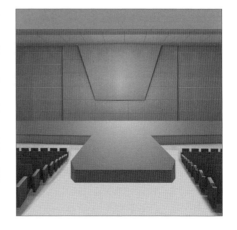

* 기타 다양한 무대

위의 세 가지 기본 형태를 벗어난 새로운 형태의 무대를 지향하는 방식이다. 일반적으로 야외의 공간이나 기존에 다른 목적으로 사용되던 공간을 그대로 무대로 활용하는 형태가 여기에 해당한다. 기존의 장소를 무대로 활용하는 예로는 폐공장을 연극의 무대이자 극장으로 사용하거나, 경복궁 등 유적 공간을 연극의 무대로 활용하거나, 혹은 유럽의 고성(古城)을 비극의 무대로 그대로 활용하는 등의 경우가 있다. 또는 배우가 관객석까지 진출하면서, 객석을 하나의 무대 공간으로 끌어들이는 등 기존에 무대와 객석 사이에 존재하던 가상의 벽을 깨뜨리려는 시도들도 있다. 이는 연극 고유의 장소성에 대한 정형을 깨고, 새로운 틀로서 작품을 볼 수 있도록 의도하는 작품인 경우가 많다.

b. 무대 장치

무대 장치에는 다양한 요소들이 포함된다. 무대 위에 배치되는 대도구와 소도구들, 그리고 배우의 의상과 소품, 조명과 음향이 가장 대표적인 무대 장치에 해당된다.

아리스토텔레스는 연극의 여섯 가지 요소 중 이러한 장치를 가장 최하위의 가치로 두었다. 그러나 시간을 거듭할수록 이러한 장치적 요소들의 가치는 강조되었고, 현대 연극에서는 영상을 도입하는 등 보다 적극적으로 무대 장치를 활용하고 있으며, 더 나아가 장치 그 자체가 핵심적인 화소(話素)로 기능하는 작품들도 등장하고 있다.

에드윈 윌슨은 "장치의 효과와 조명 효과의 색상, 형태, 선은 다른 연극 요소와 상호작용 하면서 그 총체적 경험에 이바지한다"[267]면서 의상과 분장 역시 "작품을 구성하는 다른 요소들과 조화를 이루어야 한다"[268]고 강조한다. 윌슨의 주장처럼 이러한 무대를 구성하는 장치들에 있어 가장 중요한 핵심은 작품의 주제나 소재, 캐릭터와 사건, 장르와 같은 서사적 측면에 기반해야 한다는 점이다. 무대란 부조리극이면 부조리극답게, 희극이면 희극답게 조성되어야 한다. 그 과정에서 무대의 구성요소들이 조화를 이루어 자연스럽게 배치되어야 연극의 경험은 효과적으로 전달될 수 있다.

이근삼은 현대극에서는 무대 장치가 인물의 성격이나 심리를 표현하는 역할을 한다고 그 중요성을 강조하며, 다음과 같은 세 가지 요소를 갖추어야 한다고 정리한 바 있다.[269]

첫째, 작품에 적합해야 한다.
둘째, 개성이 있어야 한다.
셋째, 통일성이 있어야 한다.

무대 장치도 결국은 극의 한 요소이다. 그렇기 때문에 작품이 하고자 하는 주제와 같은 방향으로 무대장치는 구성되어야 한다. 특별한 의도가 있지 않다면, 암울한 비극의 작품에 밝고 따뜻한 조명과 음악, 그리고 귀여운 소품들은 어울리지 않는다. 그러나 작품의 성격이나 분위기에 기반하는 큰 틀을 유지하면서도 무대 장치 그 자체의 개성을 추구해야 한다. 이는 장치의 미학성과도 연관되기 때문이다. 작품의 큰 흐름을 유지하면서도 장치적 미학을 추구하는 것은 바람직하다. 이것을 이근삼은 개성이라고 표현한 것이다. 마지막으로 언급한 통일성은 보다 내용적인 차원을 의미한다. 이는 무대장치와 작품에 일치되는 것에 대한 측면으로, 처음에는 온전히 파악하기 어려웠던 무대장치의 의미들이 상연이 끝났을 때, 비로소 작품의 서사에 온전하게 녹아들어 그것을 보다 완전하게 관객에게 이해시킬 수 있는가의 문제이기도 하다.

3) 극적 상황으로서의 시공간

아리스토텔레스는 시간을 사건들이 진행되는 어떤 것으로 보았다. 이것은 아리스토텔레스가 시간을 이해한 방식이기도 하지만, 극의 구성 그 자체를 설명하는 것기도 하다. 아리스토텔레스의 표현을 빌어 보자면, '사건들이 진행되는 어떤 것'의 결과물이 바로 희곡이 될 수도 있는 것이다. 그리고 이러한 사건이란, 희곡적으로 표현하자면 극적 행동이 된다.

우리가 희곡에서 시간과 공간을 주목하는 이유는 그것이 극적 행동을 가능하게 하는 극적 상황으로 존재하거나 기능하기 때문이다. 극적 상황은 "각각의 등장인물이 작가로부터 역할을 부여받아 기능을 수행하는 과정에서 생기는 여타 인물들과 맺고 있는 긴장된 행위(움직임)의 상태"[270] 라고 볼 수 있다. 극적 상황은 인물들을 움직이게 하기 때문에 극적 상황을 통해 사건이 발생하고 갈등은 전개된다. 극은 결국 사건을 통해 진행된다. 그런데 이러한 물리적 사건은 항상 시간과 공간의 두 질서와 연관되기 마련이다.[271] 희곡에서의 시공간은 단순히 이야기의 배경을 넘어서 극적 상황을 발생시키는 보다 능동적이고 적극적인 성격을 가지게 된다.

일반적으로 서사장르에서 플롯과 스토리는 '시간—서술 시간'에 의해 규정되는 반면 희곡에서는 '공간—무대 공간'에 의해 규정된다고 본다.[272] 이러한 대조는 서사장르와의 변별에 강조를 두기 위해 희곡의 공간성을 강조한 것으로 보인다. 그러나 극장르의 속성을 보다 정확하게 설명하기 위해서는, 희곡이란 '시공간—극적 상황'에 의해 규정된다고 보는 것이 더 정확한 표현일 수 있다. 앞서 강조했듯이 희곡의 공간은 시간과 불가분의 관계를 맺고 있기 때문에 시간과 공간을 분리하는 것은 일면만 강조될 우려가 있기 때문이다. 덧붙여 무대 공간에 대한 강조는 희곡 텍스트의 공간과 무대 공간을 구분하는 것을 전제하는 개념이다. 개념의 정리를 위해 텍스트의 공간과 무대의 공간을 구분하기는 했으나 결국 하나의 작품 안에서 이 두 공간의 개념을 공존할 수밖에 없고, 궁극적으로는 이를 유기적으로 이해해야 할 필요가 있다. 따라서 이를 포괄할 수 있는 극적 공간이라는 개념을 상위에 두고, 그것이 텍스트 안에서 이야기 공간으로 존재하는 방식, 그리고 무대 공간에서 재현되는 방식에 대한 이해를 도모해야 한다.

희곡의 양식에서는 극의 시작에 앞서 그 무대가 의미하는 시간과 공간을 설정하기 때문에 대체로 희곡의 첫 부분에 이 내용이 명시되는데, 이때 희곡이 시공간을 드러내는 방식은 다양하다.

첫 번째는 등장인물표 아래 다음과 같이 이야기의 시간과 장소를 명기하는 경우이다.

時(시)   一九三X年代(193X년대)

處(처)   시골 農家(농가)

– 유치친, 〈소〉[273]

때   1951년 겨울부터 이듬해 봄

곳   소백산맥 줄기에 있는 촌락

– 차범석, 〈산불〉[274]

때   現代

곳   서울

– 오영진, 〈살아 있는 이중생 각하〉[275]

곳   金相龍의 집의 응접실

때   현대, 어느 토요일날 오후

– 송영, 〈호신술〉[276]

두 번째는 따로 표기하지는 않지만, 시작 부분의 무대지시문을 통해 이를 설명하는 방식이다.

초겨울.

洞里(동리)에서 멀-리 떨어진 深山 古刹(심산 고찰).

숲을 뚫고 가는 산길이 山門(산문)으로 들어간다. 院內(원내)에 鐘閣(종각),

그 뒤로 山神堂(산신당), 七星堂(칠성당)의 기와집웅, 재 올리는 五色 旗幟

(오색 기치)가 펄펄 날린다. 後面(후면)은 비탈. 右邊(우변) 바윗틈에 샘에서

내려오는 물을 받는 통이 있다.

재 올린다는 소문을 들은 求景群(구경꾼) 떼들 山門(산문)으로 들어간다.

清淨(청정)한 木鐸(목탁) 소리와 念佛(염불) 소리. 이따금 북소리.

[후략]

– 함세덕, 〈동승〉[277]

무대: 어떤 아파트와 회사 사무실, 그리고 길거리를 다양하게 나타낼 수 있
는 무대, 무대가 구태여 사실적일 필요는 없다. 대체로 무대 우측은 아파트
의 실내, 좌측은 회사 사무실로 구분된다. 관객석 가까운 무대 전면은 길
거리, 복도 또는 공원 구실을 한다. 관객과 아파트의 실내 사이는 그대로
트여 있지만, 그 사이에 벽이 가로막고 있다고 상상하면 된다. 실내 앞 무
대는 또한 아파트의 복도도 겸한다.

이 극에 등장하는 인물들은 현재 상황 이외에는, 즉 과거지사를 말하거나

재연할 때는 공간 처리에 구애될 필요가 없다.

(교회 종소리와 더불어 막이 오르면 아파트의 실내 모습이 나타난다. 종소리가 여전히 들려오는 가운데 김상범이 아랫바지만 겨우 걸치고 위 파자마는 그대로 어깨에 멘 채 침실에서 나오며 하품을 한다. 이어 눈을 비비며 창문의 커튼을 헤친다. 밝은 아침 햇살이 실내 가득 들어찬다. 상범은 크게 기지개를 하고 나서 이른바 실내 체조를 한다. 어깨가 쑤시고 허리가 아프다. 서른한 살이라는 나이에 비해 이런 현상은 너무나 빨리 찾아온 것 같다. 다음엔 소파며 마루에 흩어져 있는 잡지를 주워모은다. 이어 무대 앞에 나와 관객을 향한다.)

– 이근삼, 〈국물 있사옵니다〉[278]

위의 작품들이 설명하고 있는 시공간은 무대에 대한 지시인 동시에, 작품 속 이야기의 배경이자 극적 상황에 대한 설정이 된다.

헤이먼(R. Hayman)은 희곡의 독자들에게 장면의 변화에 대해 상상할 것을 주문한다. 그는 무대를 묘사한 무대지시문이나 대사를 읽는 것은 실제 무대에서 상연될 때보다 훨씬 더 시각적이라 역설한다. 물론 실제로 상연된 무대 공간보다 서술된 글이 어떻게 더, 심지어 훨씬 더 '시각'적일 수 있겠는가? 헤이먼이 이야기하고 싶었던 것은 이러한 텍스트를 통해 독자들이 상상할 무대 공간은 실제의 상연 환경보다 훨씬 매력적일 수 있다는 것을 강조하고자 한 것이다. "우리의 취향에 꼭 맞는 그러한 장면을 푹신한 팔걸이 책상 위에서 앉아서 상상적인 필름 속에서 바라볼 수 있는 것"[279], 이것이 바로 희곡의 강점인 동시에 어떻게 희곡을 읽어야 하는가에 대한 중요한 가이드라인이기도 할 것이다. 시공간은 단순히 장소와 상황을 드러내주는 것에 그치지 않는다. 그것은 이야기가 만들어지는, 관객과 작품이 상호 교감할 수 있는 하나의 장(場)이 되는 것이다. 이 책의 첫 장에서 이야기했던 부르디외의 장(場), 그리고 마틴 에슬린의 극마당에 대한 논의들을 다시 떠올려 보자.

3. 캐릭터

1) 희곡의 인물과 성격

희곡의 인물은 'person', 'figure', 'character' 등과 같은 외래어뿐 아니라 우리말로도 등장인물, 성격 등 다양한 용어를 사용해서 지칭되고 있다. 이러한 용어들은 넓은 의미에서 본다면 모두 희곡에 인물들을 의미하지만, 그 용어의 세부적 개념은 어떤 부분에 비중을 두는가에 따라 조금씩 차이를 갖는다고 볼 수 있다.

'person'은 가면을 뜻하는 라틴어 'personando'에서 비롯된 단어로 등장인물이라는 희곡의 요소에 중심을 둔다. 현대에 와서도 'persona'는 여전히 극적 인물을 지칭하는 용어로 쓰인다. 'figure'는 형상인물이라는 의미로 라틴어 'figura'에서 유래한 단어이다. 이 용어는 작가가 인공적으로 만들 피조물, 인공적 인간이라는 의미에서의 인물이라고 보는 입장에 중심을 둔다.[280] 등장인물인 'person'은 성격을 가져야만 형상인물인 'figure'가 될 수 있다.[281] 그러나 아스무트(B. Asmuth)는 'figure'는 '인공의 인간'이라는 의미가 강조되기 때문에 등장인물의 인격성이 부족하다고 주장하였고, 연기자와 극적 인물(역할) 사이에 육체적 특성이 구분되기 어렵다고 보았다. 때문에 이 용어가 일반적인 연극보다 인형극에 적용했을 때 더 적확하게 설명될 수 있다는 주장들도 있다.

'character'라는 용어는 보다 성격적인 특성을 강조하고 있다고 볼 수 있다. 때문에 희곡의 인물들을 'character', 즉 성격이라는 용어와 동일한 개념으로 보는 경우도 많다. 아리스토텔레스(Aristoteles)가 희곡의 가장 중요한 특성으로 플롯을 강조했으나 시간이 흘러 근대 이후의 희곡에서 점차 강조되고 있는 것은 인물이다. 인간의 운명에 의한 비극이 비극의 본질로 평가되던 고대 그리스에서는 인물보다 이야기 구조의 치밀함이 더 중요한 요소였을 것이다. 그러나 운명보다 개인의 성격에 중심을 두는 현대비극으로의 이동에서 볼 수 있듯이 개인의 삶의 문제가 희곡의 중요한 주제가 되면서 인물에 대한 중요성은 점차 강조되었다. 이는 인물의 성격적 특성이 보다 풍부해지고, 정교해졌으며, 비정형성의 요소를 내포하게 되는 현대극의 방향과 일치하였고, 이러한 희곡 발전의 흐름에 따라 인물을 성격, 그 자체로 보는 개념들이 힘을 얻게 된 것이다.

드라마의 인물이 묘사하는 것은 인간의 본성이어야 하되 주변 세계 속에서 충만된 감정을 갖고 활동을 하면서 자기 자신을 드러내는 그러한 모습이 아니라 행위 속으로 급변하고자 애쓰는 한편 다른 사람들의 본질과 행위를 유도하면서 변화시키고자 애쓰는, 거대하고 격정적으로 움직여진 내면이어야 한다. 드라마의 인간은 항상 뭔가에 사로잡혀 있으며 긴장하고 변화하는 모습 속에서 보여져야 한다. … 따라서 전문 용어로 드라

마의 인물들을 '성격'이라고 하는 것은 근거가 없는 것은 아니다.[282]

아무트 등의 이론가들이 정리한 'figure'가 성격을 인물의 하위개념으로 본 것에 비해 위의 인용문에서 프라이탁(G. Freytag)이 설명하는 'character'는 인물과 성격이 동의적 의미를 갖는다고 본다. 희곡의 인물에 대한 용어는 등장인물이라는 연극의 형식적 요소에서 프라이탁이 주장한 'character'와 같이 보다 인물 내면의 의미적 요소를 강조하는 방향으로 용어들로 변화하게 되었다고 보는 것이 일반적이다.

아리스토텔레스는 인물의 성격 창조를 구성의 한 요소로 보았다. 『시학』의 다른 내용들과 마찬가지로 이러한 성격 창조의 이론은 그리스 비극을 중심으로 하고 있다 보니, 고귀하고 영웅적인 인물을 주인공으로 하는 그리스 비극의 인물에 근거한 이러한 내용이 오늘날 희곡을 설명하기에 어긋나는 부분이 있다. 그러나 최초로 인물과 성격에 대해 이론적 체계를 정리했다는 점에서는 그 의미가 크다. 다음은 아리스토텔레스가 정리한 희곡의 인물에 대한 규범이다.

(1) 가장 우선적으로 인물은 선량해야 한다.
(2) 성격이 인물에 특유하고 적절하게 꾸며져야 한다.
(3) 성격은 전설의 원형과 유사해야 한다.
(4) 작품의 전편을 통해 일관적으로 유지되어야 한다.

고대 그리스 비극에서는 인물이 도덕적 목적을 가지고 말하고 행동했기 때문에 선(善)의 가치를 추구하는 인물은 모든 조건에 앞서는 가장 중요한 전제였다. 이외의 항목들은 인물 성격에 대한 개연성과 필연성, 통일성을 강조하고 있는 내용으로 현재의 인물을 설명하는 데도 여전히 유의미한 내용들이다.

테니슨(G. B. Tennyson)은 오늘날의 인물 창조에서는 "인간의 가장 근본적인 요소를 형성하고 있는 정신적이며 도덕적인 특성이 강조"[283]되고 있다고 보고, 그 요건으로 진위(眞僞)와 동기(動機)를 꼽는다. 진위란 "극작가에 의해 창조된 한 인물이 그의 성격에 부합되도록 행동하느냐, 혹은 거꾸로 말해서 그의 성격이 그의 행동과 일치하고 있느냐 없느냐 하는 것"이다. 이는 독자가 인물에 대해 갖게 되는 믿음과 직결되는데, 인물이 갖는 정서에 대해 독자가 얼마나 몰입할 수 있는가에 대한 결과로 이어지기도 한다. 인물의 성격과 행위가 일치할 때 우리는 인물의 진위를 확인할 수 있다. 동기는 진위의 특별한 양상으로, 인물의 행위에 대해 충분한 동기가 부여되어야 한다는 것이다. 이는 일종의 "심리적 타당성"으로 일관적이고 통일성 있는 동기는 인물을 생동감과 현실성을 부여한다. 테니슨은 흔히 사용하는 '인물이 성격 바깥으로 걸어 나온다'는 표현이 바로 이러한 상태를 표현한다고 보았다. 동기는 의미 있는 욕구와 행위에 적용되고, 이러한 동기를 통해 독자는 그 인물의 성격 속에는 그렇게 할 만한 충분한 이유가 있다고 믿을 수 있다.[284] 이처럼 진위와 동기를 통해 관객은 인물에 대한 신뢰를 갖고 그에게 빠져들 수 있는 것이다.

이상에서 살펴본 바와 같이 희곡에서의 인물은 구조 안에 포함된 기능적 측면에 대한 부분으로 여겨지다가 점차 인물의 내면적 속성인 성격이 강조되는 추세로 발전되었다. 더 나아가 현대의 희곡에서는 인물이 성격과 동의적 의미로 사용된다. 따라서 인물에 대한 보다 세부적인 항목들은 이러한 성격적 특성을 중심에 두고 설명할 필요가 있다.

페르소나(Persona)

페르소나라는 용어가 현대에 와서 더 대중적으로 사용되고 있는 것은 영화계이다. 감독이 자신의 분신과 같은 의미를 부여하면서 기용하는 배우들에 대해 이러한 표현을 사용하기 때문이다. 이외에도 마케팅이나 온라인콘텐츠에서 혹은 그리고 심리학의 용어로도 빈번하게 사용된다.

---

2) 인물의 유형

스트로뱅스키(J. Starobinski)는 등장인물은 이름, 다른 등장인물들과 대면해서 차지하는 상대적 위치, 성격, 기능과 행위 등에 의해 의미망을 구축하고 있는 일종의 상징이라 보았다.[285] 바꾸어 생각해보면, 이러한 요소들의 차이가 인물이 갖는 의미의 차이, 즉 캐릭터의 변별일 수 있다. 인물을 유형화하는 기준은 다양하기 때문에 각각의 기준에 따라 인물들은 다양하게 구분될 수 있다. 이러한 구분은 문학의 공통 적 유형일 수도 있고, 혹은 희곡 고유의 특성이 좀 더 강하게 드러나 는 구분일 수도 있지만, 중요한 것은 어떠한 한 준거만이 타당하다기 보다는 개개의 작품에 따라 그 작품을 더 적합하게 설명할 수 있는 준 거가 있다는 점이다. 따라서 각 유형화에 대한 이론적 배경을 살펴보고, 작품에 따라 더 적합한 유형을 선택하여 적용해 보는 유연함이 필 요하다.

a. 행위자로서의 인물 유형

20세기 초, 언어학자 프로프(Vladimir Propp)는 러시아의 민담들을 조사하여 31가지 공통적 기능들을 도출하였고, 이를 바탕으로 7가지 행위소를 구분하여 정리한 바 있다. 아래는 프로프가 정리한 7가지 인물 유형이다.

⑴ 악당 The villain

　　: 주인공과 싸우는 악한 인물.

⑵ 증여자 The dispatcher

　　: 주인공에게 필요한 퀘스트를 설명하고, 그를 세상으로 내보내는

인물.

(3) 보조자 The helper

: 주인공에게 도움을 주는 인물, 많은 경우 전형적인 마법적 존재임.

(4) 공주 The princess

: 주인공에게 성공의 결과물로 주어지는 것은 대체로 공주와의

결혼임, 즉 주인공의 수훈을 약속해주는 인물.

(5) 위임자 The donor

: 주인공에게 임무를 맡기는 인물.

(6) 주인공 The hero

: 중심인물. 악당을 물리치고, 결국 공주와 결혼하는 인물.

(7) 가짜 주인공 The false hero

: 영웅의 행동을 빼앗아 공주와 결혼하려는 허세와 거짓의 인물

프로프 이후, 프랑스의 미학자 수리오(Etienne Souriau)는 20만 가지의
연극 상황들을 검토하여 연극의 6가지 극적 기능을 설정하였다.[286] 이 극
적 기능은 인물의 역할이라 볼 수 있는데, 자세한 내용은 아래와 같다.

(1) 사자 lion (힘) : 행동을 원하고 있는 주체자

(2) 태양 soleil (가치) : 주체자가 갈망하고 있는 선(善)

(3) 대지 terre (선(善)의 취득자) : 원했던 선(善)을 이용한 자

⑷ 화성 mars (반대자) : 주체자가 만난 방해물

⑸ 저울 balance (중재물) : 주체자들이 갈망하는 선(善)의 배당을 결정하는 자

⑹ 달 lune (보조자)

기호학자인 그레마스(Algirdas Greimas)는 여섯 가지의 행위소들을 일반화해서 행위소 모델을 정리하였다.

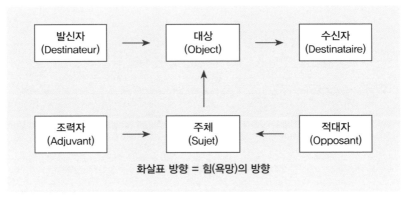

그레마스의 행위소 모델

행위자는 담화 구조의 단위로 고유한 형태를 띤 인물이 된다. 행위자는 그에 대해 수반하는 모든 기호들의 총체이다. 이름, 신체특징, 사회적 지위, 계층이나 계급, 의상이나 분장, 집과 같은 생활공간, 시간적 기표 등이 모두 결합하여 인물로 형상화하는 것이다.[287] 이 경우 인물 그 자체가 하나의 기호체계가 될 수 있는 것이다.

(1) 발신자 : 의뢰자. 대상에 대한 가치 등 정보를 알려주는 인물

(2) 대상 : 목표. 주체자가 추구하는 대상이 되는 존재

(3) 수신자 : 주체자가 성공하였을 때, 그 혜택을 보는 존재

(4) 협조자 : 주체자에게 도움을 주는 인물

(5) 주체자 : 주인공. 가치 있는 대상이나 욕망을 추구하는 인물

(6) 반대자 : 주체자의 추구를 방해하는 인물

김만수가 이를 〈동승〉에 적용해 분석한 다음의 내용을 살펴보자.[288]

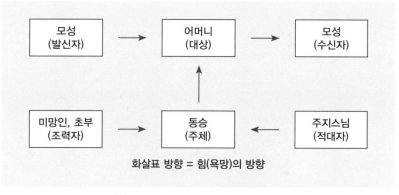

그레마스의 행위소 모델 적용의 예 : 〈동승〉

그레마스의 행위소 모델을 적용할 때, 다소 논란의 여지가 있는 부분은 발신자와 수신자의 설정에 대한 부분이다. 이는 인물이 아닌 경우들이 왕왕 발생하기 때문이기도 하고, 작품에 따라서는 〈동승〉과 같이 이 두 가지가 동일하게 설정되기도 하기 때문이다. 혹은 이를 찾

기 어려운 경우도 있다. 이에 비해 주체나 대상, 협조자나 반대자의 경우는 인물의 구도 안에서 비교적 선명하게 드러난다.

다양한 연구자들이 구분하는 인물에 대한 분류는 그 내용면에서 조금씩 차이를 가지기는 하지만, 근본적 공유하고 있는 특성들이 있다. 주인공이 되는 인물들이 무엇인가를 강력하게 욕망하게 되고 이 욕망은 인물이 움직이게 하는 동인(動因)이 된다. 그리고 주인공을 방해하는 인물이 등장하고, 이로 인해 갈등과 사건이 발생한다는 점 등 이러한 유형화들이 공유하는 특성들에 대한 이해 역시 각 유형화에 대한 구분과 더불어 주의깊게 살펴보아야 한다.

함세덕, 〈동승〉(1939)

이 작품은 함세덕의 대표작으로 비구니와 사냥꾼 사이에서 사생아로 태어나 버려진 아이 '도념'을 주인공으로 하고 있다. 주지스님은 버려진 도념을 데려와 동승으로 키웠다. 그는 도념이 깊은 산 속에 고립되어 있는 절에서 세속과의 인연을 끊고 "자기 한 몸의 죄만 아니라 제아비 제어미 죄두 씻어" 속죄하기를 강요한다. 그러나 도념은 부모가 살아있을지 모르는 세속을 동경하였고, 이러한 도념의 욕망은 절에 불공을 드리러 온 젊은 미망인을 계기로 폭발하게 된다. 주지스님과 대립하던 도념은 결국 절을 떠난다.

행위소

'행위소'란 어떠한 한정사에도 무관하게 행위를 수행하는 요소로 이는 논리적인 기능단위를 설명한다. 행위소는 그것이 담당한 기능들의 반경에 의해 특징지어지는데, 이는 희곡에서의 인물이나 형상소를 특별히 지칭하는 용어라기보다는 보편적인 실체로서의 존재한다. 그렇기 때문에 엄밀히 이야기하면 극 행동의 구조나 서사 안에서 이론적으로만 존재하는 것이다.

b. 전형성의 여부에 따른 인물 유형

① 개성적 인물

개성적 인물은 개인으로서의 개성을 갖고 있다. 개인이 갖고 있는 독자적이고 개별적인 특수성을 갖고 있기 때문에 다른 인물과 구분되는 변별적 특질을 뚜렷하게 드러낸다. 그러므로 각 작품에 따라 다른 새로운 인물이 창조될 수 있다. 그리고 개성적 인물은 성격의 변화를 갖는다. 인물의 성격이 극의 진행과 함께 변화하면서 극의 진행이나 플롯의 구조와 불가분의 흐름을 갖게 된 것이다. 평면적이고 고착된 성격이 아니라 입체적이고 가변적인 성격을 갖는다는 점이 개성적 인물의 매력이다. 물론 엄밀히 따져보자면, 유형적 특성이나 전형성을 전혀 내포하지 않은 개성적 인물은 없다. 그러나 작품의 전반을 총체적으로 짚어보았을 때, 유형적이거나 전형적 성격보다 개인의 특수성이 우선시되고 중요하게 다루어진다면 개성적 인물로 볼 수 있다. 테니슨은 "위대한 극작가는 그들의 작중 인물을 유형적 인물에서 개별적 인물로 전환시킨다"[289]고 하였다.

② 유형적 인물

유형적 인물은 특정한 유형으로 분류될 수 있는 인물이다. 이들은 집단을 대표하는 보편적 특성을 드러낸다. 이 인물은 개성이 없는 인물로 개성적 인물의 대척에 위치한다. 사기꾼, 구두쇠, 바람둥이, 겁쟁이 등의 유형화된 성격적 특징으로 범주화된 인물이다. 이러한 유형화된 특성 외의 개별적 인물이 갖는 특수성은 거의 배제된다. 이러한 유형적 인물을 가장 적극적으로 활용하는 장르는 희극이다. 그래서 고대 그리스 희극의 인물에서 유래한 인물 구분을 사용해서 유형적 인물을 범주화하기도 한다.

(1) 사기꾼형 (알라존, alazon)
: 알라존은 자신을 실제보다 더 위대하다고 생각하는 자기 기만적인 인물이다. 이러한 인물이 허세를 부리거나 허풍을 떨면서 으스대는 모습이 웃음을 자아내기도 한다.

(2) 자기비하형 (에이론, Eiron)
: 에이론은 자신의 능력을 실제보다 과소평가하는 인물이다. 알라존과 반대로 자기비하의 우물쭈물한 모습이 웃음포인트가 되곤

한다. 이러한 에이론형은 희극에서는 주인공 유형이기 되기도 한다. 이 경우 그는 기대치 이상의 실제 능력으로 허풍쟁이인 알라존을 쓰러뜨리는 데 성공할 수 있고, 예상외의 승자가 된다.

(3) 어릿광대형 (보몰로쿠스, bomolochus)

: 보몰로쿠스는 극의 분위기를 북돋아주는 인물이다. '입이 나쁜 사람'이라는 단어의 의미 그대로 광대, 익살꾼 등 재치 있는 말재주를 가진 만담꾼의 인물이다. 플롯 상 큰 역할을 하지는 않지만, 관객의 흥미와 장면의 웃음을 담당한다.

(4) 촌뜨기형 (아그로이코스, agroikos)

: 아그로이코스는 인색하고 깐깐한 인물이다. 속물적인 근성을 갖고 있으면서도 융통성은 없어 다른 사람과 쉽게 어울리기 어렵다. 무례하고 촌스러운 이들의 행동이 웃음거리가 된다.

고대 그리스 연극에서는 알라존, 에이론, 보몰로쿠스의 세 유형을 설명했으나 이후 프라이(Northrop Frye)에 의해 아그로이코스가 추가된 네 가지 인물유형으로 정리되었다. 알라존과 에이론이 극의 중심인물로 극의 중심 갈등을 이끄는 역할을 담당한다면, 보몰로쿠스와 아그로이코스는 주변적 인물로 희극적 분위기를 강화시키는 역할을 한다.

③ 전형적 인물

전형적 인물은 특정 집단을 대표한다. 그 집단이 갖는 일반적이고 보편적인 특성을 인물화 한 것으로 일종의 대유(代喩)라고 볼 수 있다. 유형적 인물과 유사해 보이지만, 유형적 인물의 특성에 개성적 인물의 특성을 함께 가지고 있다는 점에서 차이를 갖는다. 인물들은 지식인, 노동자, 관료, 귀족, 이민자 등의 그룹으로 분류되어 공통적으로 공유하고 있는 전형성은 있으나, 여기에 더해서 개개의 인물이 갖는 개성도 다소 내포되어 있다. 그리고 이때의 전형성은 일종의 원형적 모티브가 되는 것이다.

유형적 인물이나 전형적 인물은 개성적 인물에 비해 평면적이다. 그렇기 때문에 보다 입체적인 성격을 갖는 개성적 인물에 비해 부정적으로 인식되는 것이 일반적이다. 그러나 이러한 유형적 인물이나 전형적 인물의 사용이 항상 부정적인 것은 아니다. 현대극에서 대부분의 주인공들은 개성적 인물을 지향하고 있는 것이 사실이지만, 유형적 인물과 전형적 인물들도 여전히 효과적으로 사용되고 있기 때문이다. 주인공을 제외한 주변적인 인물의 경우, 일반적으로 긴 시간과 분량을 들여 성격을 별도로 형성하고 설명하는 과정이 불필요하다. 오히려 그것은 극의 흐름을 망치는 요소가 되는 경우가 많기 때문에 유형적 인물이나 전형적 인물이 필요한 것이다. 현실의 벽에 막히는 주인공의 장면을 보여줄 때 등장하는 고지식한 관료의 모습은 굳이 개성적 인물일 필요가 없다. 고지식하고 딱딱한, 고압적인 성격의 평면적 기능 그 자체로 충분하다. 또 다른 예로 희극의 경우, 우스꽝스러운 인물은 유형화나 전형성에 기반하는 경우가 대부분이다. 굳이 꼬메디아 델아르떼(commedia dell'arte)까지 거슬러가지 않더라도 이러한 작품들은 충분히 발견할 수 있다. 이렇듯 인물의 유형은 작품에 적절하게 혼용되어 사용되는 것이 일반적이다.

> **유형적 인물과 전형적 인물의 구분**
>
> 연구자에 따라서는 유형적 인물과 전형적 인물을 따로 구분하지 않고 포함하여 구분하는 경우가 있기도 하다. 그 경우 유형적 인물, 전형적 인물, 고정적 인물과 같은 용어로 지칭한다. 테니슨(G. B. Tennyson)도 이를 따로 구분하지 않고 '유형적 인물'이라 부르고 있다. 그는 유형적 인물 안에서 ① 인간생활에 있어서 일반적으로 알려지고 보편적으로 인정된 조건(연령, 태도, 외모) ② 다양하고 특별한 사회적 문화적 조건과 가치(직업, 지배적 흥미, 교육)으로 범주를 구분하고 있다.[290]

c. 작중 비중에 따른 유형

① 중심인물

작품의 중심에 놓이는 인물로 극을 주체적으로 이끌어가는 인물들이다. 주인공뿐만 아니라, 주인공과 대립하는 적대자 역시 이에 포함된다. 두 인물의 갈등과 대립이 극의 메인 플롯이기 때문이다. 흔히 우리가 주인공으로 부르는 인물은 주동(主動)인물로, 적대자는 반동(反

動)인물로 지칭하곤 하는데, 희곡에서는 프로타고니시트(protagonist),
안타고니스트(antagonist) 라는 용어로도 익히 사용된다. 대체로 주동인
물을 긍정적 인물, 선(善)의 형상화로 놓고, 반동인물을 부정적 인물,
악(惡)의 형상화로 보는 것이 전통적인 관념이었다. 그러나 극이 이야
기하고자 하는 바가 다양한 현대에서는 이러한 고정적이고 절대적인
가치판단보다는 극에 따라 상대적으로 적용할 수 있는 개념으로 보는
것이 적합할 것이다.

② 주변인물

중심인물을 제외한 주변적 인물들을 일컫는다. 주변인물들은 중심
인물과의 접점이 많은 인물부터 잠시 등장하여 대사조차 없는 인물에
이르기까지 비중의 차이가 천차만별이다. 일반적으로 어느 정도 등장
의 분량이나 역할에 비중이 있는 인물을 조연, 그 비중이 현저히 낮은
역할을 단역으로 구분하여 지칭하기도 한다.

3) 인물의 제시방법

a. 등장인물의 이름

① 이름의 의미

이름은 인물의 정체성이기도 하다. 그러므로 이름은 그 자체로 인

물에 대한 다양한 정보를 드러낸다. 박조열의 〈관광지대〉에서 주인공 '한남북'은 이름의 표기에서부터 분단의 현실을 압축한다. '맥카시'는 매카시즘(McCarthyism)으로 대표되는 미국의 반공(反共)사상을 직설적으로 드러낸다고 볼 수 있고, '괴공산' 역시 당시 괴뢰(傀儡)로 불리던 북한의 공산주의 정권을 그대로 호명하는 이름이다. 유치진의 〈소〉에서 두 아들의 이름은 '개똥이'와 '말똥이'인데, 이는 가난한 소작농의 아들이라는 처지를 드러낸다. 만일 등장인물을 지칭하는 명칭이 고유명사의 이름이 아닌 직업적 직함인 경우, 그 자체가 의미가 되는 한정적 요소로 기능한다. 부장, 교사, 재봉사 등 직함으로만 등장하는 인물들은 개인적 속성을 배제된 채 해당 직업의 전형성, 혹은 사회적 의미만을 드러낸다.

이름이 갖는 의미는 현대 실험극에서 적극적으로 해체되고 있다. 특히 부조리극에서 작가들은 인물의 기표인 이름과 기의인 역할의 행위, 내용 등을 의도적으로 어긋나게 함으로써 독자나 관객을 교란시킨다. 심지어 현대극에서는 이름이 부재하는 작품들도 등장한다. 이름 대신 숫자나 알파벳 등으로 대체되는데, 이름을 갖지 못하는 인물들은 개인의 존엄이나 가치가 상실되고 언제라도 대체가능한 오브제로 변질되는 현대인을 의미하는 경우가 많다.

② 등장인물 목록

대부분의 희곡들은 첫 부분에서 등장인물 목록을 따로 표기하고 있다. 이 목록에서 극에 등장하는 인물을 따로 정리하면서 인물에 대한 정보를 요약하여 기재하기도 한다.

김상룡　　　50세, 공장주

김정수　　　70세, 그의 아버지

홍경원　　　33세, 그의 부인

혜숙　　　　12세, 그의 딸(소학생)

윤상천　　　30세, 체육가(체육구락부)

박정훈　　　37세, 의학박사

이우인　　　40세, 변호인

서춘보　　　60세, 충복(노인)

젊은 하인 A, B, C

– 송영, 〈호신술〉[291]

아나운서

한남북

어머니

아버지

괴공산

맥카시

싸우스

간첩

보좌관 · 북중좌

농부

황소

– 박조열, 〈관광지대〉[292]

일반적으로는 〈호신술〉과 같이 인물의 이름, 나이, 직업 정도와 같은 객관적 정보를 기재하지만, 〈관광지대〉와 같이 등장인물의 이름만 적는 경우도 흔히 볼 수 있다.

A   30세, 건축기사

B   45세, 고교교사

– 이재현, 〈제10층〉[293]

배우 1,2,3,4,5,6,7,8,9,10,11,12,13

여배우

악공들

소품

연출

피디

– 이현화, 〈불가불가〉[294]

〈제10층〉이나 〈불가불가〉와 같이 인물의 이름 대신 기호나 숫자들로 배치되는 경우도 있는데, 이는 현대 실험극에서 주로 사용되는 방식이다.

네 명의 직원은 다음과 같다.

최 부장	조사업무에 반생을 바쳤다고는 하나, 기실 윗사람 눈치보는 일 외에는 아무런 능력도 없는 49세의 퇴역 장교.
김 대리	35세. 입사 십 년이 넘도록 과장 진급을 못 한 불운아. 미스 리의 애인이다.
미스터하	32세의 총각. 말씨와 몸놀림이 서툴고 머리 회전이 늦은 편. 대신 매우 저돌적인 구석이 있다. 김 대리는 자신의 라이벌로 생각한다.
미스 리	29세의 미혼녀. 빼어난 미모에 유도 3단. 현실 적응력이 뛰어나다.

이 네 사람이 맡아서 한 역할들은 다음과 같다.

김억만	10억원의 보험금을 남기고 죽은 사내
이순례	삼십 년 전 하룻밤의 인연으로 김억만의 목숨을 구해 준 여인
박영문	이순례의 남편. 6·25 동란에 참전했던 상이용사. 현재는 동두천 기둥서방

이웃 남자 박영문의 친구

이웃 여자 양색시 출신이며 방영문의 정부(情婦)

수사관

국군장교

국군병사

이와는 별도로 사랑은 찾는 한 쌍의 남녀가 출연한다.

– 김광림, 〈사랑을 찾아서〉[295]

〈사랑을 찾아서〉와 같이 인물에 대한 기본적인 설정뿐 아니라 성격적 특성, 관계 등에 대한 자세한 정보를 적는 경우도 있다. 이는 등장인물 목록에서 가장 상세하게 등장인물을 설명하는 방식에 해당한다.

희곡을 읽는 독자들은 극을 읽기 전에 이러한 등장인물 목록을 통해 어떠한 인물이 나오는가에 대한 정보를 미리 탐색해 볼 수 있다. 그러나 등장인물 목록이 없는 작품들도 있다. 등장인물 목록을 적느냐 적지 않느냐, 혹은 어떤 방식으로 적느냐의 문제는 작가의 선택이다. 그들은 대체로 인물을 자신의 작품에 가장 적합한 제시 방식을 선택하고 있기 때문이다.

b. 시각적 형상화

① 신체적 특징

인물들의 성격적 특징을 부여하는 가시적인 요소로는 신체적 특징이 있다. 이는 대체로 사회문화적으로 보편화된 대중인식에 근거하는 전형적 특성에 기반하는 경우가 많다. 예를 들면 키가 크면 싱겁다, 마르면 유약하다, 금발은 똑똑하지 않다, 외양이 번드르하면 속이 비었다와 같이 신체적이 모습으로 해당 인물의 성격적 특성을 규정짓는 관습적 인식- 혹은 편견-에 근거하는 것이다. 이는 비단 희곡 뿐 아니라 소설 등 다른 문학에서도 인물의 성격적 특성을 시각적으로 형상화하는 데 사용되는 방식이기도 하다. 오히려 희곡에서는 다른 문학 장르에 비해 신체 그 자체의 특성을 적극적으로 사용한다고 보기 어렵다. 희곡이 연극으로 공연될 때, 인물을 연기해줄 배우를 캐스팅하는 과정에서 발생하는 현실적 문제 때문이다. 키가 크거나 작은, 혹은 마르고 왜소한 것 등의 신체 특징이 너무 명확할 경우 담당할 수 있는 배우의 폭에 제한이 생긴다. 그런 이유로 신체적 특징은 의상과 분장, 소도구적인 부분으로 표현할 수 있을 법한 내용 안에서 설정하는 경우가 더 많다. 오히려 신체 외형의 본래적 특징 보다는 연기적으로 사용할 수 있는 행동적 특징이나 말버릇과 같은 요소를 사용하는 것이 더 적합한 방식일 수 있다.

② 가장(假裝)적 특징

의상과 분장, 소도구들도 인물의 성격을 부여하는 기능을 하는데, 이는 앞서 언급하였듯 이는 인물의 신체적 특징과 밀접한 연관을 갖는 부분이기도 하다. '등장인물'의 어원이 가면(personando)에서 기원하였듯, 이러한 가장(假裝)의 요소들은 연극적 인물에서 중요한 의미를 갖는다. 〈의복〉과 같은 작품은 길고 치렁치렁한 옷을 덧입는 행위, 그리고 옷이 벗겨져 초라해지는 과정 자체가 극의 중심 플롯이 된다. 여기에 더해 인물이 입는 옷의 색상 그 자체가 메타포가 되기도 한다. 〈원고지〉에서는 무대는 물론 주인공인 교수가 입는 의상인 양복도 원고지 모양으로 설정된다. 이것은 원고지칸으로 상징되는 굴레 갇힌 지식인이라는 인물의 성격을 효과적으로 드러낸다.

신체나 가장(假裝)적 특징으로 인물을 형상화할 때는 가장 눈에 띄는 대표적 속성들에 집중하게 된다. 거지, 사기꾼, 회사원, 주부와 같은 인물의 전형성을 시각적으로 명기하는 것이다. 물론 이러한 내용은 극의 진행에 따라 변화하기도 한다. 사기꾼처럼 보이지만 건실한 회사원을 이야기하고 싶은 작가도 있는 것이고, 거지인 줄 알았던 인물이 부자인 반전도 존재하기 때문이다. 그러나 연극 무대에서 인물의 성격을 신체나 가장(假裝)의 요소를 사용해 시각적으로 형상화하는 방식은 가장 명확하고 빠르게 그 특징을 인지하게 하는 요소임은 분명하다.

이 작품은 '할멈'과 '영감', 단 두 사람이 등장하며 원형의 회전 무대가 돌아가며 연극이 진행되는 독특한 작품이다. 처음에 '할멈'은 팔다리가 다 드러나는 유아적인 잠옷 차림으로 등장하지만 계속 '영감'에게 별을 찾아갈 수 있는 길고 반짝이는 옷을 요구한다. 원형무대의 한 가운데에서 '영감'이 가져온 옷들을 계속 껴입는 '할멈'은 결국 옷에 압도당한다. '영감'은 '할멈'과 대비되어 점점 헐벗는 모습으로 등장한다. 인용의 부분은 두 사람이 각각 '햇빛'과 '별빛'을 직접적으로 언급하는 장면이다. 여기에서도 '할멈'은 "근사하고 멋진 길고 반짝이는 새 옷"을 계속 요구하고 있다.

c. 언어적 요소

① 대사

이름을 붙여주고, 신체적 특징이나 의상, 분장, 소도구를 세팅해 놓은 인물은 대사를 통해 비로소 생동할 수 있다. 인물의 대사는 내용적인 측면 뿐 아니라 그 내용을 이야기하는 방식, 즉 말투나 동작 등의 행위적 요소도 수반한다. 그렇기 때문에 대사의 부분은 말하는 내용과 말하는 방식, 이 두 가지 측면을 모두 고려해야 한다. 말투나 동작은 신체적 시각화의 부분과 밀접하게 연관되는 부분이기도 하다.

점례   아니, 그럼 사월이는…….

사월   알고 있었지. 훗호……. (속삭이듯) 어디서 왔지?

서방님은 아닐테고, 응? 말 좀 하라니까.

점례   (어찌할 바를 몰라서) 그럼 역시, 아까 그 소리는…….

사월   친척? 점례에게 그런 친척이 있었던가? (하며 딴전을 부린다)

점례   아니…….

사월   (추궁하듯) 왜 이렇게 우물쭈물 하고 있지? 응? 누구냔 말이야?

— 차범석, 〈산불〉[296]

사월   내가 벌을 받았나봐. 내게 애기가 무슨 소용이람. (괴로움을 참으며)

        아, 이젠 죽고만 싶어.

점례   죽는다고 일이 끝장나나?

사월   그럼 어떻게 하란 말이야?

점례   그이와 함께 도망을 가든지 해야지 이대로 있다간 모든 일이 탄로

        가 나잖아?

사월   왜 내가 그이와 도망을 간단 말야? 그럼 점례, 너는?

점례   나는 그이와 함께 살 계집이 못 돼.

사월   아니, 그게 무슨 소리야?

점례   난 비로소 알았어. 전 남편과 같이 산지가 6년이 되도록 애기를

        못 가졌을 때 나는 남편 잘못이라고 생각했어. 그렇지만 이제야

        내가 애기를 못가질 여자라는 걸 알았어. (한숨) ……

        그러니까 사월니는 나보다 더…….

사월	그게 무슨 소용이야? 나는 자식은 싫어. 생각만 해도 지긋지긋해.
점례	그런 소리 말아. 여자가 애기를 못 가진다는 건 병신이야.
	귀덕이가 병신인 것처럼 나도 병신이라니까. (하며 울기 시작한다.)
사월	아…… 하느님도 짓궂지. 가지고 싶어하는 사람에겐 안주고 가지
	기 싫어 한 사람에겐 몇이고 주다니!
점례	그런 소릴 하면 벌받아.
사월	벌? 훗호……. (히스테리컬하게 웃는다)

– 차범석, 〈산불〉[297]

차범석, 〈산불〉(1963)

이 작품은 차범석의 대표적인 사실주의극이다. 탈출 공비인 규복이 산골마을에 숨어들면서 그 마을의 여인인 점례, 사월과 비극적인 사랑을 하게 되는 내용을 통해 6·25전쟁과 분단의 비극을 상징적으로 그리고 있다. 미망인인 점례는 규복을 숨겨주는 과정에서 그와 사랑에 빠진다. 인용 부분은 규복과 점례의 밀회장면을 목격한 사월이 점례를 다그치는 장면이다. 결국 사월은 점례를 통해 규복에게 접근하고, 이로 인해 세 사람은 파국의 결말을 맞이하게 된다.

---

② 무대지시문

무대지시문은 등장인물 목록과 마찬가지로 연극의 무대에서 관객이 직접 인지할 수는 없는 부분이다. 오직 희곡을 읽는 독자들에게 작가가 인물에 대해 직접적으로 설명하는 방법이다. 그러나 이 지시문의 내용이 배우의 행동을 통해 연기로 표현되기 때문에 결국 인물의 성격을 드러내는 하나의 방식이 될 수 있는 것이다.

하인, 느닷없이 덤벼들어서 남자의 구두를 벗겨간다. 여자는 몹시 당황한다. 남자는 만류하지만 하인은 자기 행동의 정당성을 과시하려는 듯 시계를 가리킨다. 남자는 구두를 빼앗기고 하인은 벗겨낸 구두를 가져간다.

- 이강백, 〈결혼〉[298]

꿈을 잃은 교수는 맥없이 전면을 바라보며 앉아 있다. 어둠 속에서 창을 여는 소리가 나며, 감독관이 얼굴을 나타낸다.

감독관   (회초리를 흔들며) 원고! 원고는 언제 쓰는 거야?

이 소리에 교수는 정신을 차리고 다시 비참한 표정으로 번역을 계속한다. 이러는 사이에 무대 전체가 암흑화 된다. 잠시 후 새 소리, 닭 우는 소리와 더불어 무대 전체가 밝아진다. 아침이다. 교수는 책상에 머리를 박은 채 자고 있다. 플랫폼 방에서는 장남이 반나체가 되어 아령을 쥐고 운동을 하고 있다. 장녀가 아침 신문을 들고 응접실로 들어온다.

- 이근삼, 〈원고지〉[299]

교수 퇴장. 장남 등장. 장남과 장녀는 소파에 앉아 고약한 세리(稅吏)처럼 처의 귀가를 기다린다. 이윽고 처가 철문을 열고 돌아온다. 피곤에 못 이겨 허둥지둥하면서도 돈 보따리는 꽉 끼고 있다. 현기증이 심한 듯 소파 앞에 무릎을 떨어뜨리며 주저앉는다. 장녀와 장남이 여전히 무표정한 얼굴로 손을 번쩍 내민다. 처는 보따리를 헤치고 돈을 나누어 준다. 돈을 받자 두 자식은 일어서서 밖으로 나간다. 경쾌한 음악이 흘러나온다. 처가 마루에서 일어나 소파에 주저 앉아 눈을 감는다. 잠시 후 창문이 열리더니 다시 감독관이 회초리로 처를 친다. 처가 깜짝 놀라 일어난다.

감독관   연탄 준비! 김장거리! 빨랫감!
처   아이 또 독촉이군.
          (책상 쪽으로 가 천천히 흩어진 책이며 원고지를 정리한다)

                                          – 이근삼, 〈원고지〉[300]

"작가는 깊은 생각과 관찰을 통해 어떻게 하면 무대에서의 효과를 위해 성격들을 배우에게 편안하게 설정해 줄 수 있는가를 분명하게 파악해야 한다"[301]는 프라이탁의 말은 인물의 성격이 배우를 통해 상연되는 지점까지 고려할 필요가 있음을 강조하는 것이다. 이러한 강조는 다른 의미에서 본다면, 그만큼 생동감 있는 인물의 창조를 강조하는 것이기도 할 것이다. 극은 결국 인물을 통해 전개된다. 매력적인 인물일수록 극 자체를 흥미롭게 이끌 확률이 매우 높다. 현대극에서는 인물의 중요성이 거듭 강조되는 이유가 바로 여기에 있다.

4. 언어

1) 희곡언어의 특징

문학은 언어를 매개로 한다. 언어는 일상에서도 사용되지만, 문학에서의 언어는 일상에서의 언어보다 상징적이며 미학적 가치를 추구한다는 점에서 차이를 갖는다. 물론 그렇다고 해서 문학을 위한 언어가 따로 있는 것은 아니다. 동일한 언어이지만, 일종의 용법의 차이가 존재하는 것이다. 리처즈(I. A. Richards)는 언어를 그 사용에 따라 일상적 용법, 과학적 용법, 문학적 용법으로 구분한 바 있는데, 그에 따르면 언어가 문학적 용법으로 사용될 때는 단순한 의미를 전달하는 것 이상의 암시, 함축, 상징의 기능을 내포하게 된다. 즉 언어가 그 표면적 의미를 넘어서는 숨은 의미를 내포하게 된다는 것이다. 이런 이유로 문학에서의 언어에 대해서는 작가나 독자 모두 언어가 내포하는 의미에 더 집중하고 주목하게 되는 것이다.

희곡 역시 문학의 한 갈래이므로 당연히 이러한 속성을 공유하고 있다. 여기에 더해 다른 문학 장르와 변별되는 희곡 고유의 독특한 언어적 특성 역시 두드러진다.

역원   여보, 정신 차리시오. 당신은…….

사내	아닙니다. 내가 깜박 꿈을 꾸었나 봐요.
역원	여기에 와본 적 있소?
사내	여긴 처음입니다.
역원	그러시다면?
사내	얘길 들었어요.
역원	그래요? 꽤 좋았답니다. 얘길 들어서 아시겠지만 그 교회 뒤론 빽빽하니 밤나무 숲이 있었어요. 겨울엔 토끼, 사슴들이 마을에까지 내려와선 뛰어 놀았고요. 호수엔 들오리가 날고 또 거기엔 동네 처녀들이…….
사내	마리아!
역원	네? 뭐라고 했소?
사내	아무 말도 안 했습니다.
역원	지금 누구를 부르지 않았소?
사내	기도를 드렸어요.
역원	마리아라고 한 것 같은데?
사내	마리아에게 기도를 드렸어요.
역원	난 또…… 이 마을에 마리아라는 여자가 있었어요.
사내	있었군요
역원	당신은 누구요?
사내	아무도 아닙니다. 그저 지나가는 나그네입니다.

[중략]

사내   그 여자 옆에 가까이 할 수 있는 길은 그 길밖에 없지 않습니까?

역원   오, 당신이야 말로 잔인한 사람이오. 죽음 속에서도 그 여자와 같
      이 있기를 원하는 거요? 이 남편을 비켜놓고 말이오! 도대체 당신
      은 누구요? 무엇이오? 무엇을 가졌소? 당신의 무엇이 그 여자로
      하여금 당신을 기다리게 했느냐 말이오?

사내   꿈! 꿈을 가졌습니다.

역원   꿈?

사내   그렇습니다. 난 꿈을 갖고 있었습니다. 저 너머, 저 산 너머에 황무
      지와 폐허만이 가득 차 있는 그곳에 말입니다.

역원   그랬었군! 당신은 꿈을 갖고 있었군. 그 여자도 꿈을 갖고 있었지.
      당신의 꿈을. 꿈을 갖는다는 건 끔찍한 일인 줄도 모르고.

기적 소리 가까워진다.

사내   기차가 옵니다.

사내, 개찰구로 나가려고 하자 역원이 막아선다

역원   잠깐. (품 속에서 봉투를 꺼낸다) 자, 이걸 받으시오. 그리고 분향할 준

비를 해요. 우리 제사를 지냅시다. 이건 그 여자의 전부요. 자, 어서.

사내   (얼떨결에 봉투를 받으며) 어쩌자는 겁니까?

역원   난 저 기차를 타야겠소.

사내   그럼 당신도?

기적 소리가 점점 가까워진다.

역원   난 당신이 그 여자와 같이 있는 걸 원하지 않소. 그 여자는 내 거

        요. 알겠소? 내 거란 말이오. 자…… 그럼…… 잘 있으……오.

사내   여보세요, 여보!

기차의 불빛과 소음이 휩쓸리는 사이로 역원 사라진다. 사나이 뛰어나가다
가 기차가 지나가 버리자 문에 기대어 얼굴을 기둥에 묻는다. 요란하던 기
차소리가 점점 멀어지고 적막이 감싼다. 사나이가 움켜쥐고 있는 봉투에서
떨어지는 흰 뼛가루가 바람에 스산히 날려 흩어지는데 막이 내린다.

– 윤대성, 〈출발〉[302]

희곡의 언어가 갖는 특성의 첫 번째는 주된 서사가 대화(dialogue)의
형식으로 표기되는 것이다. 〈출발〉의 인용 부분에서 볼 수 있듯 희곡
은 대화로 이루어져 있고 이것이 표기의 양식에서도 명백히 드러나게

된다. 인물의 대화가 구분되어 표기되면서 소설과는 달리 인물들이 주고받는 말을 통해 극의 주요한 흐름이 형성되는 것이다. 이렇듯 대화, 즉 대사의 표기는 희곡이 다른 문학 장르와 변별되는 핵심적인 특질로 인식된다. 물론 이러한 대화의 사용이 희곡에서만 발견되는 특징은 아니지만, 대화의 사용 분량이 압도적으로 많고, 극의 진행을 대화에 전적으로 의지한다는 점에서 비중의 측면에서도 소설에 비할 수 없을 만큼 중요성을 갖는다. 그리고 이 대화의 표기는 지문이나 대사와 같은 희곡적 방식으로 좀 더 양식화되어 구분된다는 점에서 대화의 사용 방법 역시 전문적이다. 이처럼 대화는 희곡의 언어가 갖는 가장 대표적인 특징이자 핵심적인 특질이라고 볼 수 있다. 희곡의 언어는 소설과 달리 서술자(narrator) 대신 등장인물들의 대사로 이루어지는 것이 특징이지만, 서사극과 같은 현대 실험극에서는 서술자를 적극 활용하는 경우가 있다. 그러나 이것이 전통극에서 사용하는 희곡의 전형을 깨뜨리고자 하는 의도로 서술자를 사용한다는 점에서 이는 오히려 희곡에서 얼마나 대사가 중심이 되는가를 보여주는 반증이 된다.

희곡의 언어가 갖는 두 번째 특징은 즉시성이다. 희곡의 언어는 대체로 현재형이다. 앞에서 언급한 것처럼 희곡의 언어가 대화로 이루어져 있기 때문이다. 희곡의 대사는 '지금-여기', 즉 무대 위에서 인물들이 나누는 대화이므로 당연히 현재형의 시제를 기본으로 하기 마련이다. 그리고 독자 혹은 관객은 이들의 대화를 같은 공간에서 공유하게 된다. 무대 위에서 두 인물이 대사를 주고받으며 갈등을 겪는 장면을 상상해 본다면, 쉽게 이해할 수 있을 것이다. 갈등의 장면에서 발화되는 대사들―주고받는 말싸움―은 결국 인물들의 긴장과 갈등을 직접적으로 드러낼 수 있는 효과적인 방식이다. 이러한 즉시성 덕분에 희곡은 생동감과 현장감을 가질 수 있다.

희곡 언어의 세 번째 특징으로는 이중성과 상징성을 꼽을 수 있다. 앞서 리처즈의 언어 구분에서 언어의 문학적 용법은 암시, 함축, 상징의 기능이 있음을 이야기하였다. 이는 단순히 언어 그 자체의 의미 전달을 넘어서는 차원인 동시에 표면적 의미 속에 숨겨진 속뜻, 즉 진짜 의미를 드러내는 것이기도 하다. 그렇기 때문에 재미있는 극일수록 인물들은 거짓말을 한다. 겉으로 드러난 의미와 내포된 속뜻이 동일한 대사만으로는 갈등이 촉발되기 어렵다. 진실만을 이야기하는 대화를 통해서는 사건과 갈등이 발생할 수 없다. 그러므로 인물이 나누는 모든 대화가 거짓일 수는 없지만, 중요한 몇몇의 거짓을 통해 극은 비로소 구성될 수 있는 것이다. 로널드 헤이먼은 "대부분의 정치가들처럼, 극중인물들은 무엇을 알리기 위해 언어를 사용하기보다는, 무엇을 감추기 위해서 언어를 사용한다"[303]며, "등장인물은 자기가 말하려고 의도했던 것과는 정반대의 말을 한다는 점을 알게 되었다. 등장인물들이 극작가가 말하려고 한 것을 분명히 의식하고 말하는 것은 아니지만, 언어와 대사 사이에 존재하는 커다란 차이 속에서는 분명

어떤 아이러니가 발견될 수 있다"[304]고 덧붙인다. 대화 안에 숨은 뜻을 포함하는 이러한 이중성으로 통해 극은 긴장감을 가질 수 있다. 이때의 거짓은 단순히 진실에 반대된다는 의미가 아니라 진실을 내포한다는 점에서 상징적이다. 이는 희곡의 대사를 통해 사건을 진행시키고 플롯을 구성할 수 있는 중요한 요소가 된다. 앞서 인용한 〈출발〉에서는 '마리아의 꿈'이 중의적으로 사용되는 것을 볼 수 있다. 성모(聖母)의 이름이지만 남자가 사랑한 여인이기도 한 '마리아'에 대한 중의성, 그리고 아름답고 낭만적으로 보였던 남자의 '꿈'과 여자의 '꿈'이 갖는 이중성은 인물들의 현실을 파국으로 이끈다. 이러한 내용을 보다 깊게 이해하기 위해서는 단순히 언어의 표면적 의미를 넘어선 해석이 필요하다. 희곡 언어의 이중성과 상징성은 부조리극과 같은 현대극에서 더 중요하게 활용되고 있다. 왜냐하면 언어가 갖는 부조리함이나 모순 그 자체가 희곡의 중요한 주제나 용법이 되기 때문이다.

네 번째, 희곡의 언어는 인물의 성격을 드러낸다. 희곡의 대화는 대부분 대사로 표기된다. 그런데 이 대사라는 것이 전부 하나의 목소리, 이를테면 작가의 말투로 통일되면 안 된다. 각 인물마다 다른 말투를 사용해야 한다. 만일 열 명의 인물이 등장한다면, 이 인물들은 저마다 다른 열 개의 말투를 변별되게 사용해야 한다는 것이다. 가장 일반적으로 이를 구분하는 방식은 성별과 연령, 사회적 지위, 성격 등에 따라 대사를 다르게 표현하는 것이다. 노인의 말투를 쓰는 아이, 빠른 말투를 쓰는 성격 느긋한 사람, 비속어를 주로 쓰는 귀족은 자연스럽지 못하다. 아이라면 단순한 어휘와 불완전한 문법의 대사, 성격이 느긋한 사람이라면 느린 호흡의 대사를, 귀족이라면 교양 있는 어휘와 표현의 대사를 사용해야 할 것이다. 물론 작가의 의도에 따라 일부러 말투의 부자연스러움을 목적하는 경우도 있다. 기존 캐릭터의 전형성을 타파하기 위해서 노인의 말투를 쓰는 어린아이가 필요할 수도, 욕설을 입에 달고 사는 귀족이 필요한 경우도 있을 것이다. 그러나 이것역시 결국은 작가가 의도한 캐릭터를 드러내는 방식이라는 점에서 본질적으로는 희곡의 언어가 캐릭터를 드러내는 특성에 부합한다. 작가는 한 명이지만, 희곡에서는 각 발화자마다 다른 언어를 사용해야 한다는 점이 중요하다.

다섯 번째, 희곡의 언어에서는 구어적 리듬이 중요하다. 리듬은 문학 언어의 중요한 미적 요소이다. 특히 희곡의 언어는 대부분 직접적으로 발화되어 대화로 사용된다는 점에서 구어적 리듬의 영향은 매우 중요하다. 예를 들어 인물들 간의 긴장이 고조되고 심화될 때 대사의 리듬은 빨라진다. 반대로 긴장이 해소되거나 이완되는 장면에서는 대사의 리듬이 느려지는 것이 당연할 것이다. 이러한 리듬감은 극적 상황이나 인물의 성격 등 다양한 요소에 영향을 받게 된다. 언어적 리듬은 극의 흐름과 유기적으로 연결되어 극 전반에 영향을 끼친다. 구어적 리듬감이 좋은 작품은 독자의 흥미를 유발한다. 극 장르에서 '언어의 마술사'라 칭해지는 작가들은 대부분 대사의 리듬감을 잘 살리는 작가들이다. 이러한 특징은 가장 대중적인 극장르인 TV드라마를 생각해보면 쉽게 이해할 수 있다. 김수현, 김은숙 등의 작가들이 가진 가장 두드러진 강점은 바로 대사의 속도감, 리듬감이기 때문이다. 이 리듬은 시어(詩語)가 그러하듯 다양한 방법을 통해 구현될 수 있다. 희곡 언어의 성격과 리듬은 연극무대에서 인물의 발화를 통해 더 강조되기 마련이다. 그렇기 때문에 희곡의 대사에서는 방언, 비속어 등을 그대로 표기하거나 '(사이)'나 말줄임표 등의 표기를 통해 발화되는 속도까지 명기함으로써 이를 더 명확히 드러내고 있다.

마지막으로 희곡의 언어는 무대라는 공간과 그 공간에서 배우가 하는 행위에 대한 상상을 내포하고 있다. 이는 지문을 통해 우선적, 직접적으로 드러나는 부분이다.

오래 내버려둔 낡아빠진 의자며 회칠이 군데군데 벗겨져서 흙이 드러난 벽이며가 이 대합실의 분위기를 음산하게 해주고 있다. 대합실 한 가운데에 벤치가 하나 놓여 있고 벽을 따라 긴 의자들이 붙어있다. 정면에 플랫폼으로 나가는 두 짝으로 된 엉성한 유리문이 있고 벽 오른쪽에 문이 닫힌 매표구. 한밤중 플랫폼의 가로등이 희미하게 켜져 있고 실내는 그 불빛으로만 윤곽을 알 수 있을 정도로 어둡다. 차차 어둠에 눈이 익게 되면 왼쪽 벽에 붙은 의자 위에 한 사내가 쓰러진 듯 누워 있는 것이 보인다. 잠시 후

플랫폼으로부터 역원 차림의 텁수룩한 남자가 등을 손에 들고 들어온다. 누워 있는 사내를 보지 못하고 벤치 앞으로 와서 등을 의자에 내려놓고 그 옆에 앉는다. 손수건을 꺼내 이마의 땀을 닦는다.

사내   (누운 채) 여보세요!
역원   누, 누구요?

– 윤대성, 〈출발〉[305]

위의 인용은 〈출발〉의 시작 부분이다. 인용에서 보듯이 독자들은 무대지시문을 통해 무대를 구성하거나 인물들의 행동을 상상할 수 있는 것이다. 연극을 보는 관객을 대사만 들을 수 있지만, 희곡을 읽는 독자들은 이처럼 지시문을 읽으면서 무대를 상상할 수 있다. 물론 이러한 무대지시문뿐만 아니라 대사 역시 극적 상황이나 인물의 행위를 내포하고 있다. 대사는 이처럼 인물의 행동과 불가분의 관계를 가진다. 넓은 의미에서 본다면, 인물들의 대사를 통해 갈등이나 사건이 발생되고 이것이 자극받으면서 극을 추동하는 중요한 요소가 되기 때문이다. 좁은 의미에서는 배우들이 가만히 서서 대사만 하는 것이 아니라 대사에 어울리는 어조나 표정, 동작 등을 보여주는 것이 이에 해당할 수 있을 것이다. 이처럼 희곡의 언어는 단순히 언어 그 자체가 아니라 행위나 공간에 대한 부분과 밀접한 연관을 갖는다.

2) 희곡 언어의 구성

희곡의 언어는 크게 대사와 무대지시문으로 구성된다. 인물들을 통해 발화되는 대사와 달리 무대지시문은 희곡을 연극으로 상연했을 때의 연출적인 부분에 대해 지시를 하는 내용이라 볼 수 있다. 그러나 희곡을 읽는 독자들은 무대지시문을 통해 극의 시공간적 배경에 대한 이해, 그리고 인물들의 행위와 정서에 대해서도 보다 깊이 이해할 수 있다. 대사와 무대지시문은 보다 더 구체적이고 다양한 하위 항목들로 구성된다.

a. 대사

희곡의 대사는 '말해진 것'과 '말해지지 않은 것'의 두 가지 층위로 구분할 수 있다. 일반적으로 우리가 생각하는 대사인 대화를 포함해서 독백, 방백, 침묵은 '말해진 것'에 해당한다. '말해지지 않은 것'에는 전제와 함의가 있다. '말해진 것'은 표현 그대로 인물의 입을 통해 직접적으로 발화되는 것을 의미한다. 이와 반대로 '말해지지 않은 것'은 인물들의 발화 내용에는 없기 때문에 희곡의 독자들이 그 안에 숨은 내용들까지 찾아야 한다.

① 말해진 것 - 대화, 독백, 방백, 침묵

(1) 대화

대화는 둘 이상의 등장인물이 상호적으로 나누는 것을 전제한다. 이는 희곡의 언어 중 가장 중요한 요소가 된다. 왜냐하면 일반적인 희곡은 대화로 구성되기 때문이다.

희곡에서 대사는 인물의 입을 통해 발화되는 부분인데, 내용에 따라 일반적 대사(ordinary dialogue), 연설적 대사(set speech), 경구적 대사 (epigrammatic dialogue)로 나눌 수 있다. 일반적 대사는 그 용어 그대로 일반적으로 가장 널리 쓰이는 방식으로 인물들이 서로 주고받는 대화의 형태를 의미한다. 두 사람 이상의 인물들이 대사를 주고받는 상황을 설정하고 있으며, 이 때 대사의 진행을 통해 인물의 성격이 드러나거나 사건이 진행된다. 연설적 대사는 등장인물이 자신의 생각을 연설하듯 길게 이야기하는 대사이다. 때문에 웅변적 대사라고도 한다. 이러한 대사의 목적은 자신과 반대의 입장에 있는 상대방을 설득하는 것인데, 이 과정에서 작가의 생각이나 주제가 직접적으로 드러나는 경우가 많다. 이 대사의 형태를 자주, 혹은 지나치게 길게 사용할 경우 연극의 관객이 지루함을 느끼고 집중력이 약화될 우려가 있다. 연설적 대사에 쓰이는 언어는 일상적으로 사용하는 표현에 비해 조금 더 극적 관습의 성격을 띄는 언어 표현을 사용하게 된다. 경구적 대사는 속담이나 격언, 명언 등을 사용하는 대사를 의미한다. 관객들에게 친숙한 경구적 표현들을 통해 말하고자 하는 바를 압축적이고 효과적으로 전달할 수 있다. 아래 〈소〉에서 "누울 자리를 보고 다리를 뻗으려무나"와 같은 대사가 바로 경구적 대사에 해당한다.

妻(처)   그러치만 이눔아 누울 자리를 보고 다리를 뻗으려무나. 너두 아다시피 네 아버지는 집안 식구보다 소를 훨씬 소중하게 여기지 안

니? … 사람은 안 먹어도 소는 멕여야한다는 거다. 농가에 자랑꺼

리는 소라니까― 이러케 노 말하시지 안튼?

― 〈소〉[306]

(2) 독백과 방백

독백이나 방백은 대화와 달리 혼잣말에 해당한다. 이러한 공통점

때문에 이 두 가지는 상당히 유사한 성격을 갖는다. 독백과 방백은 혼

잣말이라는 성격상 수신자가 불분명하거나 부재하다. 대사이기는 하

지만, 대화와 같은 주고받음의 상호적 흐름이 아닌 일방적인 언술이

어서 극의 흐름을 일시적으로 깨뜨리게 된다. 독백은 인물의 생각이

나 마음을 입 밖으로 내뱉는 것이다. 소설에서라면 서술로 처리할 부

분을 희곡에서는 대사를 사용해 표현하는 것이다. 방백은 극적 흐름

에서 잠시 빠져나와서 혼잣말로 혹은 직접적으로 관객을 청자로 하여

말하는 것이다. 이 때, 관객을 제외한 등장인물들은 이 대사의 내용을

듣지 못한다는 전제를 하고 있다.

넓은 의미에서 방백은 독백에 해당한다고 보는 경우도 있다. 굳이

차이를 따지자면 독백은 무의식적으로 말해지는 내부지향적인 발언

으로 개인적인 내밀한 생각을 관객을 의식하지 않고 전달하는 것에

비해 방백은 관객을 의식하면서 개인의 외적 정보를 외부지향적으로

발언하기 때문에 어떤 인물이나 플롯에 대한 정보를 전달하는 내용인

경우가 많다.[307]

| 왕자2 | 이번 싸움에서 소자가 이길 수 있었던 것은 어렸을 때부터 부왕전하를 모시며 배우고 익힌 전술을 그대로 행한 덕분이었습니다. 그러하온즉 상을 받아야 할 사람은 소자가 아니라 부왕전하이시어야 하옵니다. |

왕자2　이번 싸움에서 소자가 이길 수 있었던 것은 어렸을 때부터 부왕전하를 모시며 배우고 익힌 전술을 그대로 행한 덕분이었습니다. 그러하온즉 상을 받아야 할 사람은 소자가 아니라 부왕전하이시어야 하옵니다.

왕　하하하하하…….

왕비　(혼자) 입에 침도 안바르고 거짓말을 잘도 하는군!
　　　싸움에만 능한 줄 알았더니, 이젠 말씀씨도 제법이구나.

왕　아들아, 네 말대로 넌 내 아들이자 내 신하요, 싸움에 나가서는 둘도 없 동지였느니라.

왕비　(혼자) 낙랑의 신기라는 자명고는 어찌 되었는가. 만일의 경우를 생각해 저 어린 것의 뒤를 쫓게한 자들에게선 왜 여태 소식이 없을까?

왕　하지만 이 보검은 네가 거두어라, 자칫 후세 사람들의 입에 오르지 않게 하려거든. 하하하하…….

왕자2　전하의 뜻이 그러하시다면 이 이상 사양치 않겠사옵니다.

　　　　　　　　　　　　　　　　　　　　　　　　　　－ 신명순, 〈왕자〉[308]

崔氏(최씨) (이윽고 손을 멈추고 허리를 펴면서 獨白(독백)) 아이구—허리야! (마당에 비친 그늘을 내려다보고) 발서 오때[正午]가 겨웠구나. (먼 하늘을 우둑 허니 바라보다가 한숨. 다시 밤껍질을 깐다. 間(사이)) 발서 이 제사가 마 흔두 해째로구나! 마흔두 해, 엊그제 같드니 어느결에 마흔 두 해 라니! (間) 마흔두 해가 되고 내 나히 일흔이고, 일흔 살! 많이도 살 었다. 스물 일곱 살 때 내가 그 지긋지긋한 일을 당하고는 새파란 청상과부로 자식 남매를 길러 가면서 울면불면 사느라고 이 나이 까지 살었으니, 오래도 살구말구. (間) 작년에는 이 제사를 내 손으 로 다시 지내랴? 했더니 그래 도 죽기 않고 한 번 더 지내기는 지 낸다. (뒤 울안— 舞臺(무대) 뒤에서 까치가 깍—깍— 짖는다.) 까치는 짖는 다마는 아—무도 반가운 사람 올 사람은 없다. 발서 여덟해나 두 고 일 년 삼백예순날을 밤이나 낮이다 기달려도 올 사람은 아니 온걸. (間) 애비 없이 길른 자식은 살어 생리별하고 그런 지가 발서 열여덟 해. (間) 어데 가서 죽었느냐 살어나 있느냐, 죽었다면 죽은 혼백이라도 배나 아니 고프게 제사나 지내 주렸만 죽었다는 기별 도 없고 살어있다는 소식도 없고, (한숨) 내가 죽기 전에 제 얼굴이 라도 한 번 보았으면 죽을 때에 눈이 감기렸만, (間) 전생이 무슨 업원이 그다지도 지중해서 남편이 총부리에서 죽는 것을 이 눈으 로 보고 자식을 생리별하고 집안은 치패해서 늙발에 고생을 하고 하는고!

한남북   (그들이 다 퇴장하자 관객에게 다가서며) 또 휴회가 됐군요. 이제 구경
을 집어치우고 돌아가시는 것이 어떻습니까. 아무도 대답을 안하
는 걸 보니 결판을 보구야 말 작정인 것 같군요. 하기야 인간과 소
의 교환이란 수십 만원의 여비를 쓰고 아프리카 토족 왕국에나 찾
아가야 볼지 말지 한 구경거리지요. 게다가 그 소의 모가지에 정
말 금방울이 달려 오나 하는 것 도 궁금할테죠. 아마 달고 올 것
입니다. 좀 아깝긴 하겠지만 도루 떼기도 쑥스럽겠거니와 그 보다
도 그들은 금이 많다는 것을 몹시 선전하고 싶어 하니까요. 그런
데 저에게는 또 하나 색다른 흥미가 있습니다. 그것은 그들이 황소
에게 레닌모를 씌워가지고 오지나 않을까 하는 것입니다. 다 아시
겠지만, 저 러시아 혁명을 영도한 레닌이 즐겨쓰던 그 도라우찌 말
입니다. 한국에서는 넥타이만 매면 신사가 되는 것처럼 그들은 또
레닌 모만 쓰면 공산주의자가 되는 것으로 착각하는 버릇이 있으
니까……. 그렇게만 된다면 여러분은 공산주의자가 된 황소까지
보게 되는 셈이지요. 그런데 여러분! 그 미국 소장이 왜 그토록 금
방울에 대하여 관심이 많은지 아십니까? 소문대로라면 그 미국
소장 숙소에는 곰방대, 삿갓, 치마, 저고리, 두루마기, 고쟁이, 속
옷, 탈바가지, 그리고 이조 18대 왕의 후궁 이 쓰던 백자 요강……

아무튼 굉장한 수집가인 모양입니다. 이런 미국 소장이 그 금방울 에 대하여 관심을 가질 때야 뻔하지 않습니까.

- 박조열, 〈관광지대〉[310]

위의 예시 작품들에서 볼 수 있듯이 독백이나 방백의 경우, 인물의 입을 통해 말해지는 대사이긴 하지만 같은 공간에 있는 다른 등장인물들은 이를 듣지 못한다는 전제가 설정된다. 독백의 경우 위의 〈왕자〉나 〈제향날〉에서와 같이 발화한 인물은 관객들이 자신의 혼잣말을 듣는 것을 인지하지 못한다. 그러나 방백의 경우는 위의 〈관광지대〉에서와 같이 관객을 향해 의식적으로 대사를 건네기 때문에 발화자인 인물이 다른 등장인물들은 배제하고 관객에게 건네는 대사가 된다.

신명순, 〈왕자〉(1979)

이 작품은 고구려의 호동왕자를 모티브로 하고 있다. 호동왕자의 아버지인 대무신왕의 첫째 왕비인 원비와 둘째 왕비인 차비가 있었다. 먼저 결혼했으나 한미한 친정으로 인해 차비로 머물러야했던 둘째 왕비가 호동왕자의 친모였다. 첫째 왕비인 원비는 자신의 친자가 아닌 차비의 아들인 호동왕자가 전쟁에서 큰 공을 세워 태자가 될 가능성이 높아지자, 호동왕자가 자신을 범하려 했다며 모함하였다. 호동왕자는 따로 해명을 하지 않고 자결하였다고 한다. 인용 부분은 전공을 세우고 돌아온 호동왕자("왕자2")와 기뻐하는 대무신왕("왕")을 보는 원비("왕비")를 극화하고 있는 장면이다.

(3) 침묵

거듭 강조하지만, 대사는 기본적으로 대화의 형태를 가진다. 그렇기 때문에 대화와 매우 유사한 형태와 성격을 갖는다. 이는 침묵에 대한 부분에 있어서도 마찬가지이다. 일상의 대화에서도 말과 말 사이에는 침묵이 존재하듯이 희곡의 대사에도 침묵이 포함된다. 대사로 사용될 때의 침묵은 말해지는 것 이면의 것들을 내포하거나, 말해지는 것들을 강조하거나, 말하는 화자의 심리를 표현하는 등의 역할을 하게 된다. 그렇기 때문에 희곡 안에서도 침묵은 대사의 한 영역으로 기능할 수 있는 것이다.

사월 (바싹 다가서며) 지금 그 사람이 누구야? 응?

점례 (당황하며) 아, 아니……. 누군 누구야?

– 차범석, 〈산불〉[31]

위의 〈산불〉 인용 부분에서 점례의 대사 부분의 침묵이 없다면 이 장면과 대사의 맥락은 달라진다. 점례의 침묵이 대사에 포함됨으로써 사월이가 이야기하는 사람이 누군지 알면서도 모르는 척하는 점례의 상황과 심리가 드러난다. 아울러 침묵으로 인해 점례의 거짓말은 매끄럽지 못하고 어설픈 것이 드러나게 되었고, 이는 뒤에 "그 사람"의 존재가 발각되는 전개로 이어질 수 있는 것이다. 이처럼 침묵은 대사의 전후, 혹은 중간에 삽입되어 대사의 의미와 극적맥락을 더 풍부하고 정확하게 표현해 줄 수 있다.

② 말해지지 않은 것 - 전제, 함의

(1) 전제

전제는 인물들의 대사를 통해 발화하는 내용 이전에 사실로 존재하는 것을 의미한다. 이는 대사를 발화하는 화자는 물론 이를 듣는 청자가 함께 공유하는 내용이다.[312] 이때의 청자는 작품 안에서 이 대사를 듣는 인물이기도 하지만, 보다 넓은 의미에서는 희곡의 독자를 포함한다고 볼 수 있다. 그런데 이 전제라는 것이 때로는 사회나 문화에 따라, 혹은 시대나 세대에 따라 차이를 갖는 경우가 있다. 이 경우 희곡에 적힌 대사(화자)에 대한 전제와 희곡을 읽는 사람(청자)의 전제가 일치하지 않는 상황이 발생하게 되고, 이에 따라 그 내용이 온전히 공유될 수 없어서 희곡의 언어가 오독될 우려도 있다.

예를 들어 "내가 오늘은 소고기로 쏠게"라는 대사에서는 우선 두 가지 전제가 필요하다. 첫째는 돼지고기나 닭고기 등의 고기보다 소고기가 더 비싸고 좋다는 전제이고, 둘째는 "쏜다"는 표현이 한 턱 낸다는 의미라는 전제이다. 그러나 문화권에 따라 소고기가 썩 고급의 음식이 아니거나 기피하는 음식이라면, 혹은 세대에 따라 "쏜다"의 어휘적 의미가 달라지게 된다면, 이 전제들은 화자와 청자 사이에 동일한 의미를 갖지 못할 것이고, 이 대사는 정확하게 이해하기 어려워진다.

(2) 함의

함의는 대사를 통해 직접적으로 발화된 것은 아니지만, 맥락을 통해 암시되는 의미이다.[313] 이 함의를 통해 희곡의 언어는 보다 풍성한 의미를 가질 수 있고, 보다 깊이 있는 해석이 가능해진다. 희곡을 비롯한 문학의 언어에서 이러한 함의는 언어의 상징성과 직결된다.

할멈　　여보, 구름이 흘러오고 있어요. 구름을 잡아요. 난 구름을 타고 별을 찾아갈래요. 오늘밤엔 우리들의 비행을 축복하려고 손님들이 찾아올 거예요. 우리의 위대한 비행은 선출됐으니까요. (햇빛이 서서히 사라지며 구름이 흘러온다) 여보, 귀뚜라미가 울고 있어요. (그 소리—) 무도회가 열릴 시간이에요. 모든 것은 틀림없이 준비되어 있겠죠? (사이) 자, 어서 옷을 입혀줘요. 이것보다 더 길고 반짝이는, 무도회에 입고 나갈 새 옷 말예요. 아, 난 인사를 해요. (살짝 모자를 잡고) 안녕하세요? (잠시) 축복해 줄 거예요.

영감　　아, 햇빛…… 햇빛……. (사라지는 햇빛을 잡으려는 듯이 더듬거리며 객석으로 걸어들어간다)

할멈　　별빛…… (사라지는 햇빛을 바라보며) 아, 별빛! (관객을 향하여)

신사 숙녀 여러분, 잠깐만 기다려 주세요. 아직 옷을 갈아입지 않

있어요. 미안합니다. 여러분, 이제 그이가 옷을 갖고 올거예요. 아주 근사하고 멋진 길고 반짝이는 새 옷을 갖고 올겁니다. 정말예요. 난 귀부인이거든요. (방긋 웃고) 아이 참, 이분은 뭘 꾸물거리고 있담. 손님들이 저렇게 찾아와서 기다리고 있는데, 여보, 여보, 뭘 꾸물럭거리고 있어요? 어서 옷을 갖고 와요. 아주 근사하고 멋진 새 옷, 모자로 말유. (사이) 여보!

– 이하륜, 〈의복〉[314]

〈의복〉에서 극이 진행될수록 할멈은 계속 옷을 껴입어가고, 반대로 영감은 계속 옷을 헐벗게 된다. 이는 유한한 끝을 향해가는 인간의 삶에 대한 은유이기도 하다. 할멈의 끝없는 소유를 통해 보여주는 삶의 욕망과 그럼에도 불구하고 피할 수 없는 죽음에 대한 허무함은 '별빛'과 '햇빛'의 함의로 보다 깊이를 갖고 해석될 수 있다.

b. 무대지시문

희곡이 무대에서 상연될 때, 배우를 통해 구어로 발화되는 것은 대사에 한정된다. 그러나 문자화된 언어인 희곡에서는 대사와 더불어 무대지시문을 함께 읽어야 한다. 무대지시문은 흔히 지시문, 지문 등의 용어로 사용되기도 한다. 무대지시문은 무대 공간을 세팅하거나, 장면의 전환, 혹은 배우의 행동을 직접적으로 지시하는 내용이다. 이는 연극으로 상연할 때 무대공간의 구성이나 배우의 행위를 통해 표현되는 연출에 대한 부분과 내용과 밀접한 연관을 갖는다. 그렇기 때문에 희곡의 독자들은 지문을 통해 희곡의 내용을 보다 입체적으로 상상하면서 읽을 수 있다.

무대지시문은 일반적으로 장면지시문과 행동지시문으로 구분하지만, 실제 집필의 과정에서 작가의 스타일에 따라 혼용되어 사용하는 경우가 있기 때문에 이를 엄밀하고 정확하게 구분하기는 어렵다. 따라서 장면지시문과 행동지시문의 핵심적인 기능을 중심으로 그 개념을 이해하는 것에 중점을 두는 것이 적절하다.

① 장면지시문

가장 대표적인 장면지시문은 희곡의 첫머리에서 무대공간에 대한 물리적 환경을 설명하는 부분이 해당한다.

초겨울.

洞里(동리)에서 멀―리 떠러진 深山 古刹(심산 고찰).

숲을 뚫고 가는 산길이 山門(산문)으로 들어간다. 院內(원내)에 鐘閣(종각), 그 뒤로 山神堂(산신당), 七星堂(칠성당)의 기와집웅. 재 올리는 五色 旗幟(오색 기치)가 펄펄 날린다. 後面(후면)은 비탈. 右邊(우변) 바윗틈에 샘에서 내려오는 물을 받는 통이 있다.

재 올린다는 소문을 들은 求景群(구경꾼) 떼들 山門(산문)으로 들어간다.

淸淨(청정)한 木鐸(목탁) 소리와 念佛(염불) 소리. 이따금 북소리.

[후략]

— 함세덕, 〈동승〉[315]

〈동승〉에서 볼 수 있듯이 대부분의 희곡들은 서두 부분에서 희곡의 시공간적 배경에 대한 무대 구성이나 인물에 대한 설명을 함으로써 극의 장면을 상상할 수 있게 한다. 이는 희곡을 시작하는 데 있어 일종의 정보제공의 기능을 하는 것이다.

道念(도념) (무릎을 꿇고) 스님, 이 잣은 다람쥐가 겨울에 먹으랴구 등걸 구멍에다 뫄둔 것을 제가 아침이면 몰래 끄내 뒀었어요. 어머니 오시면 듸릴려구요. 동지 섯달 긴긴밤 잠이 않 오시어 심심하실 때 깨무십시요. (山門(산문)에 절을 한 後(후)) 스님, 안녕히 계십시요.

멀리 洞里(동리)를 내려다보고 길—게 한숨을 쉰다.

靜肅(정숙).

院內(원내)에서는 木鐸(목탁)과 住持(주지)의 念佛(염불) 소리만 淸淨(청정)히 들릴 뿐.

눈은 漸漸(점점) 펑펑 내리기 始作(시작)한다.

道念(도념), 山門(산문)을 돌아다보며 돌아다보며 비탈길을 내려간다.

– 함세덕, 〈동승〉³¹⁶

위의 인용은 〈동승〉의 결말 부분이다. 이처럼 극의 서두뿐 아니라 희곡의 마지막 부분에서 극의 마무리 장면을 설명하는 것 역시 장면 지시문에 해당한다.

② 행동지시문

행동지시문은 인물의 극적인 행동에 대한 지시문이다. 인물들의 등장과 퇴장, 동작이나 표정 등에 대한 구체적인 내용을 드러낸다. 대사 사이에 문장의 형태로 표기되거나 혹은 대사 안에 괄호 안의 내용으로 표기된다.

求景(구경)오는 婦人(부인)네들 한 패가 숨을 가쁘게 쉬며 올라온다.

寡婦(과부) 극락이 이렇게 높다면, 난 지옥엘 갈망정 않 갈 테유.

새댁　　숨 좀 돌려 가지구 들어갑시다. (院內(원내)를 기웃거리다 안을 가리키며 樵夫(초부)에게) 저이가 서울서 온 분이에요?

樵夫(초부) (나가며) 난 이 절 사람이 아니요. (道念(도념)을 가리키며) 얘더러 물어보슈.

樵夫(초부), 다시 나무를 긁으러 내려간다.

– 함세덕, 〈동승〉[317]

　개념상 이처럼 무대지시문을 장면지시문과 행동지시문으로 구분하기는 하지만, 앞에서 설명하였듯 작가가 쓴 장면지시문 안에 행동지시문의 성격을 갖는 내용이 포함되기도 하는 등 실제 작품 안에서는 내용상으로 엄격히 구분하기 어려운 경우들이 많다.

5장 한국 희곡사

1. 1900년대 전후

우리나라의 전통 연희(演戱)는 주로 야외 공간에서 공연되었다. 그런 의미에서 옥내(屋內) 공연장, 즉 근대적 건물 형태를 갖춘 극장 공간의 발생은 한국 연극사나 희곡사(戱曲史)에 있어서 큰 지각 변동으로 기억될 만하다. 극장 이전의 연희들은 주로 옥외(屋外) 공간, 즉 야외의 빈 공간이나 집의 마당 등에서 유랑하던 놀이패 등에 의해 공연되었는데, 이러한 연희는 문자로 된 희곡을 바탕으로 한 공연이 아니라 옛날부터 구전(口傳)으로 계승되었던 예능(藝能)을 펼쳐 보였던 방식이었다. 이를테면 탈춤, 꼭두각시 놀음, 판소리, 산대(山臺) 놀이, 북청 사자 놀음 등은 문자로 창작된 희곡 텍스트 없이 사람이 모이는 야외 공간에서 공연되었다. 이러한 형식의 전통 연희 방식은 엄격한 의미에서 근대극이라 부르기가 어려웠다.

어떤 작가가 당대의 현실 가운데서 시대적, 환경적 여건과 인간적 삶의 상관성을 토대로 하여, 그러한 현실에 대한 합리적인 비판이나 진보적인 대안을 제기하는 것을 근대적인 자각(인식, 의식, 사상)이라 한다면, 그러한 자각을 전통적인 공연 양식이 아닌, 객관적 관점을 특징으로 하는 새로운 희곡 양식에 의해 기록적(記錄的)으로 표현한 작품을 근대극이라 할 수 있다. 아울러 이러한 근대적인 자각이 전반적으로 시대정신을 형성하고 근대적인 양식이 보편적으로 시대양식을 대표하는 시대를 근대극 시대라고 말할 수 있을 것이다[318]

위의 글은 '근대적인 자각', '희곡 양식에 의해 기록적으로 표현한 작품' 등의 조건에 맞는 것을 근대극이라고 보고 있다. 조선 후기의 연희 양식, 즉 일반적으로 전통극(傳統劇)이라고 불리던 공연 형식들은 희곡이라는 기록 시스템을 토대로 이루어진 것이 아니었다. 그러다보니 문학가로서의 희곡 작가, 희곡을 해석해서 자신만의 연기로 승화시키는 배우, 희곡 무대와 배우들의 연기를 총 지휘하는 연출가 등과 같은 전문적이고 분업화된 공연 시스템이 구축되지 못했었다. 그런 의미에서 근대식 건축물로서 극장 건물의 등장은 우리나라의 연극사와 희곡사에서 매우 중요한 변곡점이 되는 것이다.

우리의 경우는 구조적으로 연극이나 무용, 음악 연주 등을 공연할 수 있는 세련된 극장은 커녕 겨우 옥내극장을 20세기 초에 들어서 갖게된 것이다. 그나마 엉성한 극장이라도 가졌기 때문에 전통예술의 명맥을 이을 수 있었다. 극장의 개설로 전통예술의 보존 전승에 그치지 않고 일본과 서양에서 들어온 근대적인 공연예술과 영상예술도 수용하고 또 발전시킬 수도 있었다. 가령 광무대(光武臺)가 없었다면 전통공연예술의 존속이 쉽지 않았을 것이고, 연흥사(演興社)가 없었으면 1910년대 신

파극의 진전이 쉽지 않았을 것임은 불문가지의 일이다.[319]

위의 글은 '근대적인 자각', '문학 텍스트로서의 희곡' 등과 더불어 '극장(劇場)'이 근대극의 중요한 요소임을 말해준다. 1902년 8월에 황실(皇室) 극장 협률사(協律社)의 건립에 주목할 필요가 여기에 있다. 협률사 설치에 관해서는 여러 가지 설들이 존재하지만, 여기에서 보다 중요한 지점은 비록 전통 연희라 하더라도 그 작품이 실내에서 공연되었다는 것이다. 근대극의 "출발점은 자연히 3.1 운동 직후로 넘어가게 된다."[320]는 견해와 함께 협률사와 같은 "극장에서는 근대 연극의 조그마한 싹이 돋아나고 있었다."[321]는 견해도 참조해야 한다. 물론 협률사의 주요 공연 목록이 〈춘향가〉, 〈심청가〉, 〈흥보가〉, 〈수궁가〉, 〈적벽가〉, 〈배비장전〉, 〈장화홍련전〉 등에 국한되었기 때문에 본격적인 의미에서 근대극을 선보인 것은 아니었다. 그럼에도 불구하고 협률사는 "수백 년 내려온 우리나라 공연예술사의 전기(轉機)를 만든 극장"[322]으로서 그리고 "처음부터 연극장으로 세워진"[323] 곳으로서 연희(演戲)를 전용 공연장 내에서 감상할 수 있는 계기를 마련했다는 점에서 근대극의 여명기를 대표하는 공간으로 볼 수 있을 것이다. 협률사라는 옥내 공연장의 등장은 판소리의 창극화(唱劇化)를 선보였는데 창극 운동은 "판소리 전통의 현대적인 계승으로서 … 이 시기에 가장 괄목할 만한 연극사적 사건인 동시에 희곡 장르 성립에 하나의 중요한 계기"[324]로 기억될 만하다. 그러나 우리나라 최초의 국립극장이자 옥내 공연장이었던 협률사는 공연 작품들이 풍속을 저해한다는 비판적인 여론에 못 이겨 1906년 4월에 문을 닫게 된다. 비록 "협률사는 폐지되었으나 그 명칭은 이후에도 오랜 동안 극장이나 전통적인 연희를 하는 집단의 대명사로 사용"[325]됨으로써 그 영향력을 완전히 잃지는 않았다. 1908년 7월, 협률사 내부를 수리해 개관한 원각사(圓覺社)는 이인직의 〈은세계(銀世界)〉를 공연했는데 이 작품도 창극(唱劇) 형식이었다. 〈은세계〉는 "현실성이 강하다는 점에서 전통 판소리의 설화성과 구별되며, 현실성이 당시 사회 조건, 환경과 호응을 이뤘다는 점에서 자생적인 사실극(寫實劇)으로 획기적 의의"[326]를 인정받기도 한다. 원각사는 관인구락부(官人俱樂部)가 협률사 자리에서 남대문 지역으로 옮기고 신소설 작가인 이인직이 관여하면서 활동을 시작했다.[327] 이에 따라 "우리나라 신연극(新演劇)의 창시자는 이인직이요, 그 첫 레퍼토리는 〈은세계〉였다"[328]고 말해지기도 한다.

협률사로부터 원각사 극장에 이르는 20세기 초는 근대적 물결이 굽이치는 변화기로서 창극과 같은 약간 새로운 연극 양식이 생겨나기 위한 몸살을 앓던 때였다. 특히 연극을 하는 사람들이나 관객들이 현실에 밀착하려는 경향이 강했다는 것은 근대극이 싹틀 수 있는 분위기가 서서히 마련되고 있었다는 이야기도 된다.[329]

1908년 전후로 서울에 광무대, 연흥사, 장안사 등 한인극장(韓人劇場)이 선을 보이면서 본격적인 옥내 공연 문화가 확산되기 시작한다. 정해진 시간에, 정해진 공간에서, 정해진 입장료(공연 감상료)를 지불하고, 옥내에서 관람하는 문화는 이전의 전통 연희 감상과는 큰 차이점을 보여줄 수밖에 없다. 물론 당시 공연에 대한 관람객의 태도에 대한 신문 기사를 살펴보면, 지금과 같이 정숙한 자세로 작품을 감상하기보다는 무질서하고 소란스러운 분위기 속에서 작품을 즐겼던 것으로 보인다. 주목할 만한 사실은 창극 운동이 활발하게 펼쳐지던 1910년을 전후해서 '신연극(新演劇)'이라는 용어가 널리 사용되었다는 점이다.

> 이는 1920년대 이후에 사용한 신극(新劇)에 대한 선행 개념으로서, 일본에서 수용된 새로운 연극양식인 초기의 신파극과 판소리를 개량한 창극을 통칭하여 신연극이라 하였던 것이다. 신파극을 신연극이라 한 것은 일본의 경우에도 마찬가지였으나, 창극을 신연극이라 한 까닭은 판소리가 낡은 방식임에 비하여 그것을 새롭게 만든 연극이라는 취지에서 붙인 명칭임이 분명하다.[330]

1910년을 전후하여 유행했던 '신연극'이라는 용어가 비록 정확한 개념으로 명명된 것은 아니었지만, 전통 연희와 구별되는 새로운(新) 연극을 상상하고 시도해 보았다는 점에서는 그 의의를 둘 필요가 있다.

소위 근대극 이라고 부를 만한 본격적인 창작 희곡이나 공연은 아직 도래하지 못했지만 극장이라는 근대 건축물의 등장으로 인해 옥내 공연 관람이 시작되었고, 근대적인 공간과 시간 개념이 관객들에게 내면화되었다는 점은 중요하다. 극장 체험은 야외에서 전통 연희를 즐기던 사람들에게 매우 새로운(新) 감각을 요구했기 때문이다.

2. 1910년대

'신연극(新演劇)'이라는 용어는 창극 운동이 활발하게 이루어졌던 1910년을 전후로 자주 사용되었는데, 당시 우리나라의 전통 연희 중심의 레퍼토리를 극장에서 관람하던 관객의 입장에서는 일본의 신파극 양식이 새로운(新) 연극으로 인식되었던 것이다.[331] 여기에서 신파극에 주목할 필요가 있는데 "1910년대의 약 10 년간은 신파극으로 시종(始終)한 시기"[332]이기 때문이다.

1876년 병자수호조약을 통해 우리나라와 일본 사이에 통상(通商) 조약이 맺어진 후, 우리나라에 대한 일본의 지배권을 강화하기 위한 대한(對韓) 식민정책의 전개와 더불어 많은 일본인들이 들어왔는데 이에 따라 일본 연예인들도 우리나라에서 일본 연희를 벌이게 되었다.[333] 남대문 근처에 일본인들의 집이나 상가들이 생기기 시작했고, 이후 일본 이주민들의 수는 급격하게 늘었는데, 1905년 을사보호조약 이후부터는 충무로 일대에 일본인 촌(村)이 형성되었다.[334] 이때 일본에서 건너온 연희 집단은 일본인 전용 극장들을 세우기 시작했는데 주로 일본인의 집단촌인 명동, 충무로 일대, 남대문 근처가 주요 거점 공간이었다.[335]

충무로의 일본인 극장에서 허드렛일을 하고 있던 임성구가 일본의 신파극을 경험하고 이후 혁신단(革新團)을 창단하여 1911년에 남대문 밖에 있던 어성좌(御成座)에서 〈불효천벌(不孝天罰)〉을 공연하였다. 이 작품은 일본 작품 〈뱀의 집념(蛇の執念)〉을 번안한 것으로서 우리나라에서 처음으로 선보인 신파극이었다. 물론 일본의 신파극을 모방한 작품이라는 한계는 분명하지만 "우리의 전통극과는 전혀 색다른 연극 양식운동이 일어난 것이고, 그 내건 표어가 권선징악(勸善懲惡), 풍속개량(風俗改良), 민지개발(民智開發), 진충갈력(盡忠竭力) 등이었다는 점에서 다분히 신문화 운동과 궤를 같이 했"[336]다는 연극사적 의미도 지닌다.

1910년대 우리 연극계는 신파극 시대라 할 수 있을 만큼 단체의 창설과 공연 활동이 빈번하였다. 조금 재능이 있다고 인정되는 배우 몇 사람만 모이면 곧 극단이 형성되었으며, 일본 작품의 번안이든 현실적인 소재를 바탕으로 한 구성(構成)이든 혹은 신문연재소설의 각색이든 모처럼 형성되어 가는 관객들의 취향과 영합할 수 있는 공연이라면 때와 장소를 가리지 않고 성급하게 무대화시켰다. 종래 광대 중심의 연희가 이 시기에 이르러 배우 중심의 연극으로 바뀌어갔으며, 배우에 대한 대중적인 인기와 호응이 흥행을 좌우하는 이른바 스타 시스템(Star-System)의 바람이 일기 시작하였다.[337]

위의 글에서 알 수 있듯이 신파극은 본격적인 근대 희곡으로 평가하기에는 한계가 있다. 그러나 배우 중심의 스타 시스템, 극장에서 연극을 관람하는 관객층의 형성, 우리나라의 전통 연희와는 구별되는 신(新) 양식의 연극 등에서 한국 근대 연극 문화에 자극을 주었다는 점에서 기억할 만하다. 이후 윤백남의 가정 비극 〈불여귀(不如歸)〉, 이기세의 〈장한몽(長恨夢)〉과 같은 신파극이 흥행에 크게 성공함으로써 1910년대의 신파극 열기를 이어나갔다. 1910년대의 신파극은 통속성과 모방성 때문에 희곡사적 평가를 높게 받지는 못하지만 연극사적 의의는 존재했다. "새로운 극장 문화를 성립하는 데 기여했다는 점, 새로운 연극 예술을 성립시키고 발전시키는 데 기여했다는 점, 계몽성과 오락성 제공에 기여했다는 점, 새로운 희곡 문학을 성립시키는 데 기여했다는 점"[338]이 그것인데, 신파극 특유의 최루(催淚) 효과와 감상주의는 현대 우리나라의 대중영화와 TV드라마에도 이어져 오고 있다는 점에서도 주목할 만한 대상이라 할 수 있다.

1910년대는 희곡이 지면에 발표되기 시작한 때로도 기억할 만하다. 조일재는 1912년 『매일신보』에 〈병자삼인(病者三人)〉이라는 희곡을 연재했는데 이는 우리나라 최초로 지면에 소개된 희곡 텍스트라는 타이틀을 갖게 된다. 그 동안 〈병자삼인〉은 "지상(紙上)에 발표된 최초의 희곡"[339], "우리나라 최초의 희곡"[340], "최초의 본격적인 희곡 창작"[341]이라고 평가를 받아왔지만 이 작품은 일본 신파극인 〈희극 우승열패(喜劇 優勝劣敗)〉(1911)의 번안작으로 밝혀졌다.[342] 비록 우리나라 최초의 창작 희곡은 아니지만 이 작품은 "개화기 희곡과 근대 희곡 사이에서 다리와 같은 소임을 하고 있는 작품"[343]이라는 평가와 함께 "작품 외적 환경에 의해 그 자체로 분열적인 수용 양상을 내포하고 있으며, 작품 내적 내러티브에 있어서도 '근대성/식민성', '가부장주의/여성주의', '환상성/사실성', '동일성/위반성'의 경계를 어지럽게 넘나"[344]드는 희곡이라는 평가도 받았다. 따라서 우리나라의 근대적인 희곡 창작의 시작은 이광수의 1917년도 발표작인 〈규한(閨恨)〉, 그리고 뒤이어 발표된 윤백남의 〈국경〉, 최승만의 〈황혼〉 등에서 찾아볼 수 있을 것이다.

이광수의 〈규한〉은 조혼의 부당성을 비판한 단막극으로, 공연된 기록은 없는데 실제로 무대에 올리기도 쉽지 않았던 작품이다. 그의 후속작 〈순교자〉는 조선 시대 말의 천주교 탄압을 소재로 한 작품으로 〈규한〉에 비해 갈등이 보다 집약되어 있고 성격 묘사와 무대적 기교가 더욱 발전된 작품이다. 윤백남의 〈운명〉은 사진만 보고 결혼한 신여성의 비극을 통해 전환기를 맞은 그릇된 결혼 의식과 출세 의식을 비판한다. 최승만의 〈황혼〉은 조혼(早婚)으로 인한 부부간의 비극을 취급하고 있다.[345] 이들의 희곡 작품들은 초창기 희곡사에서 지면으로 발표된 작품들이라는 의의는 있으나 극작술이나 근대의식의 수준에서 많은 한계점을 지니고 있다는 특징도 가지고 있다.

3. 1920년대

한국의 본격적인 근대극은 1920년대 초 학생극 운동에서 시도된 것으로 볼 수 있다. 이 시기의 학생극은 학생회, 청년회, 청년종교회 등의 세 갈래로 전개된 소인극(素人劇) 운동의 중심으로서 1930년대 이후까지 활발하게 전개된다. 이 학생극의 출발은 극예술협회(劇藝術協會)의 활동에서 찾아볼 수 있다.[346]

극예술협회는 1920년 봄 동경에서 김우진, 조명희, 홍해성, 조춘광, 김영팔, 최승일 등이 조직한 극예술연구 단체이다. "이들은 매 토요일마다 모여 외국의 고전 및 근대극 작품들을—셰익스피어, 괴테, 하우프트만, 고골리, 체홉, 그리고 고리키에 이르기까지 그 연구 대상에 올렸다."[347] 이 단체는 1년 뒤에 "동경의 한국 노동자와 학생 단체인 '동우회'로부터 회관건립기금 모금을 위한 하계순회극단 조직을 요청"[348]받게 된다. 동우회의 전국 순회 공연이 전국의 많은 관객들로부터 큰 호응을 이끌어낸 것을 계기로 다수의 연극단체가 결성되고 이들도 전국을 순회하면서 공연하는 분위기가 확산되었다. 각 지역에서 조직된 다양한 소인극(素人劇) 공연도 활발하게 전개되었는데 이러한 연극 활동은 신극 운동을 향한 발걸음이기도 했다.

이러한 연극 열기에 수반하여 신극운동을 표방한 전문극단들이 하나 둘씩 조직되기 시작한다. 극문회(劇文會), 극성회(劇星會), 민중극단(民衆劇團), 백조회(白鳥會), 예술협회(藝術協會), 토월회(土月會) 등이 그 대표적인 극단들인데, 이 중 토월회의 활동이 가장 적극적이었고 지속적이었다. 명치대학 영문과 1학년생이었던 박승희를 비롯해서 김팔봉, 김복진, 이서구, 박승목, 김을한, 이제창 등 7명이 1922년 10월에 문예서클을 조직했다.[349] 일종의 독서 윤독회(輪讀會)였던 이 모임은 연학년과 이수창이 가담하여 9명으로 늘었고, 여류시인 김명순과 그의 애인 임노월도 객원으로 참가했다. 김팔봉이 내놓은 '토월회'라는 명칭이 정식으로 채택되었는데, 현실에 발을 디디고 서있되(土), 이상은 명월(明月)같이 높아야 한다는 풀이가 좋았기 때문이었다.[350]

1920년대에 연극의 사회관(社會觀)이 글로 발표되기 시작했는데, 윤백남의 〈연극과 사회〉를 시작으로 다양한 연극인들이 각자의 연극 이론이나 연극과 사회에 대한 글을 선보였다. 이 시기의 연극 관련 글들은 대체로 연극을 민중 계몽의 도구로 보는 입장, 즉 연극을 통한 사회와 민중의 계몽에 그 목적을 두고 있었다. 1920년대의 연극사적 특징을 당시의 사회적 배경과 연결 지어 다음과 같이 정리해 볼 수 있다.

① 1920년대 연극은 일종의 민족운동의 성격을 띤 계몽운동으로 전
   개되었다.

② 일본을 통한 근대극 수용이 활성화되었다.

③ 희곡 장르에 대한 인식의 확대와 함께 창작 희곡이 급증했다.

④ 외국의 연극 이론 수용과 번역극 활동이 활성화되었다.

⑤ 연극 비평 분야가 성립되기 시작했다.

⑥ 프로 연극 운동이 시작되었다.

⑦ 연극 감상에 대한 관객들의 수준이 향상되었다.[351]

1920년대에서 가장 주목할 극작가는 김우진이라 할 수 있다. 그
는 1925년에 〈이영녀(李永女)〉을 발표하고 이후 표현주의극인 〈난파(難
破)〉, 그리고 〈산돼지〉와 같은 괄목할 만한 희곡들을 창작한다. 그의
작품 중 〈난파〉는 한국 최초로 표현주의 경향을 시험해 본 작품이라
는 점에서 특히 주목되는데, 이러한 김우진의 활동으로 한국 희곡문
학의 수준이 한 단계 높아질 수 있게 된다. 〈이영녀〉는 1920년대 사
실주의 희곡의 한 성과라 볼 수도 있는데 이 작품과 김동인의 단편소
설 〈감자〉를 비교한 다음 설명을 살펴보자.

김우진은 "만일 〈감자〉의 작가가 일정한 주의(主義)와 주장이 있는
이라면 〈감자〉보다 더 훌륭한 장편을 만들 줄" 알았을 것이라면서 자신

의 작가 의식과 차별화하고 있다. 또한 그는 <감자>가 "'예술가 자신의 막지 못할 예술욕에서' 창작하는 이"의 스케치에 지나지 않는다고 비판한다. <이영녀>에서 여주인공의 매춘 행위는 철저히 고단한 노동의 하나로 규정된다. 이영녀는 매춘 행위에 대해 어떤 개인적인 정념이나 애증을 가지지 않는다. 그녀에게 필요한 것은 매춘을 통한 '임금'을 확보하는 일과, 그 직업을 지속시킬 수 있는 자신의 '노동력'뿐이다. 그런 의미에서 이영녀는 남자에 대해 질투를 느끼는 복녀와는 달리 '매춘'이라는 직업에 종사하고 있는 여직원에 속할 뿐이다. 바로 이 점이 김동인과 김우진의 차이이다.[352]

이 밖에 김정진의 〈기적 불 때〉, 김영팔의 〈부음(訃音)〉 등 프롤레타리아 계열의 희곡, 조명희의 〈김영일의 사(死)〉, 박승희의 〈혈육(血肉)〉, 〈아리랑 고개〉 등의 작품도 주목할 만하다.

이 시기는 1910년대의 신파극의 통속성과 대중 영합적인 속성들을 극복함으로써 독립된 문학으로서의 희곡 장르를 구축해 나가기 시작한 때라고 할 수 있다. 이 시기에 대중 극단들의 활동이 활발해졌기 때문에 연극 공연 대본으로서 희곡의 중요성도 상대적으로 증가했다. 근대문학으로서 희곡 장르에 대한 자각, 왕성해진 극단들의 활동에 따른 희곡 대본의 필요성 증대, 민중과 사회에 대한 계몽 수단으로서 희곡 장르의 유효성 등에 따라 희곡을 창작하는 작가의 수가 늘어나기 시작했다.

프롤레타리아 예술과 계급문학에 대한 의식을 지니고 연극 활동을 시작한 최초의 단체는 1922년 송영, 이적효, 박세영 등이 조직한 '염군사(焰群社)'로 알려져 있다. 그러나 이들의 연극 활동이 구체적으로 드러난 바는 거의 없다. 게다가 연극부가 따로 조직되었는지도 알 수 없기 때문에 본격적인 프롤레타리아 지향의 연극 단체로 보기에는 한계가 있다. 기록상으로는 1927년의 '불개미극단'이 정치적이고 사상적인 경향이 제일 선명했던 최초의 프로연극 단체라고 볼 수 있지만 이렇다 할 활동이 없이 해산되었기 때문에 연극사적인 위상은 미미하다고 할 수 있다.

4. 1930년대

1931년 6월 18~24일의 극영동호회(劇映同好會) 주최, 동아일보사 후원으로 개최된 연극영화전람회가 대성황을 이루자, 여기에 참여하였던 인사들은 모임을 확대하여 그 해 7월 8일 극예술연구회(劇藝術研究會)를 창립한다. 이 극예술연구회(약칭 '극연')는 동년 8월 10일부터 23일까지 '제1회 하기 극예술연구회'를 개최하고 11월 8일에는 직속극단 '실험무대'를 조직한다. 극영동호회와 극예술연구회의 설립 과정은 다음과 같다.

마침 동아일보에는 서항석이 기자로 일하고 있었고 윤백남은 소설을 연재하고 있었기 때문에 그곳 후원으로 1931년 6월에 전람회를 열 수 있게 되었다. 그런데 신문사 후원을 받으려면 주최자가 있어야 하므로 임시로 극영동호회라는 명칭을 신문에 적어 넣은 것일 뿐 실체가 있었던 것은 아니었다. 그런데 이 전람회에 호의를 가졌던 해외문학파들이 그해 7월에 전동식당에 모여 분출구를 찾아낸 것이 다름 아닌 극예술연구회 창립이었다. 물론 이들이 극예술연구회를 창립하는 데는 일단 명분이 있어야 하는데, 그 시기에는 그럴 만한 충분한 이유가 있었다. 그것이 다름 아닌 우리나라 연극문화의 후진성 극복이었다.[353]

극예술연구회는 '해외문학파'의 구성원들이 중심이 되어 조직된 단체이다. 극연의 회원들 중에서 연극을 전문적으로 공부한 인물은 홍해성과 유치진이라 할 수 있다. 해외문학파 소속의 인원 중심의 단체였던 극연은 서구의 극을 번역한 작품이나 유치진의 창작 희곡을 무대에 올렸지만 연기력에 있어서는 아마추어적인 수준에서 크게 벗어나지 못했다. 비록 왕성하게 근대 서구극을 번역해 공연하고 창작 희곡도 무대에 올렸지만 공연상의 미숙함 때문에 기성극계로부터 많은 비난을 받게 된다. 프로연극측으로부터는 소(小)부르주아의 반동적이고 반계급적인 연극이라고 비판을 받았고, 신파극이나 대중극을 주로 올렸던 흥행극계로부터는 무대 예술을 제대로 숙지하지도 못한 아마

추어 연극에 불과하다는 비난을 받았다.

그러나 극예술연구회의 이른바 신극 운동은 1930년대의 극작가들에게 적지 않은 자극을 주었다. 〈토막(土幕)〉 이후 유치진은 1930년대 식민지 현실을 사실적으로 그린 〈버드나무 선 동리의 풍경〉, 〈소〉 같은 작품들과, 낭만적 경향의 〈당나귀〉, 〈자매(姉妹)〉, 〈개골산(皆骨山)〉 등의 작품들을 계속 발표하면서 한국의 대표적 극작가로 자리 잡게 된다.

> 유치진이 그리려는 것은 2, 30년대 한국인의 불행한 삶이고 그런 삶 뒤에 도사리고 있는 구조적 모순을 드러내고 고발하자는 데 있었다. 그가 농촌을 무대로 삼고 농민을 그리려 한 것은 농촌이야말로 일제의 수탈정책이 가장 첨예하게 나타난 곳이고 그 반응도 예민했기 때문이다. 사실 식민지정책으로 말미암아 제일 먼저 나타난 현상이 농촌 붕괴와 농민 몰락이었던 것은 주지의 사실이다. 〈토막〉만 하더라도 두 농가 즉 명서가(明瑞家)와 경선가(敬善家)의 몰락 과정을 비극적으로 그린 것이다.[354]

유치진으로부터 극작술을 배운 함세덕은 완성도 높은 극작법을 선보였다. 그의 데뷔작 〈산허구리〉와 〈무의도 기행(紀行)〉은 해방 전의 대표적인 어민극(漁民劇)이라 할 수 있으며, 〈도념〉이라는 제목에서 새롭게 개명한 〈동승(童僧)〉은 오늘날 공연되어도 여전히 감동을 주는 해방 이전 한국단막극의 대표작이라 할 수 있다. 그의 대표작 〈동승〉에 대해서 살펴보자.

겉으로는 인간적인 사랑을, 속으로는 불타(佛陀)적인 사랑을 변증법적으로 추구하는 이 작품은, 사태 전개가 긴밀한 짜임새를 갖추고 분위기와 인물 각자의 의지와 심리를 섬세하고 진실하게 잘 드러내어, 사실주의의 높은 경지를 만들어 냈다. 이 작품에서 함세덕의 감각적이고 심리적이고 함축적인 언어 능력은 절정을 드러내었다. 시적 사실주의나 서정적 사실주의의 창조적 경지를 구체화시킨 수작으로 평가된다.[355]

소설가 채만식도 많은 희곡을 남겼는데 그 중 〈제향(祭饗)날〉은 이야기 구조 속에 3대의 역사를 담고 있어 주목받을 만하며, 그 밖의 그의 많은 농촌극들은 촌극(寸劇)의 한 전형으로서 활발한 연구의 대상이 되고 있다. 이 밖에도 김진수의 〈길〉, 이광래의 〈촌선생(村先生)〉, 이서향의 〈다리목〉, 주영섭의 〈나루〉, 남우훈의 〈눈 오는 밤〉, 이무영의 〈아버지와 아들〉, 김송의 〈주막(酒幕)〉, 이태준의 〈산(山) 사람들〉, 남궁만의 〈청춘〉 등의 많은 작품들이 창작되고 공연되었다.

1930년대에는 본격적인 흥행 위주의 대중극단들이 활발하게 공연을 올렸다. 1935년 11월 개관한 우리나라 최초의 연극전용극장 동양극장(東洋劇場)의 직속극단으로서 청춘좌(靑春座), 동극좌(東劇座), 희극좌

(喜劇座)가 주목할 만한 대중극단이었다. 이후 동극좌와 희극좌가 합쳐져진 호화선(豪華船), 그리고 호화선이 개편된 성군(星群) 등의 활동이 가장 주목할 만하였다. 이 시기에 활발한 활동을 펼쳤던 극단으로는 다음과 같은 단체들이 있었다. 조선연극사(朝鮮演劇舍), 문외극단(門外劇團), 동양극장 소속의 청춘좌(靑春座), 아랑(阿娘), 일본에서 귀국한 연극인들이 중심이 되어 조직한 조선연극협회(朝鮮演劇協會), 소위 중간극(中間劇)을 내세웠던 중앙무대(中央舞臺), 연극 도중에 영화 장면을 삽입하여 공연했던 연쇄극의 신무대(新舞臺), 지방 순회공연을 위주로 한 신파성 짙은 황금좌(黃金座) 등이 1930년대 대표적 극단이라 할 수 있다. 특히 동양극장의 경우 전속극단에 유수한 연극인을 많이 포섭하여 극계(劇界)의 사기를 진작시켰고, 이 땅에 있어서 연극 전문극장의 존립과 연극의 기업화와 연극인의 경제적 안정이 가능함을 입증해 주었으며 그 무대를 통하여 재주 있는 신인을 배출하였기 때문에 연극사적 의의가 적지 않다.[356]

신불출의 〈사생결단(死生決斷)〉, 박영호의 〈인간 일번지(人間 一番地)〉, 임선규의 〈사랑에 속고 돈에 울고〉, 〈동학당(東學黨)〉, 이서구의 〈동백꽃〉, 〈어머니의 힘〉 등은 당시의 대중극 활동의 실체를 잘 보여주는 작품들이다. 특히 이 중 임선규의 〈사랑에 속고 돈에 울고〉는 해방 이전 최다의 관객을 동원한 작품으로서 1930년대 대중극의 특성을 여실히 보여 주는 작품이라고 할 수 있다. 이 밖에도 임서방, 송영, 이운방, 박진, 김건, 최독견 등이 활발한 극작 활동을 전개하였다. 여기에서 최고의 흥행 대중극인 〈사랑에 속고 돈에 울고〉에 대해 살펴보자.

임선규의 〈사랑에 속고 돈에 울고〉는 동양극장 최고의 인기 레퍼토리이자 해방 전 연극 사상 최다 관객을 동원한 작품으로 알려져 있다. 이 작품은 '홍도야 우지 마라'라는 제목으로도 널리 알려져 있는데 이는 주로 유랑극단들이 변조해서 사용하던 명칭이다. … 〈사랑에 속고 돈에 울고〉가 엄청난 흑자를 기록하자 지배인 최독견은 임선규에게 3천 원이라는 거액을 일시에 지급하였다. 그때까지도 셋방살이를 하던 임선규는 그 돈으로 체부동에 커다란 기와집을 구입했는데 그 집값이 9백 원이었다고 한다. 임선규는 남은 돈으로 병을 치료해가며 작품 집필에 전념할 수 있었다.[357]

1930년대에는 창극 공연도 여전히 인기가 많았다. 화랑악극단(花郎樂劇團), 창극좌(唱劇座), 조선창극좌(朝鮮唱劇座), 동일창극단(東一唱劇團) 등이 대표적인 창극 공연 단체였는데 창극은 1940년대 이후에도 지속적으로 대중의 인기를 얻었다.

5. 1940년대

이른바 친일극으로서의 국민연극은 극단 현대극장(現代劇場)의 〈흑룡강(黑龍江)〉 공연(1941.6)과 국민극(國民劇) 경연대회(1942.9)로 본 궤도에 오르게 된다. 여기에서 '국민극'이라는 명칭은 일제 강점기 후반 전시 체제의 확립 속에서 내선일체(內鮮一體)와 징병 및 징용 캠페인을 미화하고 제국 이데올로기를 선전하는 일련의 친일 연극을 일컫는다. 국민극 경연대회에 대한 제도적 지원과 통제는 1940년에 결성된 조선연극협회(朝鮮演劇協會)와 1942년에 조직된 조선연극문화협회(朝鮮演劇文化協會)에 의해 체계적으로 이루어졌다. 조선연극협회는 아랑(阿娘), 국민좌(國民座), 황금좌(黃金座), 청춘좌(靑春座), 호화선(豪華船), 고협(高協), 연극호(演劇號), 예원좌(藝苑座), 조선성악연구회(朝鮮聲樂研究會) 등의 9개 극단이 합쳐진 단체였는데 이 단체는 조선의 연극인들에 대한 통제와 국민연극의 적극적인 공연을 통해 일제의 제국 이데올로기 내면화를 적극으로 시도하였다.

40년대 전반기 일제는 그들의 목적극을 국민연극, 신체제연극, 국어극이라 하였다. 국민연극이란 일본인이나 조선인이나 모두 일본의 국민이라는 식민지적 관점에서, 신체제연극이란 일제가 목표로 하는 대동아공영권이라는 신체제 운동에 조선인을 동화시키고 동원시키기 위한 목적에서, 그리고 국어극이란 일본어가 국어로 공인되고 상대적으로 조선어가 방언으로 규정되던 개념에서 각각 유래된 명칭인 것이다.[358]

이러한 국민연극의 구체적이고 체계적인 실천과 보급을 위해 극단 현대극장이 조직된다. 현대극장은 1941년 3월 16일 유치진을 대표로 하여 20여명의 단원으로 조직된 단체였다. 이 단체는 노골적인 친일 성향의 국민연극의 이념을 전파시키고 더 나아가 그 이념을 피식민지인들에게 내면화시키기 위하여 부설로 국민연극연구소(國民演劇研究所)를 개설하였다. 현대극장은 1941년 유치진이 쓰고 주영섭이 연출한 〈흑룡강(黑龍江)〉을 내세워 부민관(府民館)에서 창립 공연을 가졌다. 이후 함세덕의 〈추장 이사베라〉, 〈에밀레 종〉, 〈마을은 쾌청(町は秋晴れ)〉, 유치진의 〈북진대(北進隊)〉, 박영호의 〈등잔(燈盞)불〉, 〈혈서(血書)〉, 송영의 〈역사(歷史)〉 등의 친일 희곡을 해방 직전까지 발표하였다. 위에서 언급한 유치진의 〈흑룡강〉에 대해 알아보자.

유치진의 또 한 편의 친일드라마였던 〈흑룡강〉은 만주 흑룡강 일대를 공간 삼아 조선족 개척민들의 삶과 애환을 다룬 작품이다. 흥미로운 것은 1930년대의 유치진 희곡에선 고향을 떠나 새로운 땅으로 이동하는 모습이 비극적 정조 속에 포착되었다면, 이제 대동아건설이라는 일제의 제국주의적 확장의 야심이 본격화된 이 시기에 유치진이 포착하는 북쪽 대륙 공간 혹은 그 이역(異域)으로의 이주는 개척의 이미지 속에 긍정적으로 그려진다는 점이다.[359]

조선총독부의 명령에 의해 피식민지인의 진실이 왜곡되고, 현실이 위장되며, 민족적인 진심이 친일적인 사상으로 굴절되어 표현되는 상황에서 친일극을 사실주의 연극으로 인정하는 것은 그 자체가 또 하나의 자기기만이며 허위적인 수사학에 지나지 않는다.[360] 우리의 연극인들은 국민연극의 시행 초기부터 후기에 이르기까지 큰 열의를 보이지는 않았다. 이런 상황은 연극인들에게 상업적 활동의 좋은 빌미를 제공하기도 했다. 그러나 국민연극에 적극적이었던 연극인들이 이후 한국연극의 주류를 차지하며 오늘까지 이르게 된 점은 냉정하게 비판받아야 할 사항이라 하겠다.[361]

해방이 되자 좌익연극 진영에서 가장 발 빠르게 조직적인 활동을 전개하는데, 제일 먼저 결성된 조직이 조선연극건설본부(朝鮮演劇建設本部)이다. 조선연극건설본부는 조선문학건설본부(1945.8.16)의 결성과 때를 맞추어 송영, 안영일, 나웅, 김태진, 이서향, 박영호, 김승구 등이 조직했다. 이 단체는 '조선연극의 해방', '조선연극의 건설', '연극전선의 통일'을 구호로 내걸었는데 이 구호는 문학건설본부의 구호에서 '문학'을 '연극'으로 바꾼 것이다.

이 시기에는 연극 공연이 활발하였던 만큼 희곡 창작도 왕성해진다. 해방을 맞아 좌익의 길을 택한 함세덕은 〈고목(古木)〉을 통해 식민 잔재 청산과 새 시대 건설의 이념을 제시하고, 〈기미년 3월 1일〉에서는 3·1운동의 민중성과 역사성을 강조했다. 우익의 김영수는 〈혈맥(血脈)〉을 통해 동족의 화합과 새 시대 건설의 희망을 강조하고, 월남한 극작가 오영진은 〈살아있는 이중생 각하〉에서 친일 잔재 청산의 문제를 풍자적으로 비판했다. 유치진은 〈조국〉을 통하여 3·1운동의 당위성을 주장하고, 〈자명고(自鳴鼓)〉, 〈별〉 등의 역사극을 본격 창작하기 시작한다. 해방공간에서 민족의 미래에 대해 고민한 오영진의 작품을 살펴보자.

> 〈살아있는 이중생 각하〉는 인과응보의 플롯에 긍정적 결과를 가져오게 하는 동인으로 사회 기강이 살아있는 국가를 제시함으로써 풍자극의 묘미를 보여주었다. 관객들은 지금 현재 상황은 어렵지만, 언젠가는 반드시 이상적인 것이 승리하리라는 사실을 알게 된다. 희극이 인간을 해방시키고, 희망을 향한 출구 역할을 한다는 사실을 〈살아있는 이중생 각하〉가 잘 보여주고 있는 것이다.[362]

그런데 좌익 계열의 극작가이건 우익 계열의 극작가이건 일제 잔재 청산과 새 국가 건설의 도모는 공통된 주요 관심사였다. 이 밖에 해방기의 대표적 희곡으로는 송영의 〈황혼〉, 이기영의 〈닭싸움〉, 김사량의

〈봇돌의 군복〉, 박노아의 〈선구자〉, 〈녹두장군〉, 진우촌의 〈두뇌 수술〉, 김남천의 〈3·1운동〉, 김동식의 〈유민가(流民歌)〉 등을 들 수 있다.

해방 직후부터 6·25 전쟁의 기간 동안 많은 연극인들이 월북의 길을 선택하여 오늘날 북한 연극의 토대를 이룬 반면, 남은 연극인들은 유치진, 서항석, 이해랑 등을 중심으로 오늘날 한국연극의 주류를 형성했다. 결국 이 시기에 비롯된 분단의 고착화는 오늘날까지 이념의 대립뿐 아니라 두 갈래의 이질적인 연극의 대립을 초래한, 씻을 수 없는 상처를 남기고 말았다.

6. 1950년대

1950년 6·25 전쟁은 이전의 사회 체제를 그 근간부터 파괴했으며 민족의 대이동을 유발했다. 해방공간에서 시도된 새 국가 건설에의 염원과 희망도 꺾여버렸다. 전쟁은 남한의 자본주의 체제와 북한의 공산주의 체제를 선명하게 나누는 폭력적인 계기로 작동했다. 참혹한 전쟁 속에서 기존의 전통적인 가치관과 윤리의식은 무너져 내렸고 전쟁에서 이기기 위해서는 반공주의(反共主義)를 앞세울 수밖에 없었다. 전후(前後) 한국 사회는 완전히 폐허가 된 국가 현실에서 극심한 생존주의와 기회주의, 그리고 궁핍한 현실에 대한 격분과 좌절로 채워졌다. 대규모 인구 이동은 문화간, 계급간, 젠더간, 지역간 갈등과 충돌을 야기했다. 전쟁 체험은 기존의 가족 체계와 가족관을 붕괴시켰는데 이에 따라 가부장의 역할도 빠르게 해체되었다. 성 윤리가 문란해지고, 온갖 부정부패가 범람했고, 도덕적 가치도 급격하게 몰락했다. 공동체에 필요한 연대의식이나 배려의식 대신에 극단적인 개인주의와 물질만능주의 가치관이 고착되기 시작했다. 가족이나 가정 또는 공동체의 해체에 따라 전후 희곡은 살부(殺父) 의식과 부권(父權)의 추락을 소재로 채택하는 경우가 많았다.[363] 특히 전후 희곡에서 '증오, 동경(憧憬), 허무, 단절감'과 같은 정서와 감각이 확산된 것도 기억할 만하다.[364]

1950년대는 희곡뿐만 아니라 문학 전 분야에서 '자유, 민족, 순수' 등의 개념이 중요한 요소로 받아들여졌다. 물론 이 개념들은 6·25 전쟁의 체험에서 생산된 것들이었는데 이는 국가의 중심 이데올로기로 구축된 반공주의에 대한 응답이었다. 이른바 '자유, 민족, 순수'와 같은 개념들은 '예속, 계급, 정치성' 등과 같은 언어들의 안티테제로서 작동했다. 전후의 한국 사회는 강압적인 반공 이데올로기를 중심으로 다양한 의견과 세계관을 통제했고 이에 따라 희곡의 상상력도 국가기구의 요구로부터 자유롭지는 않았다. 결국 전후의 희곡들은 새롭게 재편된 반공 체제 하에서, 그리고 전후 사회의 아노미 현상 속에서 제한된 담론을 생산하도록 종용되었다.[365]

전쟁 발발 직후 10월에 국방부 정훈국은 기존의 신협 단원을 모아 소위 문예중대를 편성했는데 문예중대는 전장의 군부대를 순회하면 서 군인들을 위한 문예 활동을 펼쳤다. 문예중대는 1·4 후퇴 때 대구 로 피난하여 대구 키네마 극장을 무대로 삼아 오영진의 〈맹진사댁 경 사〉, 유치진의 〈자명고〉, 〈마의태자〉, 〈원술랑〉 등을 공연하였다.[366] 신협은 1951년 부산에서 유치진의 〈별〉, 〈순동이〉, 세익스피어의 〈햄 리트〉, 〈맥베스〉, 사르트르의 〈붉은 장갑〉 등을 무대에 올려 정력적 인 활동을 펼쳤다.[367] 그러나 신협이 중심이 되어 공연되었던 연극들은 전쟁 전의 레퍼토리이거나 생경한 반공극을 벗어날 수 없었다. 1953 년 국립극장은 임시로 대구문화극장 건물을 재개관했는데 이때 공연 한 작품으로는 윤백남의 〈야화(野花)〉, 전창근의 〈사십계단〉, 〈죽어도 산다〉, 〈내가 낳은 깜둥이〉 등이 있었다.[368]

전쟁 직후 반공주의를 보여준 희곡으로는 김진수의 〈불더미 속에 서〉, 유치진의 〈통곡〉, 〈나도 인간이 되련다〉, 〈푸른 성인(聖人)〉, 〈청 춘은 조국과 더불어〉, 주동운의 〈피의 조류(潮流)〉, 한노단의 〈전유화 (戰有花)〉 등을 들 수 있는데 이 작품들은 "공산주의에 대한 증오와 분 노를 여과 없이 표출한 작품"[369]으로 평가할 수 있다. 1950년대 전반기 의 기성 극작가들, 즉 김진수, 유치진, 주동운, 한노단 같은 작가들은 공산주의를 절대악이라는 마니교적 이항대립을 기본적인 등식으로 사용했다. 이러한 경향은 지나치게 일원적이고 흑백논리의 시각을 드 러냈고, 내적 갈등의 결여와 단순한 인도주의에의 의존은 수준 낮은 교훈극으로 머물게 했다.[370] 무엇보다 안타까운 사실은 이러한 반공주의적 연극의 흐름이 자유로운 창작 경향을 가로막았다는 것이다.

1955년은 연극계에 중요한 지각 변동을 알리는 때로서 기억할 만하다. 왜냐하면 1955년을 기점으로 중앙 일간 신문의 신춘문예, 『현대문학』과 『자유문학』 등 문학월간지의 등단 추천제, 그리고 국립극장의 장막극 공모 제도 등을 통해 신진 극작가들이 배출되기 때문이다. 문예지의 추천을 얻어 나온 신진 극작가들로는, 김상민, 주평, 오학영 (『현대문학』), 노능걸(『문학예술』)이 있고, 국립극장의 현상 제도를 통해 나온 극작가들로는 하유상, 이용찬, 강문수, 김홍곤, 박동화 등이 있었다. 한편 1956년에 결성된 극단 제작극회는 연극계에 신선한 자극을 주었다.

국립극장과 신협이 고래싸움을 벌이고 있을 때, 대학극 출신의 젊은 연극인들이 극단을 조직하기 시작했는데 그것은 어디까지나 기성연극이 사도(邪道)로 빠지는 것에 반기를 든 것이었다. 그중에서도 연대, 고대, 서울대, 중앙대 출신들이 중심이 된 '제작극회(制作劇會)'가 가장 신선한 젊은 극단이었다. 1956년 6월 '참된 현대극 양식을 제작하려면 현대극의 실험과 형상화가 급선무라' 선언하고 나선 '제작극회' 창립멤버는 최창봉, 오사량, 차범석, 최상현, 박현숙, 김자림, 최명수 등 30대 안팎의 소장 연극인들이었다.[371]

1955년에 이해랑이 미국의 연극계를 시찰하고 돌아온 뒤 선진국의 연극을 활발하게 소개하고 미국의 현대극을 무대에 올림으로써 극작가와 연출가에게 새로운 자극을 주었다. 그는 미국 브로드웨이에서 큰 인기를 얻고 있던 윌리엄즈의 〈욕망이라는 이름의 전차〉를 무대에 올렸다.[372] 그 후 유치진도 미국 연극계를 시찰하고 돌아오는데, 무엇보다도 유치진의 세계 연극계 시찰과 귀국 후 일련의 행보가 극계(劇界)의 관심을 끌었다. 서구의 발전된 연극계를 시찰하고 1957년에 돌아온 유치진은 그 해 〈한강은 흐른다〉와 같은 비교적 실험적인 리얼리즘극을 창작, 공연함으로써 새로운 극 형식을 시도했다.

유치진은 록펠러 재단 초대로 미국 현지를 둘러볼 기회를 얻게 되고, 미국 연극을 직접 접할 기회를 갖게 된다. 이때의 경험이 이후 〈한강은 흐른다〉와 같은 새로운 연극에 대한 시도로 이어지게 된다. 그러나 〈한강은 흐른다〉 공연 또한 외형적인 새로움을 보여주는 데 국한될 뿐 그의 시각은 과거의 틀에 갇혀 있었고, 그 결과 기대했던 성과는 거두지 못한다.[373]

1950년대에도 창극 공연은 이어지고 있었지만 여성국극(女性國劇)의 형태로 간신히 그 명맥을 유지하고 있었다. 전설이나 설화 또는 야사(野史) 등을 연애 이야기로 각색해서 공연한 여성국극의 활동은 6.15

전쟁 이후부터 대중들의 인기를 받았지만 그것도 미국으로부터 수입된 영화 때문에 쇠퇴의 길을 걷게 된다.

7. 1960년대

1960년의 4·19 혁명과 5·16 쿠데타는 연극계에도 적지 않은 변화를 야기했다. 그 변화는 "구시대의 대표격이라 할 국립극장과 극단 신협이 올바른 좌표를 찾지 못하고 방황함으로써 연극문화를 퇴색시켰고, 그것을 극복해 보려는 새로운 움직임이 고개를 들기 시작"[374]했다는 데서 찾아볼 수 있다. 5·16 군사 쿠데타의 발발은 4·19 혁명 이후의 의욕적인 연극 활동을 동결시키는 요인이 되었다. 군사 정권의 등장은 1960년대 사회 체제와 연극 운동의 지향점을 강압적으로 끌고 갔는데, 이는 절대적이고도 강력한 중앙집권적 문화 정책이 전면화 됨을 알리는 신호탄이었다. 군사 정권은 연극 관장 부서를 문교부에서 공보부로 교체했다. 이러한 상황의 도래는 군사 정권의 정책 이데올로기가 노골적으로 사회 전반에 강요되기 시작한 출발점이기도 했다.

거칠게 말해서 1960년대란, 군사 독재 체제에 의한 반공 이데올로기의 내면화, 이에 따른 분단 체제의 고착화, 신식민지적(新植民主義的) 대외 의존적 정치·경제 구조, 하향적 경제 근대화로의 국민적 호출, 일제 잔재의 청산을 완수하지 못한 채 불완전한 형태의 탈식민지 시기에 미국 문화의 편향적인 수용에 따른 전통과 현대성 사이의 착종 등과 같은 문제점들이 남한의 주민들을 일정한 방식으로 주체 구성하던 시대였다.[375]

군사 정권은 관료적이고 권위적인 민족 전통 보호 정책을 펼쳤지만 이것은 민주주의를 열망하는 국민들의 정치적 감각과는 매우 다른 결을 지녔다. 군사 정권의 일방적인 한일국교정상화 정책은 대학가와 시민들의 반감을 일으킨 시발점이 되었다. 특히 대학가에서 불기 시작한 저항적 민족문화 운동 정신과 군사 정권의 정치관은 기본적으로 화해하기 힘든 것이었다. "1963년 서울대 향토개척단은 〈향토의식 초혼굿〉을 공연하고, 1964년 서울대 문리대에서 '민족적 민주주의 장례식 및 성토대회'는 전통 상례 의식을 적극적으로 수용함으로써 저항 담론으로서의 민족 연희의 가능성을 열었다."[376] 〈향토의식 초혼굿〉은 1부 〈원귀(寃鬼) 마당쇠〉, 2부 〈사대주의 장례식〉, 3부 〈난장판 민속놀이〉로 진행되었다. 그 이듬해인 1964년에 〈향토의식 초혼굿〉과 〈녹두장군 진혼풀이〉가 공연되고 1965년에는 서울대 문리대 안에 '민속극연구회—말뚝이'라는 조직이 만들어졌다. 1960년대 초반부터 윤곽을 드러낸 대학가의 저항적인 문화 운동은 이후 마당극의 발전으로 이어졌다. 이는 정부의 중앙집권적인 전통문화 보호 정책과는 매우 다른 맥락에서 전통문화와 민주주의를 향한 민중의식을 결합하여 진보적인 연극 운동으로 발전해 가는 계기가 되었다.[377]

한편 전쟁 이후 1953년경부터 인기를 끌었던 창극은 구태의연한 공연 레퍼토리와 지나친 통속화 때문에 연극에 대한 감상 수준이 고급화된 관객들의 관심을 더 이상 끌지 못하게 되었다.[378]

1960년대는 차범석의 희곡 창작 활동이 돋보였던 시기로 볼 수 있다. 그는 〈상주(喪主)〉, 〈분수〉, 〈스카이라운지의 강사장〉, 〈파도가 지나간 자리〉, 〈껍질이 째지는 아픔 없이는〉, 〈왕교수의 직업〉, 〈청기와집〉, 〈열대어〉, 〈장미의 성(城)〉, 〈대리인〉 등의 희곡을 발표함으로써 1960년대 가장 활발하게 희곡을 창작한 작가로 자리매김했다. 차범석의 희곡 세계는 매우 다양한 소재와 주제를 다루었다. 그의 희곡은 전쟁의 참혹함, 전후 사회의 도덕적 타락, 전통적인 부권(父權)이 무너지는 가족의 아노미 상황, 속물적이고 물질 숭배적인 세태, 전후 첨예화된 세대 간의 갈등에 이르기까지 그 스펙트럼이 매우 광범위했다. 그러나 그의 희곡은 당시 사회의 지배 권력의 윤리관, 기존 모랄과의 갈등과 협상 과정을 통해 보수적인 세계관을 내재하기도 했다.[379] 특히 차범석을 대표하는 희곡 〈산불〉(1960)은 해방 이후 리얼리즘 희곡의 최고봉이 될 만한 작품이라고 평가받기도 했는데, 국군과 산사람들에게 똑같이 시달리며 살아가는 과부 마을의 실상은 이념과 현실의 괴리를 나타내며 한 선량한 공비의 비극은, 여태까지의 일방적인

피해의식에서 벗어나 이념전쟁을 객관적으로 묘사하였다는 데 의의가 있다.[380]

오태석은 1967년에 〈웨딩드레스〉를 통해 데뷔했는데 그는 초기작부터 비사실주의적이고 실험적인 경향을 강하게 보여줌으로써 우리나라 희곡사에서 매우 개성적인 극작가로 받아들여졌다. 1960년대에 발표한 그의 대표 희곡들은 〈환절기〉, 〈고초열〉, 〈육교 위의 유모차〉, 〈여왕과 기승〉, 〈유다여, 닭이 울기 전에〉, 〈교행〉 등을 들 수 있다. "우리나라 희곡사의 주류라 할 수 있는 사실주의극 문법을 과감하게 해체하고 뒤집는 그의 극작 세계는 발표될 때마다 격렬한 찬반 논쟁을 불러일으"[381]켰는데 이는 한국 희곡의 다양성을 확장시킨 경우로 볼 수 있다. 1960년대 초에 등장한 이근삼도 참신하고 실험적인 희곡들을 발표하면서 연극계의 주목을 받았다. 〈원고지〉는 그 당시로서는 매우 파격적이고 실험적인 희곡이었다. 이 희곡은 관객들과 연극인들에게 근대희곡을 벗어난 현대극의 면모를 유감없이 보여주었다. 이근삼은 이후 〈국물 있사옵니다〉, 〈위대한 실종〉, 〈인생개정안 부결〉 등과 같은 희곡을 통해 1960년대 물질만능주의 사회에서 인간적인 가치와 윤리의식을 상실한 채 경제적인 이윤과 가식적으로 권력과 명예만을 추구하고 있는 속물들의 행태를 신랄하게 풍자한다.[382] 한편 신명순, 윤대성, 박조열의 희곡 창작도 돋보였다. 신명순은 〈은아의 환상〉, 〈이순신〉, 〈전하〉, 〈신생 공화국〉, 〈상아(霜娥)의 집〉, 윤대성은 〈

망나니〉, 박조열은 〈관광지대〉를 통해 1960년대 사회를 알레고리화
했다. 박조열, 윤대성, 신명순의 작품에서 반공 이데올로기의 폭력성,
탈식민지 국가로서의 억압된 욕망, 민족주의와 민중주의와 반공주의
가 착종된 세계의식을 엿볼 수 있는 것도 주목할 만하다.[383]

한편 1950년대 말과 1960년대 초에 등단한 여류 극작가들의 활약
이 주목되는데, 1959에 〈돌개바람〉으로 조선일보 신춘문예 가작 입선
한 김자림, 1960년에 조선일보 신춘문예에 가작 입선한 〈사랑을 찾아
서〉로 데뷔한 박현숙이 그들이다. 이 시기 김자림의 희곡은 "자신의
여성주의적 의식을 의도적으로 감추고 있는 작품들"[384]이라는 평가를
받고, 박현숙의 작품은 "여주인공을 중심으로 사랑과 가정의 행복을
이야기하고 있는 멜로드라마"[385]라는 평가를 받는다. 김자림은 이후
1961년에 〈유산(遺産)〉으로 조선일보 신춘문예 당선, 박현숙은 1962년
에 〈땅 위에 서다〉로 조선일보 신춘문예 당선 등을 통해 저력을 발휘
했다. 박현숙의 〈사랑을 찾아서〉는 누명 쓴 간첩 주인공과 인간적인
공산당원 영식을 등장시켜, 공산당을 본능적으로 적대시하던 종래의
흑백논리에서 다소나마 벗어나는 조짐을 보여주었다.[386] 이 두 작가는
초창기 여성 극작가의 시대를 개척한 극작가로서 이후 왕성한 창작
활동을 펼쳤다는 점에서 희곡사적 의의가 높다고 할 수 있다.

8. 1970년대

1970년대의 희곡계는 이전 시기에 비해 창작 편수가 증가하고 마당극이 확산되는 양상을 보인다. 우리의 전통 연희를 현대식으로 재해석하는 희곡도 시도되었으며 개성 있는 신진 극작가들의 등장도 눈에 띄었다. 그러나 1970년대의 연극계와 희곡계는 빛과 그림자를 함께 지니고 있었다. 연극 관람객의 수도 크게 늘었으며 실험적인 연극을 시도했던 소극장 운동도 활발해졌다. 이러한 외면적 성장 이면에는 더욱 엄격해지고 강압적으로 변한 국가 권력의 통제와 그에 따르는 극작가와 연극인들의 위축이라는 그늘도 존재했다. 다음은 1970년대 희곡을 평가하는 두 편의 글인데 이 시대의 희곡계를 바라보는 시각에서 차이점을 보이고 있다.

① 70년대로 진입하면서 경탄의 현상으로 신장한 연극과 더불어 희곡의 질량(質量) 증대는 문학 개화(開化)와 신극 개장(開場) 이래 획기적인 실적을 남겨 놓았다. 구미 현대극이 정착한 것도 이 시기이며 민족 정신의 자각이라는 전제 아래 전개된 민중 야희(野戲)의 현대극화(現代劇化) 작업도 이 70년대에 행해진 업적으로 평가되어야 한다. 이밖에도 공연 단체의 양적 증가와 공연 작품의 확산은 자연히 창작 희곡계에 많은 자극과 활력소가 되었으며, 이로 인한 창작 희곡의 놀라운

질량(質量)의 증산(增産) 현상이 나타나게 되었다. 특히 이 기간에 유능한 신인 극작가의 등단을 볼 수 있는데, 그 가운데에도 이강백, 이현화, 오태영, 이언호, 김현숙, 이병원 등은 각기 특징 있는 작품 활동으로 80년대의 한국 희곡계에 좋은 재목이 될 것으로 믿어진다.[387]

② 외견상 1970년대 한국연극은 양적으로 크게 팽창하였다. 사실주의 일변도로부터 벗어난 창작극의 새로운 경향은 1950년대의 징후로부터 1960년대의 모색을 거쳐 이 시기에 이르러 만개하였고, 1960년대 후반부터 시작된 소극장 운동은 새로운 연극을 실험하는 산실이 되었다. 또한 1970년대 초에는 불과 20여 개에 불과했던 극단 수도 중반에 이르러 40여 개로 늘어나고, 1976년을 전후하여 관객의 수도 급증하였다. … 그러나 제도권 연극은 기본적으로 국가권력이 허용하는 범위 내에서 존재할 수밖에 없었다. 공연하기 위해서는 늘 심의를 의식하지 않을 수 없었고, 침묵을 강요당하던 억압적 상황 하에서 창작극은 당대 현실과 점점 멀어져갔으며, 그마나 사회비판적인 지향을 담고 있던 작품들은 우화적 세계에 의탁하는 수밖에 없었다.[388]

위의 글 ①은 1970년대에 희곡 작품 수가 증가하고 신진 극작가들의 등장으로 풍성해졌다면서 긍정적인 면모를 강조하고 있다. 반면 ②의 글은 그럼에도 불구하고 희곡과 공연 대본의 사전 검열 제도라고 하는 강압적인 국가 권력과 감시 아래에서 극작가들이 자유롭게 표현하지 못했음을 지적하고 있다.

먼저 민중 야희(野戱)나 전통극의 현대극화(現代劇化) 작업에 대해서 알아보자. 1970년대부터 한국의 전통적이고 고유한 연극의 미학과 그 형식적 특징에 주목하고 현대적으로 재해석하려는 시도가 본격화되었다. "한국 연극의 자기 정체성을 모색하려는 이 같은 시도는 공교롭게도 언어 중심의 근대 사실주의극의 전통을 극복하려는 비언어적 서구 실험극의 방법론과 접맥되면서 1970년대 연극의 중요한 흐름을 형성"[389]했던 것이다. 오영진의 〈허생전〉, 최인훈의 〈어디서 무엇이 되어 다시 만나랴〉, 오태석의 〈초분(草墳)〉과 〈태(胎)〉, 〈이식수술〉, 〈약장사〉, 〈춘풍의 처〉, 윤대성의 〈너도 먹고 물러나라〉, 〈노비문서〉, 장소현의 〈서울 말뚝이〉, 허규의 〈물도리동〉, 〈다시라기〉 등의 공연은 우리나라의 전통 연희의 정신과 형식적 특징을 현대적으로 재해석한 예로 들 수 있다.[390]

한편 정치와 사회 현실에 대한 비판적이고 진보적인 접근을 시도한 작가들과 마당극이 눈에 띈다. 김지하와 황석영의 희곡 작품이 그 예라 하겠다. 각각 시인과 소설가 신분이었던 두 사람은 마당극 형식의 희곡을 발표하고 공연함으로써, 기존의 극장주의(劇場主意) 연극에서 탈피하고자 하는 민족주의적이고 저항적인 경향의 연극을 시도했다. 물론 이러한 작업은 1970년대 초반부터 대학가에서부터 불기 시

작한 마당극 운동의 연장선에서 이해될 수 있다. 김지하의 〈진오귀〉,
〈소리굿 아구〉, 황석영의 〈장산곶매〉 등이 그 예라 할 수 있다. 이 중
에서 〈진오귀〉에 대한 평가는 다음과 같다.

> 〈진오귀〉는 판소리와 탈춤, 사실주의극 등 다양한 연희 형식을 종합
> 적으로 이용하고 있으며 … 1970~80년대 민중극으로서의 마당극의 효
> 시를 〈진오귀〉에서 찾는 것도 그 점에 주목한 때문일 것이다. 공연 기획
> 의 과정, 공연 작품의 주제, 공연의 형식 등 여러 측면에서 마당극 양식
> 의 특성을 고루 갖추고 있는 작품이 〈진오귀〉인 셈이다.[391]

김지하와 황석영의 마당극은 새로운 체제의 '지배/피지배' 관계를
재생산하고 있다는 실정에 대한 선명한 문제 의식을 견지하고 있으
며, 이들의 작품이 탈식민주의적 세계관과 함께 대안적 형식 창출에
이바지하고 있다는 점에서 주목할 만하다.[392] 이 외에 〈진동아굿〉, 〈함
평고구마〉, 〈덕산골 이야기〉, 〈동일방직 문제를 해결하라!〉 등의 마
당극은 서사극적 특징과 전통극의 놀이성을 융합한 민중 지향적 성
격의 작품으로 기억될 수 있다.[393] 〈진동아굿〉에서도 볼 수 있듯이 마
당극은 관객을 소극적인 연극 소비자로 간주하지 않고 연극 현장에
동참시킴으로써 공유의 정신을 추구했다.[394] 마당극의 이러한 특징은
1970년대의 저항적, 비판적 연극 운동의 민중 지향성을 보여주는 것

이었다.

한편 1970년대는 모더니즘 계열의 실험극이 창작된 시대이기도 하다. 특히 오태석의 〈초분〉, 〈태〉, 이강백의 〈내마〉, 〈파수꾼〉, 〈결혼〉, 〈내가 날씨에 따라 변할 사람 같소〉, 이현화의 〈쉬-쉬-쉬잇〉, 〈누구세요〉와 같은 작품들은 기존의 리얼리즘 전통의 희곡과 큰 차이를 보인다. 소설가에서 극작가로 활동을 시작한 최인훈의 희곡도 주목할 만한데, 〈옛날 옛적에 훠어이 훠이〉, 〈달아 달아 밝은 달아〉, 〈둥둥 낙랑둥〉, 〈봄이 오면 산에 들에〉 등은 그의 시적(詩的) 분위기의 희곡을 대표한다.

또한 1970년대의 희곡은 역사를 재해석하고자 시도하기도 했다. 오영진의 〈무희(舞姬)〉, 〈동천홍〉, 이재현의 〈바꼬지〉, 〈포로들〉, 〈성웅 이순신〉, 노경식의 〈달집〉, 〈징비록〉, 김의경의 〈남한산성〉, 이근삼의 〈아벨만의 재판〉, 윤대성의 〈노비문서〉 등이 그것이다. 이러한 역사 소재의 희곡들은 마당극처럼 적극적인 정치성을 확보하지는 못했지만, 역사와 사회에 대한 연극인들의 비판적인 시각을 담고 있다는 점에서 기억할 필요가 있다.[395] 1970년대는 마당극으로 대표되는 비판적, 저항적 연극 운동이 진행된 것과 함께 제도권 희곡에서는 탈사실주의적 실험과 역사에 대한 재고찰 등과 같은 유의미한 시도도 전개되었다.

9. 1980년대

1980년대는 "전통 민속연희 형태를 현대희곡에 접목시키려는 놀이적 마당극 형태를 정착화해 보려는 시도가 60년대 후반부터 눈을 뜨기 시작해서, 윤대성 〈노비문서〉, 〈너도 먹고 물러나라〉, 오태석 〈춘풍의 처〉, 〈이식수술〉, 〈약장사〉, 허규 〈다시라기〉, 〈애오라지〉, 이어호 〈허풍쟁이〉, 〈멋꾼〉, 장소현 〈서울 말뚝이〉, 〈춤추는 말뚝이〉, 이병원 〈사당네〉, 안종관 〈토선생전〉으로 집요하게 이어지고 있"[396]다는 특징을 보여주었다.

오늘의 한국희곡은 거의가 다 과거에서 소재를 택했다. 제7회 대한민국연극제에 출품한 8편의 작품 중 5편이 근세사(近世史)에서 소재를 택했고, 3편 중 2편은 이른바 새마을극이었으며 <호모 세파라투스>만이 분단의 현실을 다뤘다고는 하지만 알레고리 수법으로 정면 대결한 작품도 아니었다. … 그렇다면 한국의 희곡은 어째서 이러한 과거 지향성을 갖게 되었는가. … 한국의 희곡이 현실을 외면한 대표적인 이유는 과거 지나친 대본 검열의 소산인 듯하다. 현재에 산재하고 정치, 경제, 사회적 제 문제 중에 극화(劇化)에 금기사항으로 되어 있는 것이 한 둘이 아니었다. 또 이러한 이유로 인해서 지나치게 근시안적인 검열이 있었던 것이 사실이고, 이것은 작가들을 위축시켜 현재의 문제에서 시선을 돌려버리게 하는 데 결정적인 역할을 하였다. … 검열 기준도 이제는 많이 완화되었는데도 불구하고 작가들에게는 망령처럼 당시의 피해 망상증이 도사리고 있는 것이다. 결국 한국의 극작가들에겐 현실을 외면해 버리는 것이 습관화되어졌다.[397]

물론 1980년대 희곡들 중 많은 작품들이 역사를 소재로 하고 있다. 그러나 위의 글처럼 당시의 극작가들이 현실을 외면해 버린 것만은 아니다. 마당극을 포함하여 사회를 직간접적으로 풍자하고 체제 비판적인 희곡들도 창작되고 있었기 때문이다.

몇 편을 예로 든다면 최인석의 〈쌀〉, 〈시간의 문법〉, 오종우의 〈칠수와 만수〉, 〈멈춰선 저 상여는 상주(喪主)도 없다더냐〉, 김광림의 〈달라진 저승〉, 이상우의 〈4월 9일〉, 주인석의 〈불감증〉, 박인배와 김영만이 공동 구성한 〈금강산 빌려주고 머슴살이 웬말이냐〉 등을 떠올릴 수 있는데 이 희곡들은 역사와 사회에 대한 비판의식을 보여주고 있다. 또한 가부장제의 모순과 사회적 부조리를 날카롭게 비판한 작가로 정복근과 엄인희도 주목할 만하다.

정복근은 문제적인 희곡들을 많이 발표함으로써 이 시기 희곡계를 더욱 풍성하게 해주었다. 〈밤의 묵시록〉, 〈검은 새〉, 〈도깨비 만들기〉, 〈웬일이세요, 당신〉, 〈독배〉, 〈덫에 걸린 집〉, 〈실비명〉, 〈지킴이〉 등의 작품들이 이 시기 그의 대표작들이라고 할 수 있다.

1980년대가 혁명의 시대이긴 했지만 그러한 혁명 이미지가 주로 가부장적 독재정권에 대항하는 남성 투사를 중심으로 기억되듯이, 1980년대는 철저히 남성 중심적 시대였다. 이 시기에는 아직 대중적인 차원에서 여성의식이 전면화되지 못한 때였으며, 여성운동이 집단적 차원에서 본격적으로 전개된 것도 1990년대에 들어와서이다. 정복근 자신이 '여성'에게 방점이 찍히는 '여성작가'로서 자신의 정체성을 달가워하지 않는 것도 이러한 맥락에서 이해할 수 있다. 그러나 정복근은 '덫에 걸린 집', '표류하는 너를 위하여', '첼로' 등 일련의 작품을 통해 진지한 여성주의적 연극을 보여주었다.[398]

1981년 두 개의 신춘문예에 〈부유도〉와 〈저수지〉가 함께 당선되면서 주목을 받은 엄인희도 사회 비판적인 희곡을 창작했던 작가이다. 그는 〈홍백가〉, 〈바보 얼수 이야기〉, 〈남한강〉, 〈통일굿 한마당〉, 〈마침내 가리라〉, 〈고추 먹고 맴맴 담배 먹고 맴맴〉 등을 창작했다. 그는 "부드럽고 섬세하다는 식의 여성작가에게 따르기 쉬운 수식어를 어쩌면 거부하는 것처럼 꽤나 저돌적으로 진실의 핵심에 곧바로 돌진하는 여성작가라는 칭호를 받아야 할 것"[399]이라는 평가를 받는다.

저항적인 희곡 창작에서 특히 민족극 운동을 치열하게 펼친 극작가 박효선에 주목할 필요가 있다. 그는 1978년에 〈함평 고구마〉, 1979년에 〈누가 모르는가〉를 창작하고 연출한 뒤 1980년대에는 소설을 각색한 〈이웃사람〉, 〈하이파에 돌아와서〉, 그리고 희곡 〈그들은 잠수함을 탔다〉, 〈어머니〉, 〈돼지 풀이〉, 〈금희의 오월〉, 〈부미방〉, 〈딸들아 일어나라〉 등을 발표함으로써 비판적이고 저항적인 희곡 세계를 펼쳐 보였다. 그는 "광주항쟁이라는 소재를 지치지 않는 열정으로 붙들고 정치성 짙은 연극을 만들어 온 문화 활동가이기도 하지만 또한 자신의 이야기로 삼은 5.18과 그곳에서 살아남은 자들의 고통을 가장 잘 표현할 수 있는 양식에 대해 고민하고 모색해 온 예술가"[400]로 기억될 수 있는데, 그의 희곡 중 가장 잘 알려진 작품은 〈금희의 오월〉이다.

〈금희의 오월〉은 서사극과 사실주의극, 마당극이 결합된 역동적인 연극이었다. 전체 서사는 광주항쟁 때 죽은 어느 대학생의 누이 동생이 바라본 해설로 끌어가되, 등장인물 개개인의 갈등과 정서는 구체적이고 사실적으로 전개되는데, 그러다가 시끌벅적한 시장판이나 격렬한 전투 장면에 이르면 활기찬 마당극적인 표현으로 단연 역동성을 얻어내고 있었다.[401]

1970년대의 유신체제가 1980년대 제5공 군사체제로 계승되었고, 1970년대 이래 산업화 도시화와 물질만능주의가 초래한 사회 모순이 심화되었다. 언론과 창작의 자유가 봉쇄된 상태였기 때문에 사회의 모순을 직접적으로 폭로하거나 체제를 비판하는 글쓰기는 좀처럼 개진시키기가 쉽지 않았다. 그럼에도 불구하고 위에서 몇몇 체제 비판적인 작품들을 살펴 본 것처럼 '현실을 외면해 버리는 것이 습관화'된 희곡만이 이 시대에 창작된 것은 결코 아니었다.

한편 대한민국연극제라고 하는 연극 공연 제도를 통해 많은 창작극들이 발표될 수 있었다. 윤대성의 〈파벽(破壁)〉, 〈신화 1900〉, 황석영의 〈한씨 연대기〉, 윤조병의 〈모닥불 아침이슬〉, 김의경의 〈식민지에서 온 아나키스트〉, 최인훈의 〈한스와 크레텔〉, 이강백의 〈쥬라기의 사람들〉, 〈봄날〉, 김상렬의 〈언챙이 곡마단〉, 윤조병의 〈풍금소리〉 등이 기억될 만하다.

이강백, 오태석, 최인훈 등은 1980년대에도 왕성한 작품 활동을 벌였다. 이강백의 〈족보〉, 〈유토피아를 먹고 잠들다〉, 〈칠산리〉, 오태석의 〈부자유친〉, 〈비닐 하우스〉, 최인훈의 〈둥둥낙랑둥〉, 〈봄이 오면 산에 들에〉 등이 그것이다. 윤조병은 사실주의 희곡으로 〈농토(農土)〉를 발표했고, 이현화는 이와는 반대로 비사실주의적인 희곡 〈불가불가(不可不可)〉, 〈산씻김〉을 선보였다. 노경식의 〈하늘만큼 먼 나라〉, 이윤택의 〈시민 K〉, 〈오구-죽음의 형식〉, 이상우의 〈두 늙은 도둑의 이야기〉, 최인석의 〈신이국기(新二國記)〉 등도 1980년대 극계에서 기억할 만한 희곡들이라 할 수 있다.

10. 1990년대

1990년대는 1988년 서울 올림픽 개최, 동구권의 몰락으로 상징되는 해외 문화에 대한 관심 증가와 거대담론의 해체 등의 영향이 사회전반에 퍼진 시대로 볼 수 있다. 올림픽 개최는 해외에 대한 개방 분위기를 조성했고 이와 더불어 어느 정도 정치적 금기를 완화시키는 계기도 되었다. 서양과의 문화 교류가 활성화되었는데 이는 문화 전반, 그리고 연극계와 희곡계에도 영향을 끼쳤다. 특히 1991년의 국제연극제, 1994년의 베세토연극제, 1997년의 국제극예술협회 총회 유치 및 국제연극제, 1998년 서울연극제를 국제연극제로 확대 발전 등과 같은 활발한 문화개방과 문화교류가 활성화되었다.

후기산업사회나 세기말적 징후와 맞물리는 포스트모더니즘의 유행은 한마디로 어떤 '중심적인 가치'도 인정하지 않음으로써 전통적인 연극 문법을 송두리째 흔들어 놓았다. 포스트모던한 연극들에서 뚜렷한 내러티브는 실종되었고, 주제는 모호해졌으며, 언어는 평가절하되었다. 지나치게 상대성, 다원성, 다양성을 존중하는 태도는 천박한 상업주의나 포르노연극의 유행과 같은 부정적인 결과를 낳기도 했다. 그러나 1980년대까지 주변부에 지나지 않던 여성연극, 뮤지컬, 코미디, 대중극, 어린이연극 등이 급성장한 것은 포스트모더니즘의 긍정적 세례로 볼

수 있다.[402]

　거대담론의 해체로 인해 소위 포스트모더니즘 사조가 학술계와 문화계에 널리 퍼지게 되었다. 엄숙한 이성이나 과학적 사고보다는 인간의 본능이나 욕망이 주목을 받게 되었다. 이는 근대 이후 합리화된 사회의 로고스 지향보다는 탈근대적인 경향이라 할 수 있는 욕망과 육체에 대한 관심이 증가하였음을 시사한다. 이에 따라 탈사실주의적인 희곡이나 연극이 적극적으로 실험되고 여성 연극에 대한 관심도 커졌으며 뮤지컬도 점점 인기를 얻었다. 아무래도 외국 문화와의 교류가 왕성해지고 이에 따라 근대 시기의 거대담론이 의심받게 됨에 따라 소위 해체, 주변, 소수, 타자 등에 대한 관심이 커졌고 포스트모더니즘과 관련된 담론도 확산되었다. 이러한 사회 분위기의 변화는 다양한 문화, 특히 다양한 분야의 연극 장르가 주목을 받게 되는 계기로 작용했다. 위의 인용문에서도 볼 수 있었듯이 이 시기에 여성국극이나 창극, 가극, 악극과 같은 이미 흘러간 옛날의 연극 양식이 다시 관심의 대상으로 떠오르게 되었다. 이러한 상황은 1990년대 희곡과 연극에서 두드러진 양상이 '놀이성'의 전면화로 변화한 것이라고 볼 수 있다.

　젊은 연극인들은 영상 문화의 세례를 받고 성장한 세대이어서 그들의 연극 속에는 영화처럼 속도감 있는 장면의 전개, SF 영화와 컴퓨터 게임, 개그, 만화적 상상력의 분출, 흥쾌한 버리어티 쇼적인 요소의 활용 등이 두드러지게 나타난다. 젊은 연극인들은 매스 미디어 시대, 정보화 시대에 연극이 지향해야 할 존재 방식을 배우와 관객 사이의 유쾌한 인간적 소통, 즉 '놀이성' 회복에서 찾고 있는 것이다.[403]

우선 1990년대 연극계에서 가장 눈에 띄는 키워드는 '해체'로 볼 수 있을 것이다. 근대 시기를 지배했던 거대담론과 로고스 중심주의의 쇠퇴 이후 미국을 중심으로 수입된 포스트모더니즘 담론이 회자되면서 이른바 정전(正典)의 권위주의와 절대성, 근대의 획일적 사고, 굳건했던 이항대립체제 등이 해체되기 시작했다. 포스트모더니즘 이론과 사조에서 볼 수 있듯이 동양/서양, 고급예술/대중예술, 전통/현대, 원전(原典)/패러디 등이 혼란스럽게 뒤섞이는 양상이 나타났다. 전통을 어떻게 새로운 방식으로 재해석하고 재편성할 것인가, 육체와 정신의 이분법을 어떻게 새로운 방식으로 배치할 것인가, 또는 문화 개방 시대에서 어떻게 새로운 문화를 수용할 것인가 등의 문제는 이 시대 연극계의 가장 뜨거운 논쟁거리로 등장했다.[404]

90년에 발표된 창작 신극 중 포스트모더니즘의 경향을 보이는 작품으로 오태석의 <운상각>, <심청이는 왜 두 번 인당수에 몸을 던졌는가

>, 기국서 〈햄릿 5〉, 〈미아리 텍사스〉, 김상열의 〈우리는 나발을 불었다〉, 김광림의 〈그 여자 이순례〉 등을 들 수 있겠다.[405]

오태석, 이강백, 이만희, 김광림, 정복근 등과 같은 이른바 중견 극작가들의 희곡 창작이 왕성하게 전개되었다. 오태석의 〈운상각〉, 〈백마강 달밤에〉, 〈도라지〉, 〈여우와 사랑을〉, 〈천년의 수인〉, 이강백의 〈불 지른 남자〉, 〈북어 대가리〉, 〈영월행 일기〉, 〈느낌, 극락 같은〉, 〈영자와 진택〉, 이만희의 〈그것은 목탁구멍 속 의 작은 어둠이었습니다〉, 〈불 좀 꺼주세요〉, 〈피고지고 피고지고〉, 〈용띠 위에 개띠〉, 〈돼지와 오토바이〉, 김광림의 〈홍동지는 살아있다〉, 〈사랑을 찾아서〉(원 제목은 〈그 여자, 이순례〉), 〈집〉, 〈날 보러와요〉, 〈저 별이 위험하다〉, 정복근의 〈검은 새〉, 〈첼로〉, 〈이런 노래〉, 〈얼굴 뒤의 얼굴〉, 〈표류하는 너를 위하여〉, 〈숨은 물〉, 〈덕혜 옹주〉, 〈나.운.규〉 등이 그것이다.

1990년대는 30대 작가와 연출가들이 대거 등장함으로써 한국연극계의 급격한 세대교체를 이루었다.[406] 조광화의 〈종로 고양이〉, 〈황구도〉, 〈귀천〉, 〈아, 이상〉, 〈꽃뱀이 나더러 다리를 감아보자 하여〉, 〈남자 충동〉, 〈미친 키스〉, 박근형의 〈쥐〉, 〈푸른 별 이야기〉, 〈만두〉 등이 대표적이다. 이 시기에는 극작도 겸하는 젊은 연출가들의 등장이 눈에 띄는데 이는 "희곡의 위상과 희곡의 문학성을 위협하는 한편, 상대적으로 '극장주의' 연극이 강세를 보이는 새로운 경향을 낳"[407]기도 했다. 이처럼 젊은 극작가와 연출가들의 등장은 희곡계와 연극계를 다양하고 탈이념적인 양상으로 이끌었는데 이는 1980년대까지 왕성하게 공연되었던 소위 민족극의 쇠퇴와 연관이 있었다.

민족극 쇠퇴의 원인은 일반 관객들의 관심과 호응뿐 아니라 민족극 성장의 뿌리인 '현장'의 변화에서도 찾아볼 수 있다. 원래부터 민족극은 노동운동이나 농민운동의 현장에서 강력하고 친밀한 공감대를 형성하는 매우 특수한 관객층을 배경으로 성장해왔다. 즉, 민족극은 그 생산과 유통에 있어 제도권 연극과는 전혀 다른 경로와 방식을 취하고 있었던 것이다. 그러나 1990년대 중반 이후에는 노동운동이나 농민운동의 열기 자체가 수그러들면서 민족극의 핵심 관객층마저 흔들리게 된다. 현장으로부터의 관객 수요가 급격히 감소한 것은 민족극의 힘을 결정적으로 약화시키는 요인이 되었다.[408]

그러나 위의 지적에는 마당극이나 소위 민족극이 급변하는 시대 상황에 맞추어 미학적이거나 양식적인 개발을 적극적으로 추진하지 못했다는 텍스트 내적인 원인도 추가되어야 할 것이다. 이를테면 마당극의 경우, "신세대 문화의 경우 달라진 감수성, 따라서 달라진 문화적 표현력을 마당극도 어떻게 해서든 흡수를 해야"[409] 하며 "달라진 문화적 환경이나 감각들을 수용한 작품들이 있어야"[410] 한다는 시대적 요청에 신속하게 대응하지 못한 것도 인기 하락의 원인으로 볼 수 있기 때문이다.

한편 최인석의 〈언제나 어디서나〉, 사회정치문제와 역사문제를 비판적으로 해석한 김석만의 〈최선생〉과 김명곤의 〈점아 점아 콩점아〉, 그리고 이현화의 〈넋씨〉, 박평목의 〈누군들 광대가 아니랴!〉, 김상열의 〈오로라를 위하여〉, 군사 정권 시기의 인권 탄압에 대한 희곡인 조원석의 〈박사를 찾아서〉, 황지우와 주인석의 〈살찐 소파에 대한 일기〉, 소설가 이문열의 〈여우 사냥〉, 엄인희의 〈그 여자의 소설〉, 〈김사장을 흔들지 말란 말이야〉, 장정일의 〈너희가 재즈를 믿느냐?〉, 김명화의 〈새들은 횡단보도로 건너지 않는다〉, 오태영의 〈통일 익스프레스〉 등의 작품을 기억할 만하다.

1997년의 경제 위기 이후 희곡계와 연극계에도 차가운 불황이 덮쳤다. 즉 구체적으로 말하자면 "기업으로부터의 재정 지원 감소, 그리고 연극 창작과 수급을 효율적으로 지원하는 제도 및 정책의 부재"[411]로 인해 전반적인 침체 국면과 위기 국면을 맞이하게 된 것이다. 그러나 새롭게 등장한 젊은 극작가들과 연출가들의 실험정신, 중견 극작가들의 왕성한 희곡 창작 등은 이러한 위기 속에서도 희곡과 연극을 지탱하는 저력으로 작용했다.

미주

1   셰익스피어, 〈좋으실 대로(As You Like It)〉, 『셰익스피어 전집』, 이상섭 옮김, 문학과
     지성사, 2017, 1247쪽.

2   존 B. 톰슨, 「해제」, 피에르 부르디외, 『언어와 상징권력』, 김현경 옮김, 나남, 2014,
     428쪽.

3   마틴 에슬린, 『극마당 : 기호로 본 극』, 김문환/김윤철 옮김, 현대미학사, 1993, 26쪽.

4   위의 책, 28~33쪽.

5   위의 책, 33~35쪽.

6   G. B. Tennyson, 『연극원론』, 이태주 옮김, 덕성여자대학 출판부, 1982, 11쪽.

7   한옥근, 『연극의 이해』, 국학자료원, 1998, 15~16쪽.; 민병욱, 『현대희곡론』, 삼영사,
     2006, 21쪽.

8   『drama』, 『Etymonline – Online Etymology Dictionary』
     (https://www.etymonline.com/search?q=drama)

9   S. W. Dawson, 『극과 극적 요소』, 천승걸 옮김, 서울대학교 출판부, 1984, 2~3쪽.

10   아리스토텔레스 외, 『시학』, 천병희 옮김, 문예출판사, 2006, 69쪽.

11   위의 책, 71쪽.

12   자크 랑시에르, 『해방된 관객』, 양창렬 옮김, 현실문화, 2016, 11~12쪽.

13   위의 책, 14~15쪽.

14   알랭 바디우, 『비미학』, 장태순 옮김, 미학사, 2011, 135~137쪽.

15   알랭 바디우/파비앵 타르비, 『철학과 사건』, 서용순 옮김, 오월의 봄, 2015, 25쪽.

16   위의 책, 같은 곳.

17   유리 로트만/유리 치비얀, 『스크린과의 대화』, 이현숙 옮김, 우물이 있는 집, 2005,
     18~19쪽.

18   마틴 에슬린, 앞의 책, 41~42쪽.

19   마틴 에슬린, 『드라마의 해부』, 원재길 옮김, 청하, 1987, 14~15쪽.

20   김용수, 『드라마 분석 방법론』, 집문당, 2010, 16~21쪽. 원문에 있는 '실연'을 '실연
     (實演)'으로 한자 표기함.

21   위의 책, 21쪽.

22 셰익스피어, 〈햄릿〉, 앞의 책, 511~512쪽.

23 앙드레 바쟁, 『영화란 무엇인가?』, 박상규 옮김, 시각과 언어, 1998, 203~221쪽. 인용된 책에 기록된 '거기'는 '거의'의 오자(誤字)로 보여 '거의'로 바꿔 기재했다.

24 김광요 외, 『드라마 사전』, 문예림, 2010, 189쪽.

25 Tragedy, 『Online Etymology Dictionary』 (https://www.etymonline.com/search?q=Tragedy)

26 김광요 외, 앞의 책, 189쪽.; 이근삼, 『서양연극사』, 탐구당, 1985, 12쪽.

27 이근삼, 위의 책, 11쪽.

28 빠트리스 파비스, 『연극학 사전』, 신현숙/윤학로 옮김, 현대미학사, 1999, 198~199쪽.

29 김광요 외, 앞의 책, 190쪽.

30 밀리 S. 배린저, 『서양 연극사 이야기』, 우수진 옮김, 평민사, 2001, 33쪽.

31 이근삼, 앞의 책, 61쪽.

32 밀리 S. 배린저, 앞의 책, 148~149쪽.

33 에드윈 윌슨, 『연극의 이해』, 채윤미 옮김, 예니, 1998, 310~311쪽.

34 채수환, 『비극문학—서양문학에 나타난 비극적 비전』, 지식산업사, 2019, 29쪽.

35 위의 책, 30~31쪽.

36 문광훈, 『비극과 심미적 형성』, 에피파니, 2018, 24~25쪽.

37 우도 뮐러, 『희곡과 시 입문』, 봉원웅 옮김, 도서출판 반, 1994, 94쪽.

38 문광훈, 앞의 책, 42쪽.

39 위의 책, 44~45쪽.

40 아리스토텔레스 외, 앞의 책, 73쪽.

41 M. S. 까간, 『미학강의 I』, 진중권 옮김, 새길, 1989, 193~195쪽.

42 칼 야스퍼스, 「비극적인 것의 기본 특성」, 송옥 외 옮김 『비극과 희극, 그 의미와 형식』, 고려대학교 출판부, 1995, 45~46쪽.

43 위의 책, 50쪽.

44 위의 책, 같은 곳.

45 A. 하우저, 『문학과 예술의 사회사—고대 · 중세편』, 백낙청 옮김, 창작과비평사, 1976, 99쪽.

46 위의 책, 101쪽.

47 리샤르 모노, 「시학과 극작법 : 장르들」, 이인성 엮음, 『연극의 이론』, 청하, 1988,

161~162쪽.

48 렛싱, 「비극에 관한 편지」, 『독일 연극이론』, 송윤엽 외 옮김, 연극과인간, 2001, 135쪽.

49 위의 책, 같은 곳.

50 아리스토텔레스 외, 앞의 책, 49쪽.

51 마사 누스바움, 『감정의 격동 2—연민』, 조형준 옮김, 새물결, 2015, 622쪽.

52 레이먼드 윌리엄즈, 『현대 비극론』, 임순희 옮김, 학민사, 1985, 54쪽.

53 찰스 I. 글릭크스버그, 『20세기 문학에 나타난 비극적 인간상』, 이경식 옮김, 종로
    서적, 1985, 7쪽.

54 레이먼드 윌리엄즈, 앞의 책, 54쪽.

55 위의 책, 같은 곳.

56 찰스 I. 글릭크스버그, 앞의 책, 7쪽.

57 위의 책, 7~8쪽.

58 테리 이글턴, 『우리 시대의 비극론』, 이현석 옮김, 경성대학교 출판부, 2010, 184쪽.

59 레이먼드 윌리엄즈, 앞의 책, 57쪽.

60 위의 책, 64쪽.

61 위의 책, 같은 곳.

62 위의 책, 65쪽.

63 위의 책, 66~67쪽.

64 위의 책, 71쪽.

65 찰스 I. 글릭크스버그, 앞의 책, 8쪽.

66 테리 이글턴, 앞의 책, 187쪽.

67 에드윈 윌슨, 앞의 책, 314쪽에서 재인용.

68 테리 이글턴, 앞의 책, 246쪽.

69 위의 책, 266쪽.

70 찰스 I. 글릭크스버그, 앞의 책, 19쪽.

71 위의 책, 11쪽.

72 이근삼, 앞의 책, 206쪽.

73 위의 책, 209쪽.

74 레이먼드 윌리엄즈, 앞의 책, 118쪽.

75 이근삼, 앞의 책, 334쪽.

76 위의 책, 394쪽.

77 위의 책, 397쪽.

78 레이먼드 윌리엄즈, 앞의 책, 123쪽.

79 찰스 I. 글릭스버그, 앞의 책 99~100쪽.

80 유치진, 〈토막〉, 한국극예술학회 편, 『한국현대대표희곡선집 1』, 태학사, 1996, 185~186쪽.

81 유민영, 『한국현대희곡사』, 홍성사, 1982, 279쪽.

82 이광국, 「유치진 희곡에 나타난 비극의 모습」, 배달말학회 『배달말』 9집, 1984, 154쪽.

83 이정숙, 『유치진과 한국 연극의 대중성』, 지식과 교양, 2019, 53쪽.

84 김광요 외, 앞의 책, 302쪽.

85 빠트리스 파비스, 앞의 책, 508~509쪽.

86 아리스토텔레스 외, 앞의 책, 45쪽.

87 위의 책, 33쪽.

88 박정자 편저, 『아리스토텔레스의 시학』, 인문서재, 2013, 23쪽.

89 빠트리스 파비스, 앞의 책, 511쪽.

90 위의 책, 같은 곳.

91 위의 책, 같은 곳.

92 위의 책, 같은 곳.

93 위의 책, 512쪽.

94 질 리포베츠키, 『가벼움의 시대』, 이재형 옮김, 문예출판사, 2018, 33~34쪽.

95 만프레트 가이어, 『웃음의 철학』, 이재성 옮김, 글항아리, 2018, 199쪽.

96 미하일 바흐찐, 『프랑수아 라블레의 작품과 중세 및 르네상스의 민중문화』, 이덕형/최건영 옮김, 아카넷, 2001, 34쪽.

97 위의 책, 같은 곳.

98 노드롭 프라이, 『구원의 신화』, 황계정 옮김, 국학자료원, 1995, 144~145쪽.

99 수잔 랭거, 「희극적 리듬」, 송옥 외 옮김, 앞의 책, 144쪽.

100 위의 책, 같은 곳.

101 스티브 닐/프랑크 크루트니크, 『세상의 모든 코미디』, 강현두 옮김, 커뮤니케이션북스, 2002, 18쪽.

102 편집부 엮음, 『미학사전』, 논장, 1988, 400쪽.

103 위의 책, 401쪽.

104 오영진, 〈맹진사댁 경사〉, I.T.I. 편저, 『오영진 희곡집』, 동화출판공사, 1976, 31쪽.

105 홍창수, 『한국 근대 희극의 역사』, 고려대학교 출판문화원, 2018, 27~28쪽.

106 에드윈 윌슨, 앞의 책, 339~340쪽.

107 빠트리스 파비스, 앞의 책, 515쪽.

108 위의 책, 516쪽.

109 우도 뮐러, 앞의 책, 106쪽.

110 로버트 W. 코리간, 『희비극』, 송옥 외 옮김, 『비극과 희극, 그 의미와 형식』, 고려대
     학교 출판부, 1995, 214~215쪽.

111 우도 뮐러, 앞의 책, 107쪽.

112 김광요 외, 앞의 책, 221쪽.

113 위의 책, 같은 곳.

114 위의 책, 같은 곳.

115 빠트리스 파비스, 앞의 책, 234쪽.

116 위의 책, 235쪽.

117 위의 책, 같은 곳.

118 위의 책, 같은 곳.

119 최동현/김만수, 『일제강점기 유성기 음반 속의 대중희극』, 태학사, 1997, 12쪽.

120 김재석, 『1930년대 유성기음반의 촌극 연구』, 한국극예술학회, 『한국극예술연구』 제2
     집, 1992, 60쪽.

121 최동현·김만수, 앞의 책, 23쪽.

122 위의 책, 26쪽.

123 凡丁, 〈識字憂患〉, 최동현·김만수, 앞의 책, 1997, 256쪽.

124 박유희, 「총론」, 대중서사장르연구회, 『대중서사장르의 모든 것 1-멜로드라마』, 이
     론과실천, 2007, 15쪽.

125 위의 글, 16쪽.

126 이호걸, 『눈물과 정치』, 따비, 2018, 56쪽.

127 벤 싱어, 『멜로드라마와 모더니티』, 이위정 옮김, 문학동네, 2009, 24쪽.

128 존 머서/마틴 싱글러, 『멜로드라마』, 변재란 옮김, 2011, 11쪽.

129 『melodrama』, 『Etymonline - Online Etymology Dictionary』

(https://www.etymonline.com/search?q=melodrama)

130 존 머서/마틴 싱글러, 앞의 책, 12쪽.

131 Williams, "Playing the Race Card". (벤 싱어, 앞의 책, 18쪽에서 재인용.)

132 벤 싱어, 위의 책, 19쪽.

133 위의 책, 18쪽.

134 존 머서/마틴 싱글러, 앞의 책, 55쪽.

135 위의 책, 같은 곳.

136 켄트 갤러거, 『비극의 정서와 멜로드라마의 정서』, 오세준 편역, 『멜로 드라마 1』, 책펴
     냄열린시(부산), 2005, 297쪽.

137 위의 책, 같은 곳.

138 위의 책, 같은 곳.

139 위의 책, 같은 곳.

140 피터 브룩스, 『멜로드라마적 상상력』, 이승희/이혜령/최승연 옮김, 소명출판, 2013,
     41쪽.

141 위의 책, 302~303쪽.

142 켄트 갤러거, 앞의 책, 301쪽.

143 A. 하우저, 『문학과 예술의 사회사—近世篇 下』, 염무웅/반성완 옮김, 창작과비평사,
     1991, 235쪽.

144 위의 책, 236쪽.

145 위의 책, 같은 곳.

146 위의 책, 238쪽.

147 M. 호르크하이머/Th. W. 아도르노, 『계몽의 변증법』, 김유동/주경식/이상훈 옮김,
     1996, 200쪽.

148 박성봉, 『대중예술의 미학』, 동연, 1995, 377쪽.

149 피터 브룩스, 앞의 책, 2013, 328~329쪽.

150 안토니오 그람시, 『그람시와 함께 읽는 문화 2』, 조형준 옮김, 새물결, 1992, 73~74쪽.

151 김유미, 『관객의 입장에서 본 신파극 혹은 멜로드라마의 생명력』, 대중서사장르연
     구회, 앞의 책, 167쪽.

152 이영미, 『한국대중예술사, 신파성으로 읽다』, 푸른역사, 2016, 34쪽.

153 위의 책, 35쪽.

154   위의 책, 43~44쪽.

155   위의 책, 44쪽.

156   이호걸, 앞의 책, 45~46쪽.

157   위의 책, 46쪽.

158   주디스 버틀러, 『윤리적 폭력 비판』, 양효실 옮김, 인간사랑, 2013, 24쪽.

159   위의 책, 25쪽.

160   도미니크 라카프라, 『치유의 역사학으로』, 육영수 엮음, 푸른역사, 2008, 197쪽.

161   위의 책, 197쪽.

162   Fredric Jameson, The Political Unconscious, Methuen & Co. Ltd(London), 1981, 15~16쪽, 287쪽.

163   이영미, 앞의 책, 66쪽.

164   Fredric Jameson, 앞의 책, 188쪽.

165   Gille Deleuze and Félix Guattari, Anti-Oedipus, translated by Robert Hurley, Mark Seem, and Helen R. Lane, University of Minnesota Press(Minneapolis), 1983, 109쪽.

166   우수진, 『한국 근대연극의 형성』, 푸른사상, 2011, 157쪽.

167   위의 책, 177쪽.

168   에드윈 윌슨, 앞의 책, 386쪽.

169   아리스토텔레스 외, 앞의 책, 31~32쪽.

170   이근삼, 앞의 책, 31~32쪽.

171   밀리 S. 배린저, 앞의 책, 68~70쪽

172   이근삼, 앞의 책, 58~59쪽.

173   위의 책, 59쪽.

174   밀리 S. 배린저, 앞의 책, 97쪽.

175   예영수, 『영미희곡사상사』, 형설출판사, 1985, 27쪽.

176   밀리 S. 배린저, 앞의 책, 113쪽.

177   에드윈 윌스, 앞의 책, 382쪽.

178   밀리 S. 배린저, 앞의 책, 149쪽.

179   위의 책, 150쪽.

180   이근삼, 앞의 책, 100쪽.

181 밀리 S. 배린저, 앞의 책, 176쪽.

182 이근삼, 앞의 책, 103쪽.

183 밀리 S. 배린저, 앞의 책, 188쪽.

184 이근삼, 앞의 책, 110쪽.

185 위의 책, 111쪽.

186 위의 책, 117쪽.

187 위의 책, 118쪽.

188 스테판 코올, 『리얼리즘의 역사와 이론』, 여균동 옮김, 한밭출판사, 1982, 82쪽.

189 이근삼, 앞의 책, 193쪽.

190 J. L. Styan, 『근대극의 이론과 실제 1-자연주의와 사실주의』, 원재길 옮김, 탑출판사, 1995, 12쪽.

191 이근삼, 앞의 책, 193쪽.

192 스테판 코올, 앞의 책, 82~83쪽.

193 이근삼, 앞의 책, 148쪽.

194 위의 책, 193쪽.

195 소련콤아카데미문학부 엮음, 『희곡의 본질과 역사』, 김만수 옮김, 제3문학사, 1990, 128쪽.

196 김광요 외, 앞의 책, 193쪽.

197 J. L. Styan, 앞의 책, 71쪽.

198 위의 책, 같은 곳.

199 마모우드 에바디안, 『리얼리즘의 예술철학적 기초』, 스테판 코올, 앞의 책, 310~311쪽.

200 위의 글, 292~293쪽.

201 빠트리스 파비스, 앞의 책, 208쪽.

202 위의 책, 209쪽.

203 김방옥, 『한국 사실주의 희곡 연구』, 동양공연예술연구소, 1989, 31쪽.

204 이승희, 『한국 사실주의 희곡, 그 욕망의 식민성』, 소명출판, 2004, 15쪽.

205 서연호, 『한국연극전사』, 연극과 인간, 2006, 164쪽.

206 Mark Fortier, 『현대 이론과 연극』, 백현미/정우숙 옮김, 월인, 1999, 39쪽.

207 민병욱, 『현대희곡론』, 삼영사, 2006, 266쪽.

208 마빈 칼슨, 『연극의 이론』, 김일두·최낙용·김월덕·이영배 옮김, 한국문화사, 2004,

487쪽.

209 위의 책, 486쪽.

210 민병욱, 앞의 책, 267쪽.

211 마빈 칼슨, 앞의 책, 487쪽.

212 신명순, 〈우보市의 어느해 겨울〉, 『우보市의 어느해 겨울』, 예니, 1984, 120쪽.

213 신명순, 〈전하〉, 위의 책, 11~12쪽. 원전을 현대어 표기로 일부 수정함.

214 신명순, 〈증인〉, 위의 책, 39~40쪽.

215 신명순, 〈전하〉, 위의 책, 10쪽. 원전을 현대어 표기로 일부 수정함.

216 이강백, 〈결혼〉, 『이강백 희곡 전집 3』, 평민사, 2015, 219쪽.

217 마가렛 크로이든, 『20세기 실험극』, 홍혜숙 옮김, 현대미학사, 1994, 82쪽.

218 마리 안 샤르보니예, 『현대연극미학』, 홍지화 옮김, 동문선, 2001, 126쪽.

219 마가렛 크로이든, 앞의 책, 82쪽.

220 위의 책, 같은 곳.

221 윤조병, 〈건널목 삽화〉, 『연극평론』 2호(1970년 가을호). 연극평론사, 1970, 88~89
     쪽. 원전을 현대어 표기로 일부 수정함.

222 마가렛 크로이든, 앞의 책, 276쪽.

223 위의 책, 88쪽.

224 위의 책, 87쪽.

225 Mark Fortier, 앞의 책, 64-65쪽.

226 위의 책, 63쪽,

227 모니크 보리/마르틴 드 루즈몽/자크 셰레, 『연극미학』, 홍지화 옮김, 동문선, 2003,
     422쪽.

228 마가렛 크로이든, 앞의 책, 88~90쪽. 마가렛 크로이든이 아로토의 저서들을 통해
     그의 설명들을 직접인용한 내용들을 참고하여 관련 내용을 모음.

229 이현화, 〈불가불가〉, 『이현화 희곡시나리오 전집 3』, 연극과 인간, 2007, 93~94쪽.

230 마빈 칼슨, 앞의 책, 498쪽.

231 신현숙, 『희곡의 구조』, 문학과지성사, 1992, 25쪽,

232 G. B. Tennyson, 『연극원론』, 이태주 옮김, 현대미학사, 1996, 36쪽.

233 레이죠스 에그리, 『희곡작법』, 김선 옮김, 청하, 1997, 202쪽.

234 이홍우, 『한국현대희곡론』, 월인, 1999, 263쪽.

235 민병욱, 앞의 책, 51쪽.

236 신현숙, 앞의 책, 23～26쪽에서 재인용.

237 양승국, 『희곡의 이해』, 연극과인간, 2016, 88쪽.

238 구스타프 프라이탁, 『드라마의 기법』, 임수택/김광요 옮김, 청록출판사, 1992, 176～191쪽.

239 G. B. Tennyson, 1996, 앞의 책, 47쪽.

240 위의 책, 50～54쪽.

241 이강백/윤조병, 『희곡 창작의 길잡이』, 평민사, 2007, 66～67쪽.

242 위의 책, 67쪽.

243 G. B. Tennyson, 1996, 앞의 책, 37쪽.

244 위의 책, 같은 곳.

245 위의 책, 54쪽.

246 마르틴 하이데거, 『존재와 시간』, 전양범 옮김, 동서문화사, 2016, 10쪽.

247 앙리 르페브르, 『공간의 생산』, 양영란 옮김, 에코리브르, 2011, 339～345쪽.

248 한국동서철학회, 『시간과 철학』, 철학과 현실사, 2009, 13～42쪽.

249 에드문트 후설, 『시간 의식』, 이종훈 옮김, 한길사, 2003, 63쪽.

250 한스 라이젠바하, 『시간과 공간의 철학』, 이정우 옮김, 서광사, 2017, 140쪽.

251 한국동서철학회, 앞의 책, 13쪽.

252 신현숙, 『희곡의 구조』, 문학과지성사, 1992, 155-157쪽. (Picard, Michel, Lire le Temps Coll : Critique Minuit, 1989) 이 책에서 신현숙은 피카르Picard의 시간 구분을 명료하게 정리하고 있어 여기서는 신현숙의 정리를 인용함.

253 위의 책, 157쪽.

254 이명우, 『희곡의 이해』, 박이정, 1999, 85쪽.

255 위의 책, 86쪽.

256 폴 리쾨르, 『시간과 이야기 1』, 김한식/이경래 옮김, 문학과지성사, 2005, 163쪽.

257 미셸 프뤼네르, 『연극 텍스트의 분석』, 김덕희 옮김, 동문선, 2005, 81쪽.

258 이강백/윤조병, 앞의 책, 285쪽.

259 양승국, 앞의 책, 177쪽.

260 미셸 프뤼네르, 앞의 책, 87쪽.

261 위의 책, 88쪽.

262 양승국, 앞의 책, 177쪽.

263 에드윈 윌슨, 앞의 책, 160쪽.

264 모니크 보리/마르틴 드 루즈몽/자크 셰레, 앞의 책, 447쪽.

265 G. B. Tennyson, 1996, 앞의 책, 171쪽.

266 위의 책, 172~173쪽.

267 에드윈 윌슨, 앞의 책, 195쪽.

268 위의 책, 217쪽.

269 이근삼, 『연극개론』, 문학과사상사, 2020, 192~193쪽.

270 이홍우, 앞의 책, 167쪽.

271 한스 라이젠바하, 앞의 책, 183쪽.

272 민병욱, 앞의 책, 95쪽.

273 유치진, 〈소〉, 『소』, 지만지드라마, 2019, 4쪽.

274 범석, 〈산불〉, 『산불』, 범우, 2009, 10쪽.

275 오영진, 〈살아있는 이중생 각하〉, 『오영진 희곡집』, 동화출판공사, 1976, 68쪽.

276 송영, 〈호신술〉, 양승국 편, 『월북작가 대표희곡선』, 예문, 1988. 원전을 현대어 표
     기로 일부 수정함.

277 함세덕, 〈동승〉, 『童僧/無衣島 紀行』, 지식을만드는지식, 2014, 5쪽. 원전의 한자어
     에 한글음을 병기함.

278 이근삼, 〈국물 있사옵니다〉, 『국물 있사옵니다』, 지만지드라마, 2021, 5~6쪽.

279 로널드 헤이먼, 『희곡을 어떻게 읽을 것인가』, 김만수 옮김, 현대미학사, 1995,
     117~120쪽.

280 이홍우, 앞의 책, 197쪽.

281 양승국, 앞의 책, 96쪽.

282 구스타프 프라이탁, 『드라마의 기법』, 임수택/김광요 옮김, 청록출판사, 1992, 27쪽.

283 G. B. Tennyson, 1996, 앞의 책, 91쪽.

284 위의 책, 97–102쪽.

285 신현숙, 앞의 책, 49쪽.

286 위의 책, 33쪽.

287 이홍우, 앞의 책, 127쪽.

288 김만수, 『희곡읽기의 방법론』, 태학사, 1996, 23쪽.

289 G. B. Tennyson, 1996, 앞의 책, 109쪽.

290 위의 책, 107쪽.

291 송영, 〈호신술〉, 앞의 책. 원전을 현대어 표기로 일부 수정함.

292 박조열, 〈관광지대〉, 『오장군의 발톱』, 학고방, 1991.

293 이재현 〈제10층〉, 김미도 편, 『한국대표단막극선』, 월인, 2014, 228쪽.

294 이현화〈불기불가〉, 앞의 책, 10쪽.

295 김광림, 〈사랑을 찾아서〉, 『김광림 희곡 시리즈 4』, 평민사, 2004, 79쪽.

296 차범석, 〈산불〉, 앞의 책, 74쪽.

297 위의 책, 90쪽.

298 이강백, 〈결혼〉, 『이강백 희곡 전집』, 평민사, 2015, 223쪽.

299 이근삼 〈원고지〉, 『대왕은 죽기를 거부했다』, 문학세계사. 1986, 58쪽.

300 위의 책, 59쪽.

301 구스타프 프라이탁, 앞의 책, 269쪽. .

302 윤대성, 〈출발〉, 『윤대성대표희곡선』, 예니, 1986, 10~21쪽. 원전을 현대어 표기로
     일부 수정함.

303 로널드 헤이먼, 앞의 책, 60쪽.

304 위의 책, 같은 곳.

305 윤대성, 〈출발〉, 앞의 책. 원전을 현대어 표기로 일부 수정함.

306 유치진, 〈소〉, 앞의 책, 24~28쪽.

307 이홍우, 앞의 책, 245~247쪽.

308 신명순, 〈왕자〉, 앞의 책, 157~158쪽.

309 채만식, 〈제향날〉, 『祭饗날』, 지식을만드는지식, 2014, 8~10쪽. 원전의 한자어에 한
     글음을 병기함.

310 박조열, 〈관광지대〉, 앞의 책, 27~28쪽.

311 차범석, 〈산불〉, 앞의 책, 74쪽.

312 이홍우, 앞의 책, 253쪽

313 위의 책, 255쪽.

314 이하륜, 〈의복〉, 김미도편, 앞의 책, 272~273쪽.

315 함세덕, 〈동승〉, 앞의 책, 5쪽. 원전의 한자어에 한글음을 병기함.

316 위의 책, 64~65쪽.

317 위의 책, 9~10쪽.

318 서연호, 『한국근대희곡사』, 고려대학교 출판부, 1994, 26~27쪽.

319 유민영, 『한국 근대극장 변천사』, 태학사, 1998, 15쪽.

320 유민영, 『한국근대연극사』, 단국대학교 출판부, 1996, 25쪽.

321 위의 책, 48쪽.

322 유민영, 『한국개화기 연극 사회사』, 새문사, 1987, 18쪽.

323 유민영, 『한국근대연극사』, 앞의 책, 34쪽.

324 서연호, 『한국근대희곡사』, 앞의 책, 34쪽.

325 서연호, 『한국근대희곡사연구』, 고려대학교 민족문화연구소, 1982, 12쪽.

326 서연호, 이상우, 『우리 연극 100년』, 현암사, 2000, 49쪽.

327 이두현, 『한국연극사』, 학연사, 1985(개정 초판), 202쪽.

328 위의 책, 207쪽.

329 유민영, 『한국연극운동사』, 태학사, 2001, 39쪽.

330 서연호, 『한국근대희곡사』, 앞의 책, 36쪽.

331 위의 책, 같은 곳.

332 이두현, 앞의 책, 215쪽.

333 유민영, 『한국근대연극사』, 앞의 책, 214쪽.

334 유민영, 『한국개화기 연극 사회사』, 새문사, 1987, 70쪽.

335 유민영, 『한국근대연극사』, 앞의 책, 216쪽.

336 유민영, 『한국개화기 연극 사회사』, 앞의 책, 82쪽.

337 서연호, 『한국근대희곡사』, 앞의 책, 38~39쪽.

338 서연호, 이상우, 앞의 책, 72~73쪽.

339 이두현, 앞의 책, 240쪽.

340 유민영, 『한국 현대 희곡사』, 홍성사, 1982, 107쪽.

341 서연호, 『한국근대희곡사』, 앞의 책, 41쪽.

342 김재석, 「〈병자삼인〉의 번안에 대한 연구」, 『한국극예술연구』 제22집, 한국극예술
     학회, 2005.

343 김상선, 『한국근대희곡론』, 집문당, 1985, 29쪽.

344 박명진, 「근대 초기 시각 체제와 희곡의 매체 방식」, 『한국 극예술과 국민/국가의
     무의식』, 연극과인간, 2006, 44쪽.

345 서연호, 『한국근대희곡사』, 앞의 책, 75~88쪽.

346 양승국, 『한국현대희곡론』, 연극과인간, 2001, 64쪽.

347 이두현, 앞의 책, 249쪽.

348 유민영, 『우리시대 연극운동사』, 단국대학교 출판부, 1990, 71쪽.

349 유민영, 『한국연극운동사』, 앞의 책, 223쪽.

350 유민영, 『우리시대 연극운동사』, 앞의 책, 81쪽.

351 서연호, 『한국근대희곡사연구』, 앞의 책, 95~108쪽.

352 박명진, 「김우진 희곡에 나타난 시대 의식과 유령성」, 김우진 연구회 편, 『김우진 연구』, 푸른사상, 2017, 145쪽.

353 유민영, 「지식인들의 본격 근대극운동 : 극예술연구회 창단」, 한국연극협회, 『한국 현대연극 100년』, 연극과인간, 2008, 204쪽.

354 유민영, 『한국 현대 희곡사』, 앞의 책, 277쪽.

355 서연호, 이상우, 앞의 책, 123쪽.

356 서항석, 「연극」, 『문예총감(개화기-1975)』, 한국문화예술진흥원, 1976, 394쪽.

357 김미도, 「동양극장과 임선규」, 『우리극연구 6』, 공간미디어, 1995, 28쪽, 33쪽.

358 서연호, 『한국근대희곡사』, 앞의 책, 289쪽.

359 김명화, 「친일희곡의 극작술 연구」, 이재명 외, 『해방 전(1940~1945) 공연희곡과 상영 시나리오의 이해』, 평민사, 2005, 183~184쪽.

360 서연호, 『식민지시대의 친일극 연구』, 태학사, 1997, 162쪽.

361 양승국, 『한국현대희곡론』, 앞의 책, 324-333쪽.

362 김재석, 「〈살아있는 이중생 각하〉의 자기 모순성」, 한국극예술학회 편, 『오영진』, 연극과인간, 2010, 89쪽.

363 박명진, 「연극」, 『한국현대예술사대계II』, 한국예술종합학교 한국예술연구소 엮음, 시공사, 2000.

364 박명진, 「1950년대 희곡의 인식적 지도」, 민족문학사 연구소 희곡분과, 『1950년대 희곡 연구』, 새미, 1998, 10~11쪽.

365 박명진, 『한국 전후 희곡의 담론과 주체구성』, 월인, 1999, 56쪽.

366 유민영, 『한국연극운동사』, 앞의 책, 362~363쪽

367 박명진, 『한국 전후 희곡의 담론과 주체구성』, 앞의 책, 43쪽.

368 위의 책, 같은 곳.

369　박명진, 「1950년대 희곡의 인식적 지도」, 앞의 책, 15~16쪽.

370　이미원, 『한국 근대극 연구』, 현대미학사, 1994, 383면.

371　유민영, 『우리시대 연극운동사』, 앞의 책, 296쪽.

372　유민영, 『한국연극운동사』, 앞의 책, 378쪽.

373　이정숙, 『유치진과 한국 연극의 대중성』, 지식과교양, 2019, 415~416쪽.

374　유민영, 『한국연극운동사』, 앞의 책, 398쪽.

375　박명진, 「1960년대 희곡의 지형도」, 민족문학사연구소 희곡분과, 『1960년대 희곡
　　　연구』, 새미, 2002, 15쪽.

376　박명진, 「연극」, 한국예술연구소 엮음, 『한국현대예술사대계 Ⅲ-1960년대』, 시공
　　　사, 2001, 151쪽.

377　위의 책, 같은 곳.

378　위의 책, 152쪽.

379　이승희, 「1960년대 차범석 희곡 연구」, 한국극예술학회, 『한국극예술연구』 제11집,
　　　2000, 201쪽.

380　이미원, 앞의 책, 441~442쪽.

381　박명진, 「연극」, 『한국현대예술사대계 Ⅲ-1960년대』, 앞의 책, 159쪽.

382　박명진, 「이근삼 희곡의 일상성과 근대성」, 한국극예술학회, 『한국극예술연구』 제
　　　9집, 1999, 227쪽.

383　박명진, 「1960년대 희곡의 정치적 무의식과 알레고리」, 한국극예술학회, 『한국극
　　　예술연구』 제11집, 2000, 286~288쪽.

384　김옥란, 『한국 여성 극작가론』, 연극과인간, 2004, 72쪽.

385　위의 책, 125쪽.

386　이미원, 앞의 책, 387쪽.

387　오학영, 「희곡(戲曲)」, 한국문화예술진흥원, 『문예연감-1979년도판』, 코리아헤럴
　　　드, 1980, 155쪽.

388　이승희, 「연극」, 한국예술종합학교 한국예술연구소 엮음, 『한국현대예술사대계 Ⅳ
　　　-1970년대』, 시공사, 2004, 165쪽.

389　서연호, 이상우, 앞의 책, 232쪽.

390　위의 책, 235~252쪽.

391　박영정, 「민중극에의 전망과 마당극 양식의 형성」, 민족문학사연구소 희곡분과,

『1970년대 희곡 연구 2』, 연극과인간, 2008, 47쪽.

392 박명진, 「1970년대 희곡의 탈식민성」, 한국극예술학회, 『한국극예술연구』 12집, 2000, 342쪽.

393 배선애, 「마당극의 양식 정립 과정」, 『1970년대 희곡 연구 2』, 앞의 책, 102~103쪽.

394 김재석, 「〈진동아굿〉과 마당극의 '공유 정신'」, 위의 책, 127쪽.

395 한상철, 「70년대의 연극을 어떻게 볼 것인가」, 『한국연극의 쟁점과 반성』, 현대미학사, 1994, 263쪽.

396 이언호, 「희곡」, 『문예연감-1980년도판』, 한국문화예술진흥원, 1981, 259쪽.

397 이재현, 「희곡」, 『문예연감-1983년도판』, 한국문화예술진흥원, 1984, 194~195쪽.

398 김옥란, 『우리 시대의 극작가』, 객석 아카이브, 2010, 85쪽.

399 구히서, 「엄인희의 작품 세계」, 엄인희, 『엄인희 대표 희곡선』, 북스토리, 2002, 362쪽.

400 마정화, 「박효선의 희곡」, 황광우 엮음, 『박효선 전집 1』, 연극과인간, 2016, 345쪽.

401 임진택, 「박효선, 광주항쟁의 영원한 홍보부장」, 황광우 엮음, 『박효선 전집 2』, 연극과인간, 2016, 392쪽.

402 김미도, 「연극」, 한국예술연구소, 『한국현대예술사대계 VI-1990년대』, 시공아트, 2005, 149쪽.

403 서연호, 이상우, 앞의 책, 380~381쪽.

404 이미원, 『세계화 시대/해체와 연극』, 연극과인간, 2001, 46~47쪽.

405 김방옥, 「창작극」, 『문예연감 1990년도판』, 한국문화예술진흥원, 1991, 395쪽.

406 김미도, 『한국현대예술사대계 VI-1990년대』, 앞의 책, 173쪽.

407 위의 책, 175~176쪽.

408 김미도, 『한국연극의 새로운 패러다임』, 연극과인간, 2006, 29쪽.

409 박영정, 「〈세계마당극큰잔치〉를 마치고」(좌담회), 『민족극과 예술운동』 14호, 전국민족극운동협의회, 1997, 105~106쪽.

410 위의 글, 106쪽.

411 이화원, 「창작극」, 『2000년 문예연감』, 한국문화예술진흥원, 2000, 1091쪽.

희곡론

초판 1쇄 발행 2022년 8월 19일
초판 2쇄 발행 2023년 3월 17일
지은이 박명진 김강원
펴낸이 박찬익
펴낸곳 (주)박이정출판사
주소 경기도 하남시 조정대로45 미사센텀비즈 8층 F827호
전화 031-792-1195
팩스 02-928-4683
홈페이지 www.pjbook.com
이메일 pijbook@naver.com
등록 2014년 8월 22일 제305-2014-000028호

ISBN 979-11-5848-810-9 93800
책 값 17,000원